本文库由"中国一汽　红旗品牌"支持出版
With Support of Hongqi, FAW Group

让 理 想 飞 扬

故宫博物院博士后文库

王旭东　赵国英 / 主编

《御定历代题画诗类》研究

王文欣 / 著

文物出版社

图书在版编目（CIP）数据

《御定历代题画诗类》研究／王文欣著 . —北京：
文物出版社，2022.10
（故宫博物院博士后文库／王旭东，赵国英主编）
ISBN 978 - 7 - 5010 - 7333 - 7

Ⅰ . ①御⋯　Ⅱ . ①王⋯　Ⅲ . ①题画诗—诗歌研究—中
国—清代　Ⅳ . ①I207. 22

中国版本图书馆 CIP 数据核字（2021）第 277922 号

《御定历代题画诗类》研究

丛书主编：王旭东　赵国英
著　　者：王文欣

责任编辑：卢可可
封面设计：特木热
责任印制：张道奇

出版发行：文物出版社
社　　址：北京市东城区东直门内北小街 2 号楼
邮　　编：100007
网　　址：http：//www. wenwu. com
经　　销：新华书店
印　　刷：宝蕾元仁浩（天津）印刷有限公司
开　　本：710mm×1000mm　1/16
印　　张：15. 75
版　　次：2022 年 10 月第 1 版
印　　次：2022 年 10 月第 1 次印刷
书　　号：ISBN 978 - 7 - 5010 - 7333 - 7
定　　价：112. 00 元

《故宫博物院博士后文库》 第一辑

作者名录

进站时间	合作导师	博士后
2014 年	朱诚如	多丽梅
	李 季	徐华烽
	宋纪蓉	张 蕊
2015 年	朱诚如	张剑虹
	王连起　赵国英	段 莹
	单霁翔	徐 斌
	张 荣	刘净贤
	王跃工　孙 萍	张 帆
2016 年	蒋 威	李艳梅
	陈连营	王敬雅
2017 年	朱赛虹	王文欣

《故宫博物院博士后文库》总序

2013 年 8 月，故宫博物院正式设立博士后科研工作站，成为我国首批文博机构博士后工作站。截至 2021 年底，已有博士后合作导师 40 人，累计招收博士后 65 人，已出站 26 人，在站 39 人。博士后合作导师主要为院内专家，长期从事与故宫有关的考古学、古书画、古陶瓷、古籍档案、出土墓志、甲骨文、古建筑保护、馆藏文物保护、明清宫廷史、藏传佛教美术、宫廷戏曲、明清工艺美术、故宫博物院史等多个领域的研究，也涉及我国文博领域相关学术问题的探索。博士后工作站的建立，一方面为故宫博物院高端学术人才培养和引进搭建了平台，另一方面也促进文博业务人员深入学科前沿开展创新性研究，为今后文博系统科研人才的培养提供可借鉴案例。2020 年，故宫博物院博士后工作站荣获全国优秀博士后工作站称号。

故宫博物院的博士后来自海内外不同高校，在站期间与导师合作开展研究，取得可喜成绩。累计发表各类期刊论文、会议论文 190 余篇，出版著作 26 部；参与各类科研项目 80 余项，其中国家社科基金和自然科学基金 11 项。在站期间，通过与合作导师共同进行科研工作，与故宫的专家进行学术交流与思想碰撞，不但丰富了个人的学术研究经验，而且为故宫的学术发展带来了创新与活力。为展示故宫博物院博士后工作站成立以来的学术成果，推进"学术故宫"建设，院里决定出版《故宫博物院博士后文库》丛书。

此次出版的丛书第一辑是故宫博物院博士后科研工作站的首批学术成果。本辑共 11 种，均是在博士后出站报告基础上修改完成的学术著作，大体可分为四类。一是围绕文物和艺术史的研究，包括段莹《周密与宋元易代之际的书画鉴藏》、李艳梅《故宫博物院藏〈秋郊饮马图〉的研究》、王敬雅《绘画中的乾隆宫廷》、张蕊《唐卡预防性保护研究初探》等。二是故宫宫廷历史文化研究，包括张帆《明代宫廷祭祀与演剧》、张剑虹《康乾时期物质文化遗产法律保护研究》、刘净贤《清代嘉庆、道光、咸丰三朝如意馆研究》、王文欣《〈御定历代题画诗类〉研究》、多丽梅《清代中俄宫廷物质文化交流研究》。三是故宫的建筑研究，为徐斌《元大内规划复原研究》。四是故宫相关领域的学术史研究，为徐华烽《故宫的古窑址调查研究（1949～1999）》。

　　故宫博物院23万余平方米的明清建筑和186万余件文物具有丰富的历史价值、审美价值、文化价值、科学价值和时代价值，不论在人类文明发展史上，还是在中国当代社会主义文化建设中，都有不可替代的重要作用。从1925年成立以来，故宫博物院一直以学术立命。建院之初，故宫博物院就明确提出"多延揽学者专家，为学术公开张本"和"学术之发展，当与北平各文化机关协力进行"的理念。党的十八大以来，故宫博物院以习近平新时代中国特色社会主义思想为指导，深入落实"保护为主、抢救第一、合理利用、加强管理"的文物工作方针，切实履行文化使命，真实完整地保护并负责任地传承弘扬故宫承载的中华优秀传统文化，提出以平安故宫、学术故宫、数字故宫、活力故宫为核心内容的"四个故宫"建设和覆盖各方面事业发展的九大体系，明确了新时期办院指导思想，推动博物馆事业的高质量发展，努力将故宫博物院建成国际一流博物馆、世界文化遗产保护的典范、文化和旅游融合的引领者、文明交流互鉴的中华文化会客厅。

　　习近平总书记强调，"一个博物院就是一所大学校。要把凝结着中华民族传统文化的文物保护好、管理好，同时加强研究和利用，让历史说话，让文物说话，在传承祖先的成就和光荣、增强民族自尊和自信的同时，谨记历史的挫折和教训，以少走弯路、更好前进。"学术研究工作是文化遗产保护和博物馆事业可持续发展的重要支撑和强大驱动。丰硕的学术研究成果是以时代精神激活中华优秀传统文化生命力的基石。故宫博士后科研工作站广大合作导师和博士后认真学习、深入领会、切实贯彻习近平总书记关于文化文物和文化遗产保护的重要论述和指示精神，站在中华文明的高度审视与研究故宫，按照故宫博物院发展规划的目标开展研究工作，全面深入挖掘故宫古建筑群和馆藏文物蕴含的人文精神和多元价值，进一步推动故宫学术科研体系建设与完善，充分发挥好文化传承创新与智库作用，努力成为我国文博领域学术研究的重要力量。博士后研究报告要立足重大问题、前沿课题和关键难题，要以扎实的研究根基和丰厚的学术成果，为故宫博物院肩负的历史使命提供学术支撑。

我们期待故宫博物院博士后工作站不断推出新成果，《故宫博物院博士后文库》也将继续分辑出版，使之成为展示故宫学术成果的一个新平台，在新时代书写故宫学术新篇章。

感谢一汽红旗集团对故宫学术的支持，资助出版该辑文库；感谢文物出版社和文库编辑委员会同志的辛勤工作。

是为序。

王旭东

2022 年 7 月

序

    《御定历代题画诗类》是清康熙年间成书的一部专题诗总集。该书自问世以来，就以其题画诗作的丰富系统和编排体例的严密周详，受到清统治者重视和推崇，陈设于皇家各处以便随处阅览。然而由于深藏大内，加上史籍档案中相关记载缺乏，对该书的研究成果极少，有关其编纂、刊刻等基本问题都处于悬而未决的状态，更遑论其他了。

    清代官修典籍包含经史子集丛杂，不啻数百上千。2017 年，王文欣进入故宫博物院博士后科研工作站，以《御定历代题画诗类》作为在站期间的研究课题，并非是入站后的一时之选，而是在入站伊始即已确定下来：首先是基于此前她在校期间写过的一篇论文，曾对该书编者生平、材料来源、书籍体例和编纂目的做过初步的探讨，不过仍有很多未涉或已涉未深的议题，留下很大研究空间；其次是基于她的教育背景：自 2004 年起，曾先后就读山东师范大学文学院汉语言专业、北京师范大学文学院比较文学与世界文学专业和荷兰莱顿大学区域研究所，博士论文是《明代题画诗文的社会史》（英文），正是继续此项研究的有利条件之一；最后是基于人生机遇，即便是热爱古书的人，一生中能潜心数年深研一部古书的机会也是少之又少，而新的发现和认知又往往与持久关注密切相关，况且又是在《御定历代题画诗类》的典藏重地，独有的氛围和条件也将有助于相关史实的还原。果然，持续深耕有了结果，王文欣终于获得了新的创见和突破，对该书的认知较前相比可谓翻天覆地。

    清代古籍距今不算遥远，《御定历代题画诗类》传世数量也不算少，书名中的冠词"御定"，以及卷端"奉敕"等字样，使其具有了某种公认的"官修"标签，近

百年来各家书目的著录也近乎一致，似乎其"官修"身份已毋庸置疑，但也有一些
蛛丝马迹提示了另外的可能。为彻底弄清该书真实面貌，作者又从原点出发，围绕
该书编纂、刊刻、版本、传播等一系列问题，广泛搜寻存世的《御定历代题画诗类》
原书及相关书目，比对版本，查考著录；多方搜寻诗文集、史志、日记、谱录、档
案等相关文献，仔细爬梳分析，并结合当时的社会背景、语境等方面综合探讨。
2018 年，经积极申请，获得了国家"2018 年度博士后国际交流计划学术交流项目
（第一批）"专项资助，考察调研也得以扩展实施。经过细致的文献爬梳和文本分析，
客观还原其历史原貌，把握其历史意义，比较全面地梳理出该书的几个主要的研究
面向，且看作者各章详细分解，此处略举数例，略见一斑。

纵向方面，古书的体裁和题材，自有其漫长的发展演变过程，一部集大成之作
更有其历史的前因后果。作者认为题画诗的创作实践自唐代开始，经过历代诗人上
千年的实践，已积累了丰硕的成果。明中期之后，题画之风经苏州文人的鼓吹大兴，
题画诗已渐渐摆脱娱乐之作的地位，开始获得严肃性和文学性。而另一方面，与题
画诗创作的繁盛不匹配的是大型题画诗集编纂的稀少，尽管自南宋已出现辑有唐至
南宋初年题画诗的《声画集》，但金元明几朝皆未再有编纂总集的尝试，仅明代有数
部幅帙短小的题画别集，《御定历代题画诗类》正是在这一文化背景下产生的。对题
画诗史纵向发展脉络的梳理，展现出这部专题诗总集的应有的深厚度，有助于对它
的认知更加客观和深化。

横向方面，任何书籍问世并产生较大影响，都与它特定的社会背景密切相关。
作者对《御定历代题画诗类》出现的康熙朝中晚期社会的大背景，宫廷的小环境，
以及内外之间的有机联系做了综合考察分析。大量著录中"陈邦彦辑《题画诗类》"
的说法，与原书上"臣陈邦彦奉旨校刊"字样存在龃龉，考证出的编纂者和刊刻者，
还有查慎行和陈邦彦伯父陈元龙，三人皆出身海宁，都具有较高文学艺术修养，且
都具有康熙内廷侍从背景，经科举进入朝廷，君臣之间的互动将康熙时期宫廷书籍
事业与江南地区的文人和藏书家紧密联系在一起，这成为康熙朝官场生态特点之一。
康熙皇帝励精图治，勤奋好学，鼓励书籍编纂与刊刻，慧眼识书，这部官员进呈和
承刻的书籍得以纳入内府体系，它代表了从"私修"到成为"御定"的一种"升

格"路径，反过来也体现出清廷在自身书籍生产力量不足时，所采取的吸纳民间力量及其成果的灵活策略。对此书辗转轨迹的梳理，近及江南，远及宫廷内外，更广至国外多地，有助于对它的认知更加客观和全面。

微观方面，作者根据各家目录著录的抄本和两种刻本，厘清了《御定历代题画诗类》现存刻、写两个系统：刻本虽有康熙四十六年和嘉庆年之不同，实际是一部刻版的初印和后印之别；写本即清内府《四库全书》精写本。写本与刻本之间存在一些文字上的差异，除抄写错误外，还有对人名翻译的有意改动，以及对"胡虏"等敏感词汇的删改。《御定历代题画诗类》的解题，则以《四库全书总目》为优。文本内容方面，对全书所收唐宋金元明五朝8971首诗做了统计分析，作者认为其选诗标准并不在题画者的画名，而在于诗名，且呈现出唐宋兼收、重元抑明的特点，这些都与当时的诗坛风气密不可分。结合CBDB等数据库和软件，尝试对部分明代题画诗作者的分布特点进行了数据分析。编排体例方面，梳理了《御定历代题画诗类》30个门类的分类逻辑与脉络，认为其分类较之《声画集》有了很大的进步，而其所收诗作来源，并非直接来自画作，而是来自前代总集、别集，这也标志着由唐至明历代文人别集中保存的大量题画诗第一次进入官方视野，是题画诗经典化的一次尝试。这涉及版本、目录、分类、校勘、编纂等多个领域，研学相长互补，深耕才有获益。

宏观方面，作者从物质文化史和社会文化史角度，探讨了《御定历代题画诗类》在书成后如何被陈设、典藏、存储、装帧、修缮，又如何通过赏赐、传抄、出借等多种途径得到广泛传播，甚至还远播朝鲜、日本。流传到朝鲜主要靠朝鲜官员访燕带回，流传日本则凭借中国商人渡日的贸易路线。在日本，该书不仅受到欢迎，还产生了多个和刻本，其刊刻者与读者群体则是另一番样貌。此类鲜活的个例，与无数例证共同构成了中国书籍史、中华文化交流传播的灿烂篇章。

经过多维度探究之后，《御定历代题画诗类》的本来面貌得到还原：《御定历代题画诗类》原为民间私修之作，得到了康熙皇帝的认可；书前《御制序》中对题画诗"通于治"的阐发，为之增添了新的政治意味，又以其"御定"身份扮演了经典塑造者的角色，其分类系统吸收了此前多种成果的部分做法，且有若干变通和发明，为后世题画诗集所借鉴。在该书之后，清代的题画诗创作与诗文集编选走向进一步繁荣，在创作和出版数量上都走向中国古代社会的最高峰。经过统治者加持，这部文学之作的历史作用和意义远远超出了题画诗本身。这部书籍经历了从"私修"到"御定"的过程，代表了清代官修书籍中的一种特殊类型，虽未经历帝王敕修、集众修纂的官修程序，却与正统官修书籍有殊途同归之效。

综而观之，王文欣的选题独到，资料开掘多有创获，研究角度宽广，视野开阔，多有创见。由于在站时间和规章的限制，接触的档案史料有限，相关善本、绘画等实物的调研也难以展开，诸如编纂、刊刻及参与人员等具体情形，不同载体史料来源之间的关系等更深层的问题，不得不搁置下来。然而，学海无涯，认知无限！相信以她的学识和坚韧，学术研究定会持续。这部出站报告作为王文欣的阶段性研究成果，甫一出站即得以出版，完全得益于故宫博物院与万科公益基金会的学术故宫计划的实施！对她个人而言，不仅是对既往的总结，更是新的学术开端。作为王文欣在站期间的合作者，应约写就小序作复，在向她祝贺的同时，也祝愿她在学术道路上再接再厉，创获多多！

朱赛虹

2021 年 9 月于故宫博物院寿安宫

目 录

001　**第一章　《御定历代题画诗类》研究绪论**

001　第一节　研究对象与问题

002　第二节　研究意义

003　第三节　研究方法

004　第四节　创新性

006　**第二章　《御定历代题画诗类》研究现状综述**

007　第一节　关于题画文学的研究

016　第二节　关于书籍史的研究

021　**第三章　《御定历代题画诗类》存藏调查与刻本考**

021　第一节　《御定历代题画诗类》的著录

026　第二节　《御定历代题画诗类》刻本辨析

063　第三节　小结

064　**第四章　《御定历代题画诗类》写本解题与内容比勘**

065　第一节　写本提要解题情况

071　第二节　写本内容比勘

079　第三节　小结

080　**第五章　《御定历代题画诗类》编者与刻印者考**

081　第一节　查慎行作为发起人

084　第二节　陈元龙作为影子编纂者

089　第三节　陈邦彦作为挂名刊刻者

095　第四节　查慎行与陈氏伯侄的私人交往

099　第五节　小结

101　**第六章　《御定历代题画诗类》的成书背景**

101　第一节　陈元龙家族与《御定历代赋汇》之纂刻

104　第二节　《御定历代题画诗类》与内廷政治文化生态

108　第三节　《御定历代题画诗类》与江南文化风气

113　第四节　小结

115　**第七章　《御定历代题画诗类》的内容与分类**

115　第一节　内容与选诗倾向

125　第二节　分类体系与比较

134　第三节　小结

135　**第八章　《御定历代题画诗类》所收诗作来源**

135　第一节　与"诸集"之关系

149　第二节　与存世画作的关系

159　第三节　集部与子部、全集与类书之争

162 第四节 小结

163 **第九章 《御定历代题画诗类》的陈设与流布**

163 第一节 《御定历代题画诗类》在宫廷的陈设

180 第二节 《御定历代题画诗类》的流布

188 第三节 小结

190 **第十章 《御定历代题画诗类》海外传播与影响**

191 第一节 流入朝鲜的《御定历代题画诗类》原书

194 第二节 流入日本的《御定历代题画诗类》原书

204 第三节 和刻本《御定历代题画诗类》数种

214 第四节 和刻本的编校者

216 第五节 和刻本的读者群体

220 第六节 小结

222 **结 论**

225 **参考文献**

插图目录

图 3.1   故宫博物院本《题画诗类》（书 00032761）御制序（字画完整）……… 046

图 3.2   庆应义塾大学本《题画诗类》御制序（字画完整）   …………………… 046

图 3.3   德国巴伐利亚国家图书馆本《题画诗类》御制序（字画较完整）   …… 046

图 3.4   哈佛大学燕京图书馆本《题画诗类》御制序（字画出现缺失）   ……… 046

图 3.5   日本国立国会图书馆本《题画诗类》（121-186 号）御制序

          （字画出现缺失）   ……………………………………………………… 047

图 3.6   哈佛大学本《题画诗类》封面页 ………………………………………… 047

图 3.7   中国国家图书馆藏康熙四十六年本《题画诗类》（19247）（卷二第六页上

          "解于枢"被手写订正为"鲜于枢"）   …………………………… 048

图 3.8   哈佛本康熙四十六年本《题画诗类》（卷二第六页上未订正的原刻

          "解于枢"）   ……………………………………………………………… 048

图 3.9   故宫博物院本《题画诗类》（书 00032761）凡例 ………………………… 049

图 3.10   故宫博物院本《题画诗类》（书 00032761）第一卷卷端 ……………… 049

图 3.11   中国国家图书馆本《题画诗类》（19247）第一卷卷端 ………………… 049

图 3.12   日本国立国会图书馆本《题画诗类》（121-186 号）第一卷卷端 …… 050

图 3.13   故宫博物院藏《题画诗类》（书 00034880 号）   ……………………… 050

图 3.14   南通静海楼图书馆藏《题画诗类》   ……………………………………… 050

图 3.15   四川大学图书馆藏《题画诗类》   ……………………………………… 051

图 3.16　台北故宫博物院藏《题画诗类》（排架号 527）…………………………… 051

图 3.17　哥伦比亚大学藏《题画诗类》　…………………………………………… 051

图 3.18　中国国家图书馆藏嘉庆二十二年本《题画诗类》（58914）……………… 057

图 3.19　《精镌绘像重镌食物本草会纂》道光元年重镌萧山裕文堂藏板
　　　　（中国中医科学院图书馆藏）…………………………………………… 062

图 4.1　文渊阁四库本《题画诗类》卷二《范宽雪山图》题"鲜于枢"……… 072

图 4.2　康熙四十六年版《题画诗类》（哈佛本）作"李暈"缺末笔…………… 072

图 4.3　文渊阁四库本《题画诗类》作李暕未缺笔………………………………… 073

图 4.4　文渊阁四库本《题画诗类》卷一百十三中出现的字号较小的"纳延"…… 075

图 5.1　查慎行像（出自《清代学者像传》第一集，清叶衍兰辑摹，
　　　　黄小泉绘）……………………………………………………………… 082

图 5.2　清王翚《竹屿垂钓图轴》（局部）所绘陈元龙像（画上有陈元龙康熙
　　　　四十五年题识，浙江省博物馆藏）……………………………………… 087

图 5.3　《匏庐公日记》稿本书影（上海图书馆藏）……………………………… 091

图 5.4　陈邦彦楷书嘉瑞赋（故宫博物院藏，文物号新 00072279）…………… 094

图 5.5　陈邦彦行书题画诗扇面（故宫博物院藏，文物号新 00178812）……… 095

图 6.1　《御定历代赋汇》康熙四十五年刊本（哈佛大学图书馆藏）…………… 102

图 6.2　《海宁陈氏安澜园全图》局部（浙江省博物馆藏，纵 65.5、横 128.4 厘米）
　　　　…………………………………………………………………………… 104

图 6.3　陈邦彦《春晖堂书目》卷一书影　………………………………………… 109

图 6.4　朱彝尊像（出自《清代学者像传》第一集）…………………………… 110

图 7.1　《题画诗类》中各代题画诗题目数占比…………………………………… 116

图 7.2　《题画诗类》中各代题画诗篇目数占比…………………………………… 116

图 7.3　《题画诗类》中选入各代诗人数目比……………………………………… 116

图 7.4　《题画诗类》收录诗作题目数最多的前 20 名诗人……………………… 117

图 7.5　《题画诗类》收录诗作篇目数最多的前 20 名诗人……………………… 117

图 7.6　《题画诗类》诗作篇目数量居前十位的唐代诗人………………………… 118

图 7.7　《题画诗类》诗作篇目数量居前十位的宋代诗人………………………… 119

图 7.8　《题画诗类》诗作篇目数量居前十位的金代诗人………………………… 119

图7.9 《题画诗类》诗作篇目数量居前十位的元代诗人 ················· 119

图7.10 《题画诗类》诗作篇目数量居前十位的明代诗人 ················· 120

图7.11 《声画集》清康熙抄本（台北图书馆藏）····················· 130

图8.1 《四库全书考证》卷九十九关于《题画诗类》的部分 ········· 148

图8.2 《秀野轩图》拖尾上的朱斌题诗 ··························· 151

图8.3 《秀野轩图》拖尾上的瞿庄题诗 ··························· 151

图8.4 《秀野轩图》拖尾上的高启、徐贲题诗 ····················· 152

图8.5 《秀野轩图》拖尾上的王彝题诗 ··························· 152

图8.6 《秀野轩图》拖尾上的周世衡题诗 ························· 152

图8.7 《秀野轩图》拖尾上的董远题诗 ··························· 152

图9.1 《题画诗类》内廷陈设地点 ······························· 166

图9.2 《静明园内溪田课耕图样》（中国国家图书馆馆藏样式雷图，纵65、
横49.5厘米）··· 169

图9.3 《热河行宫全图》中描绘的如意洲（美国国会图书馆藏）········ 173

图9.4 《热河行宫全图》中描绘的月色江声（美国国会图书馆藏）····· 173

图9.5 《乾隆京城全图》中所绘雍和宫平面图可见东书房建筑群
（NII "Digital Silk Road"）····································· 175

图9.6 钦定四库全书荟要排架图《题画诗类》的排布（故宫博物院本，
书00006314号，内页30）··································· 178

图10.1 高丽大学藏《题画诗类》有金正喜"秋史珍藏"印鉴 ·········· 192

图10.2 满载货物的渡日唐船《唐船荷扬之图》（江户时代后期，纸本
木版色折，23.5×35.7厘米）································· 195

图10.3 日本文化十年宝翰堂刊《历代题画诗类绝句抄》（中国国家图书馆藏）
··· 206

图10.4 浪华嵩山堂刷印《历代题画诗类抄》（中国国家图书馆藏）····· 211

图10.5 日本天保九年刊《康熙御定历代题画诗类》（国文学研究资料馆鹈饲
文库藏）··· 212

插表目录

表 3.1　已知中国馆藏康熙四十六年本《题画诗类》 ……………………… 027

表 3.2　已知海外馆藏康熙四十六年本《题画诗类》 ……………………… 038

表 3.3　九部《题画诗类》纸本版本情况 …………………………………… 044

表 3.4　已知海内外馆藏嘉庆二十二年本《题画诗类》情况 ……………… 055

表 3.5　已知海内外馆藏裕文堂刻书 ………………………………………… 058

表 4.1　康熙四十六年刻本与三个四库写本《题画诗类》卷五十七异文比对 …… 077

表 7.1　《声画集》与《题画诗类》题画诗门类比较 ……………………… 132

表 8.1　《题画诗类》所收王恽题画诗在《秋涧先生大全文集》出现位置 …… 139

表 8.2　存世《秀野轩图》上题诗与各文献著录中该图题画诗文本比对 ……… 153

表 9.1　内务府陈设档所载清代内廷陈设《题画诗类》情况 ……………… 164

表 9.2　《故宫物品点查报告》中所载民国初年《题画诗类》陈列情况 …… 167

表 9.3　皇家寺庙与王府藏贮《题画诗类》情况 …………………………… 174

第一章 《御定历代题画诗类》研究绪论

第一节 研究对象与问题

本书以《御定历代题画诗类》（以下简称《题画诗类》）为研究对象。《题画诗类》是中国历史上第一部，也是唯一一部被冠以官修之名的题画诗集。此前多认为它由翰林编修陈邦彦（1678～1752 年）康熙四十六年（1707 年）刻成进呈清圣祖皇帝御览，但其具体过程如何，少为人所注意。这部诗集共 120 卷，分 30 门类，收唐、宋、金、元、明五朝题画诗八千余首，体量远大于前朝零星偶出的题画诗文集。由此又引发出对这些诗作的筛选、编排，书籍的使用、阅读、传播等一系列问题。可以说，《题画诗类》以其自身的综合性、复杂性和特殊性，非常值得书籍史学者、艺术史学者、文学研究者、古典文献学者、宫廷史研究者等从各个角度给予关注。

第一，对《题画诗类》的研究应建立在与前人的对话之上。因此，本书将首先从学术发展史的角度，爬梳海内外题画诗文学术研究史以及书籍史研究的脉络，这也构成了本书的出发点。

第二，本书将从版本目录学的角度，梳理《题画诗类》的版本和海内外存世情况。并关注此书的成书过程，以及成书的背景。这部书普遍被认为是清圣祖敕令编修，由陈邦彦一人执行编纂，本书认为实际情况并非如此。

第三，本书关注《题画诗类》的内容与编排体例。研究问题包括：作者分布有何特点；与明代题画诗文集在作者和内容上是否有所重叠；在编选体例、内容编排方法等形式方面，它与前代私人编选题画诗文集相比，在哪些方面有所承袭，又在哪些方面有所革新；所收诗内容的来源为何。

第四，本书还将《题画诗类》视为具有物质形态的书籍，或者说"物品"，来看它曾经在宫廷内的陈设、典藏情况,在人与人之间的流动,在书籍市场的买卖等问题。此外,还将专门探讨它流传海外的情形。

本书拟解决的关键问题有以下几个。首先,康熙四十六年武英殿刻书尚未完备,《题画诗类》究竟与武英殿刻书有何关系,它有多少个版本,存世情况如何,编纂过程、编纂团队是怎样的。其次,《题画诗类》的内容是怎样的,如何对八千余首诗作分门别类,有序编排,选诗分类有何特点。最后,《题画诗类》的刊刻、陈设和传播情况怎样,其传播属于被动的流散还是主动的翻印、外传,抑或二者皆有?它曾经由哪些人收藏、消费和阅读?透过《题画诗类》,本书希望对康熙中晚期内廷编书的多样化面貌,中央和地方在编书等文化事业上的互动,题画诗在清代的发展状况等大的议题有所烛照。

第二节 研究意义

研究《题画诗类》的编纂、刊刻与传播是一个跨学科、综合性的课题,可弥补围绕在此书身上的多项学术空白,这也决定了其多方面、多层次的意义和价值。

第一,从宫廷史的角度来说,《题画诗类》从编纂到刊刻看似宫廷内部的产物,实则有更为复杂的成书过程,其与江南地区的藏书风气和学术积累密不可分,且对理解康熙朝中晚期宫廷的心态、趣味、价值导向等都将有所裨益。

第二,从书籍史的角度来说,有助于加深对帝国晚期书籍生产的政治、社会动机,内容选取、过滤及其判断依据,书籍形式的选择,书籍传播的动因等各方面的理解。

第三,从艺术史的角度来说,对《题画诗类》内容的爬梳整理,将有益于相关研究者探究题画诗本身,或可连带探究相关画作,使这宗尚未开发的文化艺术遗产得到应有重视和充分利用。

第四,从题画文学的角度来说,是对题画诗文本身发展历程的一次梳理。到明末清初,题画诗文的传播已经大大突破口传和画作传阅等形式,走向以书籍为载体,通过手抄、刊刻的方式自我复制,从而实现在阅读群体中的传播。在这一过程中,题画诗文实则已经独立于画作，有了自成一统的保存和流传途径。厘清这一过程，有助于解决目前研究中对"何为题画诗文"这一问题存在的困惑。

第五，从学术史的角度来说，从 20 世纪 30 年代开辟题画文学研究至今，已走过近九十年的历程。但在这个领域，短篇论文繁多，大型专题研究，特别是针对明清时期的研究却并不多见。本书也是对过往题画诗文研究史的回顾和整理。

第三节　研究方法

既往的题画诗文研究一部分由文学研究者开拓，关注题画文本的"文学性"，将其视作文学史发展过程的一个组成部分；另一部分研究则由艺术史学者开展，将题画诗文视为研究画作的重要文献来源，挖掘其中包含的历史信息或者画家的画学思想。这一研究现状导致《题画诗类》陷入文学和艺术史两个学科领域的夹缝之中：一方面，其收录的题画诗，作为脱离图像的纯文本，未能引起艺术史研究者应有的关注；另一方面，对文学研究者而言，题画诗似为娱乐之作，无法与严肃的诗艺相提并论。

《题画诗类》受到忽视，与现代学科的建构、细化有直接的关联。值得反思的是，《题画诗类》诞生的时代，现代学科划分是根本不存在的事物。这部书如何被编纂，被认知，被消费，被传播，要回答这些问题，也当然无法在单一的学科框架内做出。本书将以历史学和文献学的方法为主，综合书籍史、物质文化研究等多学科的研究方法，以《题画诗类》这一个"点"展开多条线索的爬梳。难点在于目前获得的关于《题画诗类》编纂和刊刻过程的历史文献仍比较有限，间接证据多于直接证据，需要在日记、手稿、信札、档案等"边缘"文献中深挖，寻找有价值的线索。具体来说会采用以下研究方法：

1. 以文献学的研究方法对《题画诗类》的版本加以梳理；

2. 以历史学的研究方法追溯《题画诗类》的成书过程；

3. 以物质文化研究的方法，对作为书籍的《题画诗类》其本身的编纂和流传进行检视；

4. 使用数据统计的方法分析《题画诗类》的选诗情况。

第四节　创新性

本书的创新性表现在多个方面。

第一，本书透过探究和还原《题画诗类》的编纂、刊刻和流通过程，对书籍史研究有所贡献，这是以往题画诗文研究所忽视的一大面向。其集中在文学、美学价值的评判，忽视了文本和书籍所具有的物质性的一面。本研究所包含的书籍史面向包括如下几个方面：士人精英群体对官修书籍编纂的积极参与，以荣耀自身，搭建社会网络；清代统治者作为知识生产者如何调动已有的文化和经济资源，以弥补自身文化力量之不足，并引导书籍生产；"官员承刻本"与武英殿刻书的共性和差异性；书籍编纂与政治之间的互动关系；书籍在清廷的存贮、典藏与流散。此外，本研究也将引入书籍史研究对读者的研究角度，试图通过《题画诗类》的和刻本挖掘读者群体和潜在读者。这些都是以往对题画诗文集研究极少涉及的话题。

第二，研究《题画诗类》这部诗集本身，是对如何界定"题画诗文"概念进行一次深入反思。题画诗文从历史上看有两种形式。一种是题在画上，与图像共享同一个物质载体，另一种则是将单篇的题画诗文汇总，纳入文集，以书籍的形式存世。然而谈到题画诗文，更多被人所想到的是题在画上的那些，它们关联着"诗情画意""诗画合璧""诗书画三绝"等一系列艺术话语。这些话语间接制造出一种思维定式，即今天在文集中保存的数量众多的题画诗，失落了作为绘画载体，因此是不完整的、孤立的、碎片化的。目前艺术史学者对题画诗文的研究，多着眼于具体画作上的题写，或者具体画家的题写，其终极目的是为研究画作服务。然而，"题画"作为有着悠久而复杂历史的实践行为，其本身的社会动因、经济动因是什么，其对人们观念的塑造如何，题画诗文沿着哪些路径得以传播，并未得到很好的解答，这些问题正是本书的题中之意。

第三，本书拟弥补对以《题画诗类》为代表的清代题画诗文集研究的空白。长期以来，即使对文集中的题画诗文有了一些先行研究，对题画诗文集的研究却寥寥无几。然而清代是题画诗文历史繁荣的最高点，这种繁荣首当其冲表现在诗作数量上，但更为重要的是，题画诗文集编纂在清代大量涌现，《题画诗类》之前和之后陆续出现数十部此类文集。在这背后是在清代诗文题写与书画创作已深入文人社会活动，在文人进行人际互动，构建社会网络，参与艺术、书籍市场，塑造区域、阶层文化、身份认同等各个方面，均扮演了十分重要的角色。但遗憾的是，这一类清代文集的内容和意义长期没有得到重视，本课题对《题画诗类》的研究或能成为一个突破口。

第二章 《御定历代题画诗类》研究现状综述

《题画诗类》与其他明清诗文集一道，淹没在数量庞大的明清书籍文献中，较少为人所注意。在此之前，仅有李栖（1994 年）、杨学是（2002 年）、阮璞（2003 年）等学者对此书有所研究。李栖对宋代题画诗的研究专著中，以一个章节的篇幅简要介绍了《题画诗类》的基本概况、编排体例与存在的不足，将其与南宋成书的题画诗集《声画集》进行了对比。杨学是则以一篇专文探讨《题画诗类》所收唐诗，认为其编纂者过分倚赖《全唐诗》作为诗作来源，导致了一系列弊病。阮璞先生则探析了《题画诗类》的编纂者，认为其并非为陈邦彦所编。除此之外，傅怡静的博士学位论文（2007）中以一个小节的篇幅，总结了《题画诗类》的概况、分类情况以及版本情况，认为其是"迄今为止收录诗歌最多、分类最细的一部题画诗类书"[1]。

以上几位学者的研究都对本研究有直接的启发与帮助，它们探讨了《题画诗类》一书的几个面向：阮文是成书过程，李文和傅文涉及其内容、体例，杨文（以及李文的一部分）则涉及其文献来源与不足。但因研究篇幅有限，这些研究仍处于"点"的状态，尚未至"线"和"面"。一方面，围绕《题画诗类》这部书本身仍有大量具体而微的工作要做，研究有待细化；另一方面需要以宏观的学术视野，探究《题画诗类》在题画诗文发展史和清代官修书籍编纂史中的位置。因此，海内外就题画诗文和清代官修书籍两个领域的研究现状，就构成了本研究所要对话的对象与开展的基础。本章就将对这两个方面加以简要综述。

---

[1] 傅怡静：《宋代题画诗集与画谱研究》，北京师范大学博士论文，2007 年，第 82 页。

第一节　关于题画文学的研究

一　青木正儿等学者的开创

1937 年，日本学者青木正儿（1887～1964 年）在学术刊物上发表论文《题画文学的发展》，这是关于题画文学的最早的研究文章，也是"题画文学"第一次作为一个概念被提出①。青木氏的文章分为七节，前四节分别介绍了题画文学的四种文体：画赞、题画诗、题画记和画跋。第五节"宋以后题画文学之兴起"梳理题画文学发展历史，其中尤为关注苏轼、黄庭坚文人集团的"诗画一律"观念对题画文学的促进，认为在北宋之后有了题画诗创作的自觉。此节提到，"清康熙四十六年敕撰《御定题画诗》一百二十卷的编纂，是宋以来此道（专门的题画诗集的编纂）大兴的成果，同时也可看出题画文学以此道最盛"②。则可见青木氏当时已注意到题画诗集的纂修问题。青木氏文章最后两节则探讨题画文学创作的两种情境：自题、他题，并分别论述前文提到的四种文体是自题、他题，抑或二者皆有。尽管这篇文章囿于当时的学术整体水平，今日看来有一些细节值得商榷，但不可否认的是它是 20 世纪少有的对题画诗文学术研究之作。

有当代学者提出，民国学人陆虚斋《题画诗出自元人考》（1935）一文，是早于青木正儿氏最早的题画诗文研究文章。从发表时间上来说，陆虚斋一文的确更为早出。其实如果将文章主题扩大到讨论"画上题写"，则不独陆虚斋，早在 20 世纪 20 年代，在中国画坛就已有热议。陆虚斋则较为关注文献和文集，他并不否认题画诗的价值，而是从"文的角度"去理解题画诗，是目前所知比较早的能以学术眼光审视文集中题画诗价值的论述。

不过需要注意的是，陆虚斋的文章乃是发表于《交行通信》的"同人学艺"栏目，在文艺界和学界影响力有几何，很难估量。青木正儿的文章虽以日文写就，但

① 　该文后收入《青木正儿全集》第 2 卷，东京：春秋社，1966～1970 年，第 491～504 页。

② 　青木正儿：《题画文学的发展》。

是比较规范的学术论文，且有多个中文译本。最早的由重闻译为《题画文学之发展》，发表于《中国公论》1939 年第 3 期第 172～182 页。此后有马导源译为《题画文学之发展》，发表于《大陆杂志》第 3 卷第 10 期。又由魏仲佑译为《题画文学及其发展》，发表于《中国文化月刊》1970 年第 9 期。而学者曹铁珊、罗义俊的《中国题画文学的发展》一文（《文艺论丛》1984 年 19 期）也是来自青木氏文章的大体内容。则迄今为止至少有 4 个完整或不完整的汉译本，其影响力较之民国文人的评论性文章要更大。尤其是在题画文学研究起步较早的台湾地区，青木正儿的文章经过台湾地区学者的逐层"追认"，遂成为题画文学研究领域的"开山之作"。这一学术史过程，应当为今人学者所了解。

二 艺术史研究的角度

画家和艺术史学者对题画诗文的关注乃以"画"为旨归，题画文字之价值在于为画服务，或帮助画家更好地作画，或帮助学人更好地评画。这一点为日后的学者所承袭。在青木正儿之后，有日本艺术史学者岛田修二郎（1907～1994 年）的《诗书画三绝》（1956）一文，探讨了"三绝"这一艺术理念对各历史时期题画诗文的巨大推动力，认为这一理念是题画诗文最终形成的主要动力。如果说青木正儿属于成长于日本明治末年和大正年间的兼传统汉学修养和现代学术视野的一代文人，那么岛田氏研究则采用更为单纯的现代艺术史视角。

在 20 世纪六七十年代，罗樾（Max Loehr）、苏立文（Michael Sullivan）等欧美艺术史学者也曾有过对题画文字的讨论。其中罗樾的文章《带有宋代题款的中国画》（Chinese Paintings with Song Dated Inscriptions，1961）搜集了已公开发表和未发表的中国画图版上的题跋文字，并译为英文，以期对鉴定工作有所帮助。罗樾也警醒地提示读者，这些署为宋代的题款，很可能有一部分的真伪存在问题。苏立文短小精悍的专著《三绝》（Three Perfections，1974）向西方读者简要梳理了中国古代诗画结合的历史，以及诗画一律观念为文人所推崇，在艺术领域逐渐获得普遍性的过程。同时期的中国学界其实也有类似的讨论，如林元《漫谈白石老人题画》（《新观察》1957）、虞君质《中国画题跋之研究》（《故宫集刊》1966）等。这些研究虽比较短浅，但考虑到当时的学术环境，也非常难能可贵。

中外艺术史学者对题画诗文的研究和反思，在 20 世纪 80 年代开始增多。值得一提的是 1985 年美国纽约大都会艺术博物馆所举办的《文字与图像：中国诗书画》国际研讨会，收录了多篇中外绘画史、书法史学者的研究论文，讨论中国绘画文字与图像的关系，以及二者互动所达成的抒情表现效果。会后出版的同名论文集（*Words and Images：Chinese Poetry Calligraphy and Painting*）是迄今为止比较关键的一部相关论文集式著作，囊括了中外一批重要艺术史学者的相关论述，如谢稚柳、启功、杨仁凯、傅申、徐邦达、杨伯达、古原宏伸、班宗华（Richard Barnhart）、何惠鉴（Wai‑kam Ho）、江兆申、方闻等等。大部分论文都聚焦于"诗书画三绝"、中国画与题跋/文字的关系等艺术史论题。比如齐皎汉（Jonathan Chaves）的论文《画外之意：作为诗人的中国画家》（Meaning Beyond the Painting：The Chinese Painter as Poet）一文讨论了随着题画诗的发展，14 世纪的元代诗书画如何发展到新的融合高度：它们并非单纯地增饰对方，而是由文字与图像产生共鸣，并经由书法来互相增加彼此的意义，从而形成了一种新的艺术。

此前的研究，多比较注意宋代文人士大夫在"诗画合璧"过程中所发挥的作用，如苏轼和围绕在他身边的文人对"诗画一律"的鼓吹。对皇家和宫廷艺术家所发挥的作用则比较忽视，而已有的研究也多聚焦于宋徽宗和南宋宁宗等宋代帝王。苏立文的著作以很少的篇幅谈到了宋代皇室曾发挥的作用。《文字与图像：中国诗书画》论文集中的有关讨论，也以南宋院画为主。张其凤的《关于中国绘画"诗书画印"一体化进程的考察——兼论宋徽宗对此进程的重要作用》（2009、2010）则拆解出题画诗文发展历史面向，其考察比较专注于绘画系统内部源流演变的梳理，认为宋徽宗在诗画合璧的过程中起到了关键作用。而胡莹的《谈文字与图像结合进程中宫廷艺术的作用——以南宋宁宗皇后杨妹子的题画诗为例》（2009）和白军的硕士论文《南宋院体诗画结合模式探析》（2018）则肯定了南宋宁宗杨皇后（1162～1232 年）对画工作画、帝后题诗合作模式的推进，认为她与马远的合作将诗画结合的艺术实践推到了新的高度。

总的看来，对清代宫廷对题画诗文创作的关注较少，目前以关于清高宗弘历（1711～1799 年）的研究为多。传统书画鉴赏界对弘历不加节制的题画行为多有批评贬低，如周作人谓其"诗既做得特别不通，字亦写得粗俗。题的时候又必是居中一大块，盖上一个玉玺，很是难看"（《知堂集外文·四九年以后》）。徐邦达先生甚至批评其举乃"谬妄之极"。近年来则陆续有一些研究性文章提出更有包容性的意见。如张蕊的《弘历〈三余逸兴图〉及其题画诗跋》（2013）介绍了1732年弘历作为宝亲王时绘制的《三余逸兴图》上的自题跋文，认为其除了展现创作者的诗文才情和画艺之外，更体现出弘历超凡的自信和开阔的视野，令他能够跳出专业画家的局限，审视历代被奉为权威的花鸟画作。刘迪、黄国飞《乾隆帝书画鉴赏题识研究》（2013）一文则详细探讨了弘历对内府书画的鉴赏文字，包括题签、题字、题诗、题跋四种主要类型，认为它们互为补充，共同构成了皇帝书画鉴赏活动的完整体系。其中关于题诗一类，作者指出弘历的题画诗与康熙皇帝不同，后者喜题旧作或古人诗句，前者则会因画而题，创作新诗。主要题材有题人物、山水、花鸟画，宗教题材画，以及论画诗。多为御笔亲书，但也有臣工代笔书写的情况。

以研究视角和方法而言，艺术史学者、博物馆员和收藏鉴定家对题画诗文的研究在艺术史的维度展开，侧重利用现存中国书画上诗文题跋的文本内容和书迹，对画作的真伪和作者进行考证。这一方面中国学者有长时间的实践探索和理论总结。如徐邦达先生就曾有《诗文题跋》（2011）、《书画作品的标题和引首》（2011）等文章，篇幅虽短，但都是先生多年书画鉴定经验的总结，比如前者探讨了诗文题跋出现的位置、内容，认为其乃从汉代图像赞而来，可靠的题跋对鉴定古书画真伪，考订题跋者与作者关系的重大价值。

近年来艺术史展现出社会研究和文化研究的转向，也体现在对题画诗文的研究之中。李德宁（De－nin Deanna Lee）在2011年和2012年分别发表了两篇文章，将题画诗文放在物质文化领域来探讨。她在2011年的文章《中国画：包含图文的物品》（Chinese Painting：Image－Text－Object）即关注不同形式的中国画如何吸收题跋，并与图像一起发挥特定的社会功能。近年来一篇特别值得注意的综述文章分别出自久居中国的美国学者姜斐德（Alfreda Murck）。姜斐德早在20世纪80年代便开始关注中国画上的图文关系。上文提到的1985年纽约大都会艺术博物馆研讨会结成的论文集，即由她与方闻联合编辑并撰写导语。她2016年为《中国艺术手册》（A Companion to Chinese Art）撰写的一章，是海外近年来比较长篇幅的讨论题画诗文发展脉络的学术文字，介绍了题画诗文不断演进背后所遵循的中国艺术内部逻辑，以及社会大环境变动所带来的影响。总的来说，近二十年海外学术界为题画诗文引入了新的研究视角，但整体讨论热度呈回落趋势。

三 文学研究的角度

在现代学科分科体系里，题画文本通常落入文学研究的范畴。对文集中大量存在的题画诗文和专门编纂的题画诗文集的研究，主要由中国的文学研究者开展。他们利用文集中保存的题画诗文，从文学史的角度对题画诗文的文学价值和文学思想进行了梳理。对此，20世纪50至70年代已有零星探讨，如陈友琴先生的《漫谈杜甫的题画诗》（《光明日报》1961）、王伯敏《读李白和杜甫的两首题画诗》（《南艺学报》1978）等，陈文总结出杜甫的题画诗善于联系实际生活的特点，王文则选择李杜二人各一首题画诗分析其特色。此外，南开大学来新夏教授在20世纪60年代还曾尝试编纂清画家题画诗。这些研究成果在当时的社会语境下皆十分难能可贵。

与本研究最为直接相关的议题之一就是题画诗文集的编纂。有所建树的是李栖《两宋题画诗论》（1994）一书，它关注宋代题画诗的历史背景、代表人物和文学价值，第七章"宋题画诗主要专书——《声画集》与《御定题画诗类》"，尽管只有短短一章，仍是目前对《题画诗类》相当深入的研究。李栖对《题画诗类》的体例和内容做了基本的统计和分类工作，并总结归纳了编纂这部文集的价值与不足之处。可以与李栖的研究理路相关联上的有傅怡静的博士论文《宋代题画诗集与画谱研究》（2007）、杨旭东的硕士论文《〈声画集〉和宋代题山水画诗》（2009）、谷曙光与傅怡静合作论文《中国古代第一部题画诗别集——〈题画集〉作者及成书考略》（2009）、苗贵松《明清题画文学文献要籍叙录——兼论现代题画文学研究始自中国学者》（2014）、任山《〈声画集〉研究略述》（2016）。其中傅怡静的博士论文专辟一章梳理了宋代之后题画诗集的编纂与流传情况，并总结各个时期题画诗的变化趋势。苗文则提出陆虚斋《题画诗出自元人考》开现代题画文学研究之先河，并梳理了明清题画总集与别集的基本面貌。不过苗文一方面使用四部分类法，引入总集和别集之类目，另一方面又将《郁氏书画题跋记》《绘林题识》等典型的子部艺术类文献混入。此外，笔者也曾发表《〈御定历代题画诗类〉编纂刊刻过程探析》（2019）等文为本书投石问路。

自 20 世纪 80 年代开始走向兴盛的"题画文学"研究，一大着眼点在"何为最早的题画文学（或文字）"，目前普遍的观点是以画赞为最古的形式。早在青木正儿的文章中，就以《晋书·束皙传》和《楚辞·天问》为依据提出先秦已有画赞的说法。前者是从魏襄王墓挖掘出图诗，结合《晋书》的记载，推测图诗即为画赞。后者则采东晋王逸之说，认为屈原此作为画赞。这类向上追溯式的考证一度颇为流行，如关于最早的题画赞文字，即有汉代扬雄《赵充国画像颂》（东方乔 2002）、先秦屈原《楚辞·天问》（陈履生 1988、张高评 1990、刘继才 2010）等说。其实关于画赞的源流，张志勇的《先唐的赞与画赞》（2014）一文有比较细致的梳理。此外，存世例证有山东武梁祠画像石刻和题赞，今人可从中了解两汉时期画赞的风貌。

较之于画赞，题画诗的出现较为晚近。青木先生认为它是"画赞与咏物诗二者会合的结果"，但无深入讨论。对于孰为存世最早的题画诗，学界聚讼纷纭，说法层出不穷，有唐杜甫（清沈德潜《说诗晬语》卷下），初唐上官仪《咏画幛》（孔寿山 1994、衣若芬 2000），东晋桃叶《答王团扇歌三首》（刘继才 1982）、支遁《咏禅思道人诗》（高文 1992）、西晋傅咸《画像赋》（张晨 1993、张洋洋 2012）、夏侯湛《东方朔画赞并序》，汉代刘向《列女传颂》（魏伯河 2015）等说，可谓越溯越远，从盛唐一路直追汉魏，这其中夹杂着咏画诗与题画诗题材不分，赋和诗文体不分，题画诗认定标准等诸多复杂的问题。不过可以肯定的是，题画诗的出现与南朝兴盛的咏物诗中的咏画诗一直有密切的关系。而从现存实物来说，完完全全题于画心上的诗作，则晚至宋徽宗赵佶（1082～1135 年）的宫廷创作了。

题画文学研究的另一主要着眼点就是唐宋两代的名家名作。个中缘由，除题画诗文的确在唐宋时期获得新进展之外，另一原因在于唐诗和宋诗普遍被认为是古代诗史上的高峰，因此唐宋题画诗文也自然地获得了更高的文学评价。杜甫、苏轼等唐宋文学大家吸引了相当一部分学者从文学的角度来研究他们的题画活动。如艾朗诺（Ronald Egan）《关于画的诗：苏轼和黄庭坚》（*Poems on Paintings: Su Shih and Huang T'ing - chien*，1983）聚焦苏黄关于画的诗文创作和文人画理论，认为他们强调绘画的主体精神，与其人格精神一脉相承。除个案研究外，也有勾勒唐宋时期题画面貌的断代研究。如钟巧灵在扬州大学博士论文基础上出版的《宋代题山水画诗研究》（2008）认为，题山水画诗是宋代题画诗的主流，题画诗虽因画而生，但其本质是诗，文学性和诗性乃其首要特点。她关注宋代题山水画诗的创作环境、内涵阐释、艺术阐释，对唐代的传承与新变等，这些都属比较传统的文学史研究角度。有一些研究者注意到宋代院画对题画诗和画史题诗实践的探索，如李从芹《论题画诗研究中存在的误区》（2002）一文，就论述了宋马远《踏歌图》、马麟《层叠冰绡图》、李嵩《月夜观潮图》等职业画家所创作的诗画合一之作的创作过程、手法与影响。

在 21 世纪之前，对明清两代题画诗文的关注比较少，直到最近十几年才开始有了一些改观。总的来说，仍以针对某一位或某一批创作者的个案研究为多。仅就明末至清乾隆朝这段时期，陆续发掘的个案研究对象包括陈洪绶、李渔、柳如是、石涛、王士禛、曹寅、岳端、高凤翰、恽寿平、卞永誉、禹之鼎、华喦、李鱓、金农、郑燮、袁枚、王筠以及清高宗弘历等，其中尤以陈洪绶、石涛、弘历等几位文学艺术史的焦点人物为多。同时也点校和影印出版了一批清代题画诗别集，如 2000 年学海出版社出版《冬心先生题画记》，2001 年海南出版社出版方薰《山静居题画诗》，2006 年西泠印社出版郑燮《板桥题画》，2009 年广东省中山大学图书馆编《续编清代稿抄本》则收入谢兰生《常惺惺斋书画题跋》，为研究题画诗提供了宝贵资料。就清代皇室、宗室和八旗文人的题画诗文创作研究而言，张菊玲《清初宗室诗人岳端的题画诗》（1992）以清太祖努尔哈赤的曾孙、多罗安和亲王岳东之子岳端（1671~1704 年）以及收录在他个人文集《玉池生稿》中的题画诗为研究对象，探讨了宗室子弟岳东短暂的一生和消极避世的人生态度，与其留下的 134 首题画诗之间的关系。余丽（2011）则介绍了曹寅的咏物诗和题画诗创作，这些诗收于《楝亭诗钞》及别集中，计 78 题 155 首，多吟咏日常生活之作。

特别关注清代题画诗文发展的有台湾地区学者毛文芳，其《图成行乐——明清文人画像题咏析论》（2008）兼跨艺术史、文学史、思想史等多个领域，展现出跨学科的视野和研究方法。这部专著广泛运用了存世明清肖像画上的题文与文集中保存的题肖像画文字。作者对肖像画题咏的特别关注，开拓出题画诗文研究的一个领域。毛文芳近年来陆续发表了《"拂拭零缣读艳歌"：清代〈张忆娘簪花图题咏〉再探》

（2004）、《一则文化扮装之谜：清初〈枫江渔父图〉题咏研究》（2006）、《一部清代文人的生命图史：〈卞永誉画像〉的观看》（2010）等十余篇论文，重点着眼于晚明至盛清时期文人对肖像画的观看、题咏和理解，特别是自题画折射出的自我认知和反复题咏所建立的文人身份认同。

女性在题画诗文创作方面的贡献也逐渐得到发掘。赵雪沛《明末清初的女性题画词》（2006）整理了明末清初闺中女性对书画兴趣的萌发和题画词的创作情况。段继红（2011）介绍了清代女诗人对题画诗创作的偏爱，以及其中她们对生活感悟的寄托。彭磊（2018）则专门分析了清代才女王筠的题画诗和剧评诗中折射出的女性人生观和精神文化诉求。黄仪冠的专著《晚明至盛清女性题画诗研究：以阅读社群及其自我呈现为主》（2009）关注女性的题画诗阅读、诗歌结社与创作活动，其中第二章的第四节专门探讨了女诗人的诗集编选与刊刻。

当然，文学研究与艺术史研究并不是绝对二分的，如果将文集与画作看作文献的不同载体，就可以将不同学科的方法综合起来，来对题画诗文这种特殊的文献加以研究和考订。陈正宏教授一系列文章将"诗画合璧"手卷与文集互相参照，包括《诗画合璧与明代士绅社交方式》（2003）、《美术世界中的文学文献——以一件明代诗画合璧卷子为例》（2006）、《传统雅集中的诗画合璧及其在十六世纪的新变——以明人合作〈药草山房图卷〉为中心》（2009）、《诗画合璧丛考》（2019）等。他以古典文献学的视野，对画卷上和书籍中的明代题画诗文做了全面的利用与考订。类似的还有孙雨晨、罗时进（2014）对清初诗人方文（1612～1669年）邀请画家戴苍绘制《四壬子图》情境的研究，作者将之视为一个文学艺术事件，勾勒其"即事成画、持画征题、因画成诗"的全过程，以此来理解诗坛翘楚方文"嵞山体"诗歌，并发掘其对清代诗歌史和图像史的意义。

总体来说，20世纪90年代和21世纪的第一个十年，中国出现题画诗文研究的峰值。自2000年至2010年的十年间，仅专著就至少有三十余部，单篇论文超过百篇。不过学者刘继才的《中国题画诗发展史》（2010）是目前唯一一部以专著的篇幅总结题画诗发展进程之作。可惜的是其清代部分以诗人系联成篇，并未专门讨论《题画诗类》或其他题画诗文集的编纂。

另外，题画文学研究经过数十年的发展历程，也出现了从学术史的角度加以总结的重要综述性文章。一篇是衣若芬的《题画文学研究概述》（2000），后附"题画文学论著知见录（1911～1999）"。衣若芬对"题画文学"学术研究的起源、发展、分类进行了综述，并在文末列举了未来值得关注几大研究方向。作者对"题画文学"多年的研究使得这篇文章既有宏观把握，又有微观评述，并且视野广阔，对英文和日文的论著都有囊括。继此之后，张晏菁《题画文学知见续录（2000～2010）》（2010）一文整理出一份 2000～2010 年间公开发表的"题画文学"研究成果清单，对衣文是一个很好的跟进。但这篇文章也存在不足之处，一是收录范围过广，将"文学与图像"方面的论著不加鉴别地收入，导致清单中出现诸如《文学的图像化生存》这样的与"题画文学"关联并不紧密的研究。二是仅收入中文文献，缺乏对海外研究进展的追踪。

　　除以上学术研究成果外，还值得一提的是题画诗选集的编辑和出版，此方面的议题不属于本研究的核心，在此仅简要介绍。20 世纪 80 年代，涌现出一大批此类出版物。1983 年洪丕谟编《历代题画诗选注》是较早的一部。在此之后有 1985 年丁炳启所编《题画诗绝句百首赏析》，周积寅、史金城合编《中国历代题画诗选注》等书，名为"历代"，但体量有限。1987 年李德壎的《历代题画诗类编》有更系统的分类编注，这种分类的特性，受到了《题画诗类》的影响和启发。与之类似的还有张晨所编《中国题画诗分类鉴赏辞典》（1993），全书依画科分类，分题花鸟画、山水画、人物画、题画组诗四卷，卷下又分共计 35 小类。收入唐代至近现代 125 位诗人、画家 505 首题画诗作，后系题画诗发展历史线索、作者小传、佳句索引等。至孔寿山的《中国题画诗大观》（1997），已达 987 页之多。以上这些题画诗的编纂，大多基于文集，因此值得一提的是赵苏娜编注的《故宫博物院藏历代绘画题诗存》（1998），编者选故宫博物院所藏画作的题诗，这也是迄今为止唯一一部以画上题诗为基础的此类出版物。除通代文集外，在断代诗文编纂方面，与本书较为有关的是戴丽珠编《明清文人题画诗辑》（2009），惜尚未得见此书，有俟日后搜求。来新夏先生早在 20 世纪 60 年代已尝试编纂《清画家题画诗选》，专收清人画家自题画诗，兼收个别名家题他人画诗，来源以画家诗集为据。惜此书未及付梓。

　　对《题画诗类》一书的影印或点校出版工作也在陆续开展。1976 年神州出版公司影印康熙四十六年刊本《题画诗类》。1988 年台北世界书局影印《摛藻堂四库全书荟要》收录的《题画诗类》2 册，著者记为"清康熙帝御选"。大陆地区的工作起步稍晚。1993 年上海古籍出版社出版《历代题画诗类》2 册，各 764、716 页，著者记为"陈邦彦等撰"，为"四库文学总集选刊"系列之一部分，影印自四库全书中收录的《题画诗类》。此后又先后有 1995 年人民美术出版社的《历代题画诗》和 1996 年北京古籍出版社《康熙御定历代题画诗》。人民美术本为康熙四十六年原刊本之影印本，2 册，共 4164 页，将著者记为"陈邦彦编"。北京古籍出版社本由国家古籍整理出版规划小组主持，为简化字点校本，著者记为"陈邦彦选编"，2 册，各 752、726 页，有彩图。2004 年的《国家图书馆藏古籍艺术类编》书系中，第 28～32 册为影印中国国家图书馆藏"清康熙内府写刻本"（即康熙四十六年本）《题画诗类》，著者记为"陈邦彦编"，印刷品质较好。目前最新出版的版本是 2015 年新疆美术摄影出版社《中国古代书画文献辑录》，第一辑卷三十一至三十四收录《御定历代题画诗类》，影印自四库全书文渊阁本。以上这几个版本大多改动了《题画诗类》原书书题，且对著者的描述并不统一。对《题画诗类》的数字化则主要基于《四库全书》的数字化，有 2002 年迪志文化出版有限公司电子版、2009 年北京爱如生数字化技术研究中心电子版。以上六版现代重印本，有三版为康熙四十六年本，两版影印四库全书写本，一版为点校横排版本，加上两种电子版，为《题画诗类》在当代的传播做出了贡献。

由上可见，前人在题画诗文与画作之关系，以及个别诗人的题画诗作等方面取得了丰硕的成果，由于学科边界和学科研究方法的限制，对理解古代题画诗文集的编纂和传播的实际情况仍有待开掘，对《题画诗类》一书研究有待深入。这部书作为远早于现代学科体系建立之前的产物，实则需要历史、文学、艺术史等多维度、跨学科的烛照。

第二节　关于书籍史的研究

明清出版史和书籍史研究自 1918 年孙毓修的《中国雕版源流考》至今，已历经百年。这一领域从古代目录学、版本学文献学中汲取了丰富营养，呈现高度深化和细化的特点，在进入 21 世纪之后，由于文献获得愈发便利，网上检索和电子数据库的发展，研究进展呈加速趋势。涂丰恩《明清书籍文化史的研究回顾》（2009）、王一樵《近二十年明清书籍、印刷与出版文化相关研究成果评述》（2016）是两篇比较细致的回顾学术发展脉络的综述性文章。二者对海内外的学术史和最新动向皆有比较全面的把握，相比较而言，前者侧重文化史的视角，而后者范围更广，且将重要外文研究的译介一并纳入考察。此外，还可参考出版史书目的汇总成果，如肖东发、袁逸的文章《二十世纪中国出版史研究鸟瞰》（1999）、钱存训的专著《中国印刷史书目》（2004）、范军的专著《中国出版文化史研究书目（1978～2009）》（2011）等。

本研究的开展，要求对清代宫廷书籍生产，特别是康熙朝中晚期的修书刻书情况有宏观的把握。一些大型的目录学、版本学和文献汇编书籍成为研究开展的重要基础，这其中包括但不限于故宫博物院编纂的《清代内府刻书目录解题》（1995）、《清代敕修书籍御制序跋及版式留真》（2001）等书。出版通史和清代出版断代史的研究著作方面，据王一樵文章统计，仅近三十年的通史著作就有十部，其中最新的一部是《中国出版通史（清代卷上）》（2008），对清代图书出版的指导思想、机构、技术、内容、特点等方面做了总结和梳理。

对于康熙朝官修书籍的成书过程和实际刊刻情况，朱赛虹《寓治道于治学——康熙御制图书举要》（2004）、《清前期官府图书的流通及管理》（2006）等文，勾勒出康熙朝官修书籍编纂、流通和管理等环节的面貌，并从中透视了康熙帝的性格、爱好与读书取向，可以说侧重于帝王一端。曹红军则更关注廷臣一端，其《康熙〈皇舆表〉的编撰及其在苏州的刊刻过程考》（2007）、《清康雍乾时期臣工刊书进呈内府现象研究》（2008）等文，探查了康熙宫廷刻书情境，将现存目录和版本学著作中武英殿、扬州诗局刻书，与臣工出资出力所修之书做了区分。项旋《皇权与教化：清代武英殿修书处研究》（2020）则专注武英殿修书处这一延续二百余年的机构，以大量史料勾勒出这一皇家出版机构的建立等史实，考察人员、后勤保障等运转机制，以及点本初的出版、特展和流通。在图书出版与社会政治文化风气的互动方面，王汎森《权力的毛细血管作用：清代的思想、学术与心态》（2015）则探讨了清代频繁的文字狱和政治高压导致出版业进行自我压抑、自我审查，甚至制造了一套"隐语系统"。其中尤其分析了中国出版方式的灵活带来自我删篡的便利性，以及政治气氛日趋紧张的情况下出版者、读者和藏书家都出现的自我禁抑现象。

　　除文献汇编和通史外，就《题画诗类》这部书开展的专门研究当然是本书立足的根本，但遗憾的是除上文提到的李栖和杨学是等人外，仅笔者发表过相关专文，先行研究并不丰富。同《题画诗类》相比，康熙朝同时期编纂的其他文集有更好的研究进展，其研究角度、方法以及部分研究成果，可资借鉴。这方面的专书较少而论文多见。如与《题画诗类》几乎同时成书的《御定历代赋汇》，有叶永胜《陈元龙与〈历代赋汇〉》（2004），踪凡、方利侠的《〈历代赋汇〉版本叙录》（2013）等研究文章，对此书的成书和版本情况作了简要论述。《历代赋汇》的另一个切入角度是此书与赋学的关系，王华宝《赋体文献与〈历代赋汇〉》（2006）、刘伟生《〈历代赋汇〉赋序研究》（2016）即是此方面代表。除《历代赋汇》以外，另一部成于康熙宫廷的文学书籍《御定历代诗余》，专门研究不多，但张佳生《康熙帝与清初词坛》（2014）、陈昌强《论康熙帝的词学活动及其影响》（2015）等文章，透过康熙皇帝编修《历代诗余》这部词集，分析了其词学活动背后的文学理想与政治用意。此外，如周振鹤、顾美华（2006）关于官书《圣谕广训》的版本、印刷和宣传之研究，尽管与文学并无关联，其基本理论也成为本研究之参考。

　　海外学者并未对中国书籍纂修这个大议题进行专门研究，而多注重书籍的出版发行，物质形式、公开性、内容的流动变化等。梅尔清（Tobie Meyer–Fong）《印刷的世界：书籍、出版文化和中华帝国晚期的社会》（2008）和周绍明（Joseph P. McDermott）的《书籍的中国社会史：中华帝国晚期的书籍与士人文化》（2009）中"本书所涉及相关书目的说明"一节，是海外学术界对中国书籍史和出版史比较详细的综述文章。

　　从时代来说，海外学者较多集中在宋、明两朝书籍出版，对清代关注较少。究其原因，一方面在于宋、明两朝的出版出现划时代的新繁荣，另一方面，学者们普遍对清代抱有怀疑和否定心理。晚明似乎标志着早期现代化进程的"失败"，随之而来的清代是一个"一成不变"的时期。如井上进的《中国出版文化史》（2002）一书提到，清代中国的政治集权和官方对书籍交易的种种限制使中国进入一个文化禁锢时代，因此该书到清初便告终结。

　　对清代书籍史研究当然绝非完全的真空。近些年出现了一些将清代图书编辑出版与清帝国政治控制和民族复杂构成关联起来的重要研究。艾尔曼（Benjamin El-man）负责撰写的《剑桥中国史·清代前中期史》的第七章"清代前中期士人的社会角色"提出清代皇权通过书籍编纂来将统治合法性与明代帝王的文化政策联系起来。盖博坚（R. Kent Guy）的《乾隆晚期皇帝的四库、学者与国家》（*The Emperor's Treasuries*：*Scholars and the State in the Late Ch'ien - lung Era*，1987）一书，通过四库全书的编纂来显示乾隆时期的学者与政治社会史之间的复杂角力，他认为当时的汉人学者出于各种动机主动参与进编纂四库全书项目，而编纂过程中的书籍审查，不仅仅是自上而下的压力，也是出于文人精英之间的斗争。盖博坚从建构的一面看清代官方对书籍的操纵与影响，卜正民（Timothy Brook）则是绕道背面，从文字狱这个带有破坏性的面向来看同一议题，其《中国十八世纪的审查制度：透过图书贸易来看》（Censorship in Eighteenth Century China：A View from the Book Trade，1998）一文认为，清代的国家对图书监管和控制并没有想象中那样大的破坏力，在国家权力之外，书籍有自己的生产、流通逻辑。

罗友枝（Evelyn S. Rawski）的《清代非汉语出版物》（Qing Publishing in Non - Han Languages，2005）一文，是海外中国书籍史领域少有的讨论清代官方非汉文（满、蒙、藏文）出版物的研究，她在文中梳理了这些出版物的出版者、读者和出版动机。罗友枝的文章出自包筠雅（Cynthia Brokaw）主编的《帝国晚期的出版与书籍文化》（*Printing and Book Culture in Late Imperial China*，2005）论文集，它同包筠雅主编的另一部论文集《从雕版到网络：1800～2008 年期间的中国出版与印刷文化》（*From Woodcut to Internet*：*Chinese Publishing and Print Culture in Transition*，*circa* 1800 *to* 2008，2010），都是研究清代出版史的重要学术成果。其中的文章谈到清政府充分认识到出版所具有的威力，并积极参与其中。政府的参与涉及行政制度的各个级别，并对颁布官方认可的图书负有责任。包筠雅的专著《文化贸易：清代至民国时期四堡的书籍交易》（*Commerce in Culture*：*The Sibao Book Trade in the Qing and Republican Periods*，2007）是西方中国研究领域为数不多的关于清代书籍史的专著。她近年来又将目光投向清帝国的四川地区，显示出由边陲反观中心的研究路径。包筠雅为《帝国晚期的出版与书籍文化》撰写的长篇导言《关于中国书籍史》（On the History of the Books in China）是对本领域的一篇重要总结和思考，其中"政府在出版中扮演的角色"一节，谈到了清代政府充分认识到出版所具有的威力，并积极参与其中。她认为政府的参与涉及行政制度的各个级别，最顶层的就是武英殿修书处。政府感到对颁布官方认可的图书负有责任，这也驱动同治皇帝下令各省修书处为地方官员学者提供在太平天国战火中毁掉的图书。包筠雅与卜正民一样注意到尽管康雍乾三朝有文字狱，但并没有建立起一贯的持续的文字审查机制。

以上这些研究为研究《题画诗类》提供了社会文化史研究的新视角和方法，出版印刷如何影响知识的定义、传播和分类，地区或国家的文化认同，以及"政治和帝国系统的运作"等大的研究议题，为本书提供了新视野。而对编纂这一主要环节，尤其是官方编纂的形式、机制与意义，探索仍有待深入。

第三章 《御定历代题画诗类》存藏调查与刻本考

自民国以来，国内外图书馆、博物馆、档案馆等大量机构整理出版了公藏古籍目录和书志，近年来随着互联网的普及，各收藏单位也陆续发布了线上古籍藏书目录，特别是在古籍普查的基础上形成了"全国古籍普查登记基本数据库"等大型数据库。本书逐一检索了它们对《题画诗类》的著录，也借此了解了《题画诗类》在国内外的收藏与分布。在此过程中发现，无论是传统的古籍目录和书志印刷品，还是线上古籍电子数据，对《题画诗类》的版本，仅清康熙四十六年刻本就有内府刻本、武英殿刻本、扬州诗局本等多种说法，此外，此书另有嘉庆二十二年裕文堂刻本以及清乾隆《四库全书》《四库全书荟要》写本等。《题画诗类》到底有多少种版本？写本与写本、刻本与刻本、写本与刻本之间有无联系？又是怎样的联系？以上将是本章和第四章将要讨论的问题。

笔者因研究之需，逐一检索了相关著录，并观摩、比对了数个代表性版本，发现了不同实物之间的共性和区别，它们之间的渊源关系，以及各种著录之间的差异所在等。经对各种版本和著录信息综合分析，有清一代《题画诗类》实际只有一种刻本和一种写本。本章就将对刻本的基本情况加以详细的梳理和甄别，以期厘清目前主流书目著录中存在的含混和讹误情况，并对此书的性质加以反思。

第一节 《御定历代题画诗类》的著录

《题画诗类》没有御制书常见的纂修职官表和告成进呈表，这对内府修书而言是很不寻常的现象。因相当多的内府修书为集体工作的产物，书前会开列纂修职官表和告成进呈表，既是表明责任者与贡献者，也是一种宣告"告成"的仪式性做法。《题画诗类》缺少这些信息，仅余两处关键信息可供后人推断其纂修、刊刻者。一处是每卷卷端下题"翰林编修臣陈邦彦奉旨校刊"字样，这个位置一般是题署作者和著作方式之处，"奉旨"说明是奉皇帝之命行事，表明此书不是私刻。"校刊"指校订、校对和刊刻，并无编纂、编辑之意。

关于《题画诗类》的纂刻者，另一处信息来源是开卷的御制序。尽管御制序很有可能由翰林词臣捉刀代笔，但它的视角、口吻是康熙皇帝本人的，且要得到皇帝的认可才可加入书中。作为见证《题画诗类》成书的第一手信息，其价值不可谓不大。《题画诗类》御制序落款为"康熙四十六年四月十六日"，关于此书的编纂情形这样说道：

> 历代各体题咏以万计，散置诸集，无所统纪。翰林陈邦彦裒辑汇钞，得八千九百余首，分为三十类编次，一百有二十卷，缮本呈览。朕嘉其用意之勤，命授工锓梓，兹刊成装潢来上。①

此处"陈邦彦裒辑汇钞"八千余首诗的说法，与书中每卷首"陈邦彦奉旨校刊"字样两相叠加，很容易理解为"陈邦彦奉敕（既）编纂（又）刊刻"《题画诗类》。这恐怕正是后世对这部书一概定为陈邦彦奉旨编纂刊刻的根源。

《题画诗类》成书后，第一次明确著录《题画诗类》的作者姓名和著作责任的，是与之几乎同时期成书的曹寅（1658～1712 年）《楝亭书目》②，记为"御制序，一百二十卷，陈邦彦奉旨校刊，四函二十四册"③。曹寅的这份记录非常简要，但据实照录，显示出曹寅作为藏书家和刻书家的谨慎与细致。此外，曹寅与参与《题画诗类》的几位相关人士有直接的往来，这或许也是他能很快获得《题画诗类》印本的原因，关于这一点后文会继续探讨。

---

① 《御定历代题画诗类》卷一，康熙四十六年本，第 1 页上。这篇序也收入《圣祖仁皇帝御制文》第三集卷二十二。

② 《楝亭书目》约成书于曹寅晚年，即 18 世纪初期。关于此书的研究可参见张一民《〈楝亭书目〉拾遗》，《图书馆建设》2002 年第 2 期。

③ 曹寅：《楝亭书目》卷四，《丛书集成续编》第 5 册，台北：新文丰，1989 年，第 498 页。

至清中叶的海宁藏书家管庭芬（1797～1880年）的《皇朝钦定书目录》①，对《题画诗类》不仅有所著录，还进行了点评：

> 御定历代题画诗类一百二十卷
>
> 康熙四十六年编修陈邦彦奉敕编。仿孙绍远《声画集》例，以历代题画之作分类编次。然绍远书分二十六类，配隶多不允惬。此则分三十类，州居部例，各有条理。绍远书止八卷，此则几及九千首，其精其博均非绍远所及也。②

管庭芬此部书目专门著录"钦定书籍"。不同于曹寅，管氏给出了陈邦彦"奉敕编"《题画诗类》的说法，这一方面敲定陈氏乃编书之人，另一方面点出奉敕之情态。即使管氏不是"陈邦彦编"一说的始作俑者，至少也显示出在清中后期已出现这类说法。

曹氏与管氏皆属私人著录，而在乾隆时期，《题画诗类》也进入了官方书目。《国朝宫史》著录其为："《御定历代题画诗类》一部。南书房翰林陈邦彦辑唐宋元明题画诸诗成集，进呈圣祖仁皇帝亲定成书。分类三十……凡一百二十卷，诗八千九百余首，康熙四十六年校刊。"③"南书房翰林陈邦彦辑……进呈"云云，是将陈氏定为编者。《国朝宫史》为乾隆初期敕编，嘉庆十一年（1806年）内府缮录，具有官修书的权威性，它对"圣祖亲定成书"的强调，有凸显皇帝的决断权威之意。

至乾隆朝的官修大丛书《四库全书》，将《题画诗类》著录为"康熙四十六年敕辑"。四库书成之后编写的带有学术性质的《四库全书总目提要》，对《题画诗

---

① 关于管庭芬的藏书、抄书活动，参见黄伟《清代中叶浙江民间藏书家管庭芬书籍活动述评》，《浙江师范大学学报》2017年第5期。

② 管庭芬：《皇朝钦定书目录》，清嘉庆二十五年钞本，陈红彦主编《国家图书馆藏稀见书目书志丛刊》第20册，北京：国家图书馆出版社，2018年，第56页。

③ 鄂尔泰、张廷玉等编纂：《国朝宫史》卷三十三，文渊阁四库全书本，第27页上。此书乾隆七年（1742年）由内廷大学士鄂尔泰、张廷玉等奉敕纂辑，嘉庆十一年（1806年）朱格抄呈进本。卷首有乾隆皇帝七年（1742年）、二十四年（1759年）及二十六年（1761年）有关初修、细校、重修本朝宫史的圣谕以及乾隆三十四年（1769年）于敏中纂成《国朝宫史》进书表。全书分为训谕、典礼、宫殿、经费、官制、书籍六门。书籍门以十五卷的篇幅，汇集此前官修重要书籍的名称、编书缘起、内容梗概和御制诗文等。

类》的描述和点评则更为详细：

> 康熙四十六年，圣祖仁皇帝御定。……即《御定佩文斋书画谱》，与此书同时并纂，亦不立题咏一门。臣等窃以管蠡之见，窥测高深，或以古人题画者多，题书者少，卷帙即虑编枯，又《书画谱》为卷一百，而此书篇什繁富，为卷一百二十，如并为一编，则末大于本，亦未协体例。是以分命廷臣，各为编校欤？①

《四库全书总目提要》既未提到《题画诗类》卷端下题有"陈邦彦奉旨校刊"字样，也未提及《御制序》中对陈氏"裒辑汇钞"工作的描述，而更加强调了"圣祖仁皇帝御定"。由"管蠡之见，窥测高深"之语，可见到了乾隆朝中晚期，对康熙时期《题画诗类》编纂的具体起因和过程已然不甚明了，只能进行揣测。

《四库全书》和《四库全书总目提要》将"敕编""御定"形诸文字的做法，在后世著录逐渐形成定例。嘉庆朝《钦定大清会典》卷五十四在"凡馆局，则充提调纂修，慎其编校""敕撰书史亦如之"条，下有小字云康熙四十六年"敕编《全唐诗》《历代题画诗类》《历代诗余》"，且并不提及这些书具体为何人所编②。光绪朝的《钦定大清会典》（卷七十）沿用此说③。

到了余绍宋（1882～1949年）的《书画书录解题》（1932年初印），皇帝对《题画诗类》成书的威权形象又隐去不见——余绍宋介绍此书乃"清康熙四十六年御定陈邦彦编集"，突出了陈邦彦一人的关键作用。余氏还"匡正"四库馆臣云："《四库提要》谓是书乃'分命廷臣，各为编校'。读《御制序》，明言'翰林陈邦彦裒辑汇钞，缮本呈览，朕嘉其用意之勤，命授工镂梓'。是此书出于陈氏独力编集。如分命廷臣，卷前例有职司衔名也。《四库》偶误，因为正之。"④余绍宋依据《题画诗类》原书中的御制序正四库之误，从学术的角度来说，乃是运用原典正后世记载、阐释之误，不过他对《提要》的文字也存在一些理解偏差，对此第八章会详细解释。

---

① 《四库全书总目提要》卷一百九十集部四十三。

② 《嘉庆朝钦定大清会典》卷五十五，第4页上。

③ 《光绪朝钦定大清会典》卷七十，第4页下。

④ 余绍宋：《书画书录解题》，北京：北京图书馆出版社，2003年，第527～528页。

与《书画书录解题》基本同时，民国二十二年（1933 年）三月，故宫博物院图书馆整理出版了《故宫所藏殿板书目》，将《题画诗类》著录为"清陈邦彦编进，康熙四十六年刊本，圣祖有序，三十册"①。同年刊行的《故宫殿本书库现存目》则录为"康熙四十六年纂刻，圣祖有序，三十册"②，具体责任人姓名付阙。民国二十三年（1934 年）刊行的《故宫普通书目》略详，记为"清陈邦彦等奉敕编，康熙四十六年殿刊本，二十四册二部，又一部三十册"③，将《题画诗类》划入殿本系统，这恐怕对现今很多图书馆将《题画诗类》描述为"武英殿刊本"产生了影响。以上三部书目皆是由带有官方性质的故宫博物院图书馆在两年内编印，著录却不同，说明当时对《题画诗类》的了解也存在分歧。

其至《题画诗类》一书本身的标题，也在三百年的流传著录过程中变化百出。《楝亭书目》著录此书为"御定历代题画诗"，脱"类"字④。但《楝亭书目》作为私人藏书书目，影响相对较小。官方编印的《四库全书总目》著录此书为"御定题画诗"，脱漏"历代"和"类"三字。嘉庆二十二年裕文堂本《题画诗类》，其书牌大书"御定历代题画诗"七字，漏掉"类"字。以上这些误记书题，折射出无论是官方还是民间，都对这部书"分类"的特性不甚敏感，只将其当作题画诗的汇总文集，这一点对后世影响非常深远。

在此之后，《清史稿》著录作"《历代题画诗》一百二十卷，康熙四十六年陈邦彦等奉敕编"⑤。余绍宋《书画书录解题》亦作《历代题画诗》，但不同于前代著录将《题画诗类》归入"总集类"，余氏将此书归为"类书"一门，显然看重其分类的特性，但不知何故书题脱落"类"字。与余氏大约同时代的俞剑华（1895～1979 年）《中国绘画史》（1937 年初版）则记书题为《佩文斋题画诗》，不仅漏掉"类"字，而且将《题画诗类》混入了康熙朝"佩文斋"系列官修书。无独有偶，早于俞

---

① 故宫博物院图书馆编：《故宫所藏殿板书目》卷四，1933 年 3 月故宫博物院图书馆排印本，版权页并注"此册便检点用"。见《明清以来公藏书目汇刊》第 5 册，第 911 页。

② 故宫博物院编：《故宫殿本书库现存目》，1933 年 5 月故宫博物院排印本，版权页并注"尚有殿本书库现存目二卷嗣出"。见《明清以来公藏书目汇刊》第 5 册，第 667 页。

③ 故宫博物院编：《故宫普通书目》卷四，《明清以来公藏书目汇刊》第 6 册，第 477 页。

④ 曹寅：《楝亭书目》卷四，第 498 页。

⑤ 赵尔巽等：《清史稿》，卷一百四十八·志一百二十三·艺文四，第 4405 页。

氏约一百年，日本天保元年（1830 年）万笈堂英平吉郎等所刻巾箱本《佩文斋咏物诗选》，卷末广告页亦开列有《佩文斋题画诗类横本四册弘斋先生校阅》一书①。可见此类误会海内海外，"心理攸同"。

近代以来，《题画诗类》广泛流播到世界各地，相关各馆的藏书目录也在近几十年陆续出版，其著录文字又可分为两类：一类著录为"清陈邦彦辑"或"清陈邦彦编"，另一类著录为"清陈邦彦奉敕辑"或"清陈邦彦奉敕编"，"奉敕"二字似乎更强调《题画诗类》的敕修身份。海外地区的书目亦然。各馆藏书目的著录，势必影响到全国性联合书目的著录，从 20 世纪 80 年代集国内 700 余家公藏机构的《中国古籍善本书目》，再到近几年陆续公布的《国家珍贵古籍名录》，均著录为"清陈邦彦辑"。也有少量著录未予认可陈邦彦编之说，如《中国历史博物馆藏普通古籍目录》著录为"清翰林院编修"。

《题画诗类》本身自述的矛盾和后世记录中存在的问题，导致现当代提及这部书时，将编辑的功劳全部归于陈邦彦。除上面所列举的藏书目录外，对《题画诗类》进行现代翻印时的作者信息，也为"陈邦彦编书"的说法添砖加瓦。比如 1996 年北京古籍出版社整理出版《题画诗类》时，就将此书记为"（清）陈邦彦选编"。

第二节 　《御定历代题画诗类》刻本辨析

一 　清康熙四十六年本

（一）存世情况

康熙四十六年刻本《题画诗类》是最为重要和关键的版本。笔者广泛查阅了近年来出版的古籍目录、图录，结合"故宫博物院文物管理系统""全国古籍普查登记基本资料库""国家珍贵古籍名录"等古籍目录、图录，整理了康熙四十六年本已知

---

① "弘斋先生"是卷菱湖（1777～1843 年），江户后期的书法家，本名大任，字致远，号菱湖，别号弘斋。今存《题画诗类》日本翻刻本署名"卷大任"，此书现在日本东京大学总图书馆、东京大学东洋文库、新发田市立图书馆等多处收藏。

的馆藏情况，表3.1首先介绍的是中国的馆藏情况。表格信息包括馆藏地、册数、函数，以及馆藏方所提供的版本信息。需要说明的是，表格中的著录信息均直接引用各网站、数据库或出版物中的原文，这样做是为了反映各馆藏单位对康熙四十六年本的描述和理解，不代表本书对《题画诗类》一书的判断。

表3.1 已知中国馆藏康熙四十六年本《题画诗类》

序号	馆藏地	册数、函数	著录刊刻机构信息	著录版式信息	其他信息
1	故宫博物院	24 册	康熙四十六年内府刻本，陈邦彦辑	旧藏，1 部原配洒金纸函套 4 个	书 00000826（殿 25646～25669）
2	故宫博物院	24 册	康熙四十六年内府刻本，陈邦彦辑	旧藏，1 部后配函套 4 个	书 00000825（殿 25622～25645）
3	故宫博物院	24 册	康熙四十六年内府刻本，陈邦彦辑	旧藏，1 部原配函套 4 个，后配函套 4 个	书 00000824（殿 25598～25621）
4	故宫博物院	24 册	康熙四十六年内府刻本，陈邦彦辑	旧藏，1 部原配洒金纸函套 4 个，后配函套 4 个	书 00000823（殿 25574～25597）
5	故宫博物院	24 册	康熙四十六年内府刻本，陈邦彦辑	旧藏昭仁殿，1 部原配夹板 2 个，后配函套 2 个	书 00000827（殿 25670～25693）
6	故宫博物院	24 册	康熙四十六年内府刻本，陈邦彦辑	旧藏，1 部计 1 函 24 册，后配函套 1 个	书 00000828（殿 25694～25717）
7	故宫博物院	24 册	康熙四十六年内府刻本，陈邦彦辑	旧藏位育斋，1 部原配函套 4 个，后配函套 4 个	书 00000829（殿 25718～25741）
8	故宫博物院	30 册	康熙四十六年内府刻本，陈邦彦辑	旧藏，1 部原配函套 4 个，后配函套 4 个	书 00000830（殿 25742～25771）
9	故宫博物院	30 册	康熙四十六年内府刻本，陈邦彦辑	旧藏景阳宫，1 部后配函套 4 个	书 00000831（殿 25772～25801）

序号	馆藏地	册数、函数	著录刊刻机构信息	著录版式信息	其他信息
10	故宫博物院	12 册	康熙四十六年内府刻本，陈邦彦辑	旧藏景阳宫，1 部原配函套 2 个，后配函套 2 个	书 00000832（殿 25802～25813）
11	故宫博物院	24 册	康熙四十六年内府刻本，陈邦彦奉敕编	旧藏延晖阁，1 部 24 册共附原配蓝布函套 4 个	书 00019722（复 16653～16676）
12	故宫博物院	24 册	康熙四十六年内府刻本，陈邦彦奉敕编	旧藏，1 部 24 册共附原配蓝布函套 4 个	书 00019721（复 16629～16652）
13	故宫博物院	24 册	康熙四十六年内府刻本，陈邦彦奉敕编	旧藏	书 00019720（复 16605～16628）
14	故宫博物院	24 册	康熙四十六年内府刻本，陈邦彦奉敕编	旧藏	书 00019719（复 16581～16604）
15	故宫博物院	24 册	康熙四十六年内府刻本，陈邦彦奉敕编	旧藏，1 部 24 册共附原配黄花布函 4 个函套残破	书 00019718（复 16557～16580）
16	故宫博物院	24 册	康熙四十六年内府刻本，陈邦彦奉敕编	旧藏延晖阁，1 部 24 册共附原蓝布函套 3 册缺 1 旧函	书 00019717（复 16533～16556）
17	故宫博物院	24 册	康熙四十六年（1707 年）重刻殿本	清宫旧藏，开本尺寸纵 27.6 厘米，横 17.5 厘米，版框尺寸纵 18 厘米，横 12.9 厘米；半页十一行行二十三字，黑口，单鱼尾，左右双边	书 00032761（线 000293）
18	故宫博物院	24 册	康熙四十六年（1707 年）刻本，陈邦彦辑		书 00034880（线 069894）
19	故宫博物院	23 册	康熙四十六年内府刻本，陈邦彦奉编	清宫旧藏，1 部 4 函 23 册共附原配蓝布函套 4 个	存 23 册，书 00020600（残 06145～06167）

续表 3.1

序号	馆藏地	册数、函数	著录刊刻机构信息	著录版式信息	其他信息
20	故宫博物院	3 册	武英殿刻本，陈邦彦校	旧藏，1 部 1 包 3 册	存 3 册，书 00020641（残 07481～07483）
21	故宫博物院	1 册	弘昼等选	清宫旧藏，1 部 1 包 1 册	存 1 册，书 00021560（残 15621）
22	中国国家图书馆	24 册	康熙四十六年刻本	十一行二十三字小字双行三十一字，黑口左右双边单鱼尾	
23	中国国家图书馆	24 册	康熙刻本	十一行二十三字，黑口左右双边	
24	中国国家图书馆	24 册	康熙四十六年内府写刻本	十一行二十三字小字双行，黑口左右双边单鱼尾	
25	中国国家图书馆	24 册	康熙四十六年内府刻本	十一行二十三字，黑口左右双边	
26	中国国家图书馆	24 册	康熙四十六年内府刻本	十一行二十三字小字双行三十一字，黑口左右双边	
27	中国历史博物馆	24 册	康熙四十六年内府刻本		
28	首都图书馆	30 册	清康熙四十六年（1707 年）内府刻本		钤"古芸书屋"朱文印
29	首都图书馆	24 册	康熙四十六年内府刻本	半叶十一行，行二十三字，粗黑口，左右双边，单黑鱼尾，半框 18.8 厘米	佚名圈点
30	首都图书馆	24 册	康熙四十六年内府刻本		
31	北京师范大学图书馆	24 册	康熙四十六年内府刻本		

序号	馆藏地	册数、函数	著录刊刻机构信息	著录版式信息	其他信息
32	北京师范大学图书馆	24 册	康熙四十六年内府刻本		
33	北京师范大学图书馆	24 册	康熙四十六年刻本		
34	中国民族图书馆	24 册	康熙四十六年刻本		
35	天津图书馆	30 册 4 函	康熙四十六年内府刻本	十一行二十三字，黑口左右双边，28.4×17 厘米	
36	天津图书馆	30 册 1 匣	康熙四十六年扬州诗局刻本	十一行二十三字，黑口左右双边，27.5×16.6 厘米	
37	天津图书馆	24 册 4 函	康熙四十六年扬州诗局刻本	十一行二十三字，黑口左右双边，26.8×17.4 厘米	
38	天津图书馆	24 册 4 夹	康熙四十六年内府刻本	十一行二十三字，黑口左右双边，24.8×15.9 厘米	
39	南开大学图书馆	40 册	康熙四十六年内府刻本	十一行二十三字黑口左右双边	
40	山西省图书馆	24 册	康熙四十六年内府刻本		进入第三批国家珍贵古籍名录（编号09405）
41	山西省图书馆	24 册	康熙四十六年内府刻本		
42	山西省图书馆	8 册	康熙四十六年内府刻本		存 34 卷（卷八十七至一百二十）
43	山西师范大学图书馆	32 册	康熙四十六年内府刻本	十一行二十三字，黑口左右双边单鱼尾	

续表 3.1

序号	馆藏地	册数、函数	著录刊刻机构信息	著录版式信息	其他信息
44	陕西师范大学图书馆	不详	康熙四十六年武英殿刻本	半叶十一行，行二十三字，黑口左右双边，匡 18.3 × 12.6 厘米	进入第一批陕西省珍贵古籍名录（编号 0394）
45	青海省图书馆	24 册	康熙四十六年内府刻本		
46	青海省图书馆	24 册	康熙四十六年内府刻本		
47	青海省图书馆	32 册	康熙四十六内府刻本		
48	宁夏回族自治区图书馆	8 册	清康熙刻本	十一行二十三字，小字双行同上下，黑口左右双边	存 30 卷（九十一至一百二十）
49	甘肃省图书馆	不详	康熙四十六年武英殿刻本		
50	内蒙古自治区图书馆	32 册	康熙四十六年刻本		
51	辽宁省图书馆	22 册	康熙四十六年扬州诗局刻陈邦彦进呈本		进入第一批辽宁省珍贵古籍名录（编号 10929）
52	大连图书馆	不详	清陈邦彦辑，康熙四十六年内府刻本		进入第一批国家珍贵古籍名录（编号 02198）
53	锦州市图书馆	40 册 8 函	康熙四十六年扬州诗局刻行	正文半叶十一行，行二十三字，匡 18.7 × 12.8 厘米，开本 27.6 × 16.8 厘米	进入第一批辽宁省珍贵古籍名录（编号 10930）
54	鲁迅美术学院图书馆	不详	康熙四十六年扬州诗局刻本		进入第一批辽宁省珍贵古籍名录（编号 20750）

续表 3.1

序号	馆藏地	册数、函数	著录刊刻机构信息	著录版式信息	其他信息
55	吉林省图书馆	24 册	康熙四十六年刻本，陈邦彦编	十一行二十三字，黑口左右双边	
56	吉林市图书馆	24 册	康熙四十六内府刻本		
57	黑龙江大学图书馆	36 册	清康熙四十六年	半叶十一行行二十三字，小字双行，粗黑口单鱼尾左右双边，匡 18.4 × 12.8 厘米，开本 25.4 × 16.7 厘米	
58	山东省图书馆	不详	康熙四十六年内府刻本		进入第三批国家珍贵古籍名录（编号 09406）进入第一批山东省珍贵古籍名录（编号 3580）
59	山东省图书馆	不详	康熙四十六年内府刻本		进入第一批山东省珍贵古籍名录（编号 3581）
60	山东大学图书馆	36 册 6 函	康熙四十六年内府刻本	十一行二十三字，上下黑口，左右双边，单鱼尾	印记："陈印希濂"
61	山东师范大学图书馆	不详	康熙四十六年内府刻本		进入第一批国家珍贵古籍名录（编号 02199）进入山东省第一批珍贵古籍名录（编号 3583）
62	青岛市图书馆	14 册	陈邦彦编，康熙四十六年刻本	24.6 × 15.6 厘米	存 62 卷（卷一至六十二）

续表 3.1

序号	馆藏地	册数、函数	著录刊刻机构信息	著录版式信息	其他信息
63	烟台图书馆	1 册	清刻本		存 5 卷（卷一百九至一百十三）
64	孔子博物馆	24 册	康熙内府刻本		
65	徐州市图书馆	24 册	康熙四十七年（1708 年）刻本		
66	淮安市楚州区图书馆	不详	陈邦彦编，康熙四十六年（1707 年）内府刻本		进入第一批江苏省珍贵古籍名录（编号 1154）
67	南通静海楼图书馆	24 册	康熙四十六年内府刻本	十一行二十三字，黑口左右双边，18.7×12.3 厘米	进入第一批江苏省珍贵古籍名录（编号 1155）
68	南京图书馆	32 册	陈邦彦编，康熙四十六年内府刻本		进入第一批江苏省珍贵古籍名录（编号 1156）
69	南京图书馆	32 册	陈邦彦编，康熙四十六年内府刻本		
70	南京图书馆	24 册	清陈邦彦编，康熙四十六年内府刻本		
71	苏州博物馆	24 册	康熙四十六年刻本	十一行二十三字，黑口左右双边，18.8 厘米	进入第三批国家珍贵古籍名录（编号 09407）第一批江苏省珍贵古籍名录（编号 1153）
72	苏州图书馆	24 册	康熙四十六年刻本		
73	扬州市图书馆	不详	清陈邦彦编，康熙四十六年内府刻本		进入第一批江苏省珍贵古籍名录（编号 1157）
74	扬州大学图书馆	48 册	康熙四十六年刻本		

序号	馆藏地	册数、函数	著录刊刻机构信息	著录版式信息	其他信息
75	复旦大学图书馆	24 册	康熙内府刻本		
76	复旦大学图书馆	38 册	康熙内府刻本		存 96 卷
77	复旦大学图书馆	24 册	康熙四十六年内府刻本		
78	复旦大学图书馆	30 册	康熙四十六年内府刻本		
79	宁波市天一阁	32 册	清陈邦彦辑，康熙四十六年内府刻本		
80	宁波市天一阁	12 册	清陈邦彦辑，康熙四十六年内府刻本		缺 11 卷（卷十五至二十、六十一至六十五）
81	宁波市天一阁	32 册	清陈邦彦辑，康熙四十六年内府刻本		
82	宁波市天一阁	2 册	清陈邦彦辑，康熙四十六年内府刻本		存 11 卷（卷三十七至四十七）
83	宁波市天一阁	14 册	清陈邦彦辑，康熙四十六年内府刻本		存 67 卷（卷四十八至八十四、九十一至一百二十）
84	宁波市天一阁	32 册	清陈邦彦辑，康熙四十六年内府刻本		
85	嘉兴市图书馆	3 册	康熙四十六年内府刻本		存 14 卷（卷二十二至三十五）
86	温州市图书馆	20 册	清陈邦彦等奉敕辑，清康熙四十六年（1707 年）		
87	郑州图书馆	24 册	康熙四十六年刻本		
88	开封市图书馆	23 册 2 函	康熙四十六年刻本		存 116 卷（一至四、九至一百二十）

续表 3.1

序号	馆藏地	册数、函数	著录刊刻机构信息	著录版式信息	其他信息
89	开封市图书馆	1 册	康熙四十六年刻本		存 4 卷（卷五十九至六十二）
90	河南大学图书馆	24 册	康熙四十六年内府刻本		进入第一批国家珍贵古籍名录（编号 02197）
91	河南大学图书馆	24 册	康熙四十六年内府刻本		
92	河南大学图书馆	32 册	康熙四十六年内府刻本		
93	湖南图书馆	32 册	康熙四十六年内府刻本		
94	福建省图书馆	20 册	康熙四十六年内府刻本		
95	福建省图书馆	22 册	康熙四十六年内府刻本		存 114 卷（卷一至一百九，一百十六至一百二十）
96	西南大学图书馆	24 册	康熙四十六年内府刻本	18.7×12.8 厘米	印记："少衡""白岩草菴主人窸滔氏周浩印"
97	四川大学图书馆	50 册	康熙四十六年内府刻本	匡高 18.4 厘米，广 12.9 厘米，半叶十一行，行二十三字，黑口左右双边	进入第一批四川省珍贵古籍名录（编号 0338）
98	重庆图书馆	5 册	康熙四十六年内府刻本		存 26 卷（卷四十二至四十七、五十七至六十、六十六至七十、九十一至九十五、一百十至一百十五）
99	重庆图书馆	30 册	康熙四十六年内府刻本		

序号	馆藏地	册数、函数	著录刊刻机构信息	著录版式信息	其他信息
100	重庆图书馆	48 册	康熙四十六年内府刻本		
101	重庆图书馆	40 册	康熙四十六年内府刻本		
102	重庆市万州区图书馆	40 册	康熙四十六年刻本		进入第一批重庆市珍贵古籍名录（编号 081）
103	重庆市万州区图书馆	21 册	康熙四十六年刻本		存 105 卷（卷一至十、十六至八十、九十一至一百二十）
104	重庆中国三峡博物馆	40 册	康熙四十六年刻本		
105	柳州市博物馆	不详	康熙四十六年刻本	匡高 18 厘米，广 12.7 厘米	进入第三批广西壮族自治区珍贵古籍名录（编号 0364）
106	贵州省博物馆	32 册	康熙四十六年刻本	25.4 × 18.2 厘米	
107	广东省立中山图书馆	30 册	康熙四十六年刻本		钤有"郭光炜印""楼峰郭氏之印""绿天书屋之印"白文印，"世守勿丢""卧云居士书画之章"朱文印，第二部钤有"广雅书院藏书""广雅书院经籍金石书画之印"朱文印
108	广东省立中山图书馆	24 册	不详		
109	广东省立中山图书馆	18 册	不详		

续表 3.1

序号	馆藏地	册数、函数	著录刊刻机构信息	著录版式信息	其他信息
	台港澳地区				
1	台北故宫博物院图书文献处	30 册	清康熙四十六年武英殿刊本		排架号 927
2	台北故宫博物院图书文献处	30 册	清康熙四十六年武英殿刊本		排架号 527
3	台北故宫博物院图书文献处	20 册	清康熙四十六年武英殿刊本		排架号 846
4	台湾大学图书馆	24 册 4 函	清康熙四十六年刊本	25 厘米	
5	台湾大学图书馆	26 册 4 函		每半叶十一行,行二十三字,注双行小字字数不等,左右双边,上下粗黑口,黑鱼尾,下记书名、卷第、类名、叶数,27 厘米(框 18.7×12.8 厘米)	
6	香港大学冯平山图书馆	20 册	陈邦彦辑,康熙四十六内府刻本		
7	香港中文大学图书馆	20 册 2 函	康熙四十六年内府	十一行二十三字,黑口左右双边,单黑鱼尾,版心中镌书名卷次,25 厘米(框 18.4×13 厘米)	钤有"南海冯贻嘉堂所藏印"
8	香港中文大学图书馆	32 册 4 函		十一行二十三字,小字双行,黑口左右双边,单黑鱼尾,版心中镌"历代题画诗类",卷次及小题,下镌叶次,28 厘米(框 18.4×12.8 厘米)	钤"锡翎堂""观察太守之章""隆三亮钥"印

根据现有统计，已知中国各省区藏《题画诗类》存世 117 部，其中内地 109 部，台港澳地区藏《题画诗类》8 部（见图 3.17）。内地的 109 部中有 92 部全本，17 部残本①，广泛分布于 22 个省区，而尤其集中于京津和华东省市。其中北京的藏本数量居全国榜首，共计 34 部，其次为江苏 10 部，再次为浙江和台港各 8 部。以收藏机构而论，则故宫博物院所藏最多，共 21 部，其次是宁波天一阁 6 部，再次是中国国家图书馆 5 部。就在笔者写作此书的过程中，所整理出的存世数量就屡次更新，随着我国古籍普查登记事业的进一步深入，上述数字很有可能继续增加。

除中国地区外，《题画诗类》亦见藏于海外地区的公立藏书机构。经过对"Worldcat""日本汉籍总目""CiNii""Database of Premodern Japanese Books""日本国会图书馆"、KORCIS 等图书馆独立或联合书目等资料库和公开出版品的整理，将情况汇总于表 3.2。

表 3.2　已知海外馆藏康熙四十六年本《题画诗类》

序号	馆藏地	册数、函数	著录刊刻机构信息	著录版式信息	印记及其他信息
1	德国巴伐利亚国家图书馆	24 册 4 函	康熙四十六年武英殿刻本		
2	芝加哥大学图书馆	36 册	扬州诗局刻康熙四十六年本	30 厘米	
3	哈佛大学哈佛燕京图书馆	32 册	北京：内府，清康熙四十六年（1707 年）	十一行二十三字，黑口，左右双边，单黑鱼尾，版心中镌"历代题画诗类"及卷次，26 厘米，框 18.5 × 12.9 厘米	
4	普林斯顿大学东亚图书馆	48 册	扬州诗局刻清康熙四十六年本	十一行二十三字，黑口左右双边，单黑鱼尾，25 厘米，框 18.5 × 12.9 厘米	

①　另有 3 部情形不明，有待走访：1. 烟台图书馆藏"清抄本"《题画诗类》2 册 2 卷（卷七十六、八十二）；2. 重庆图书馆藏"清刻本"1 册 6 卷（卷十五至二十）；3. 南京图书馆藏"武英殿活字印本"24 册（索书号 GJ/131684），恐为误记。

续表 3.2

序号	馆藏地	册数、函数	著录刊刻机构信息	著录版式信息	印记及其他信息
5	纽约大都会博物馆 Thomas Watson Library	24 册	扬州诗局刻清康熙四十六年本	25 厘米	
6	Smithsonian Institution Libraries	32 册	扬州诗局刻清康熙四十六年本	26 厘米，框 18.3 × 12.2 厘米	
7	Smithsonian Institution Libraries	32 册 5 函	扬州诗局刻清康熙四十六年本	26 厘米，框 18.5 × 12.3 厘米	
8	堪萨斯大学图书馆	24 册 4 函	内府清康熙（四十六年）	26 厘米	
9	加州大学柏克利分校东亚图书馆	24 册	扬州诗局刻清康熙四十六年本	十一行二十三字，黑口左右双边，18.5 厘米	
10	日本国立国会图书馆	24 册（合 8 册）	清陈邦彦撰，熙四十六年序刊	25 厘米	
11	日本国立国会图书馆	24 册（合 12 册）	清陈邦彦撰，康熙四十六年序刊	25 厘米	
12	日本国立公文书馆	32 册	清陈邦彦编，康熙四十六年序刊		
13	东京国立博物馆	48 册 3 夹	清陈邦彦奉旨校刊	缺卷 1~30	印记："大云山房清玩""大云山房收藏""大云清赏""大云山房珍藏书画记""东京帝室博物馆图书之印"
14	宫内厅书陵部图书寮文库	30 册 82 卷	清康熙帝、陈邦彦校		C4－29

续表 3. 2

序号	馆藏地	册数、函数	著录刊刻机构信息	著录版式信息	印记及其他信息
15	宫内厅书陵部图书寮文库	24 册 120 卷	陈邦彦		国分本、国 551
16	宫内厅书陵部图书寮文库	24 册	清康熙帝、陈邦彦校		国分本、国 600
17	敬嘉堂文库	24 册	清圣祖编，清康熙刊		守先阁旧藏本，三三函、四一架
18	敬嘉堂文库	24 册	清圣祖编，清康熙刊		五三函、七架
19	东京都立图书馆	24 册	清陈邦彦奉敕编，清康熙四十六年序刊		特别买上文库，河田烈旧藏，特 8443，卷六十八至七十六，八十八至九十三补写
20	东京都立图书馆	54 册	清陈邦彦奉敕编，清康熙四十六年序刊		特别买上文库，江田勇二（文雅堂）旧藏，特 8442，卷五十一至五十三缺
21	东京大学东洋文化研究所	24 册 4 函	康熙四十六年御定	左右双边有界，十一行二十三字小字双行，26.2×18.2 厘米，内匡廓：18.2×12.0 厘米	
22	东京大学东洋文化研究所	32 册 4 函	清康熙四十六年御定	左右双边有界，十一行二十三字小字双行，黑口单黑鱼尾，24.6×15.0 厘米，内匡廓：18.2×12.0 厘米	印记："铃木敬图书""如一盦藏图书""瑞宝之印""间妙寯文房印"等
23	东洋文库	30 册	陈邦彦奉敕校，康熙四十六年刊本（殿本）		
24	东洋文库	24 册	康熙四十六年敕辑		岩 III－9－B－846

续表 3.2

序号	馆藏地	册数、函数	著录刊刻机构信息	著录版式信息	印记及其他信息
25	庆应义塾大学		清陈邦彦奉旨校刊，清康熙四十六（1707年）序		
26	大阪大学	32 册	清康熙四十六年御定		怀德堂文库、冈田文库
27	京都大学文学研究科	60 册	康熙四十六年御定内府刊本	左右双边有界，十一行二十三字小字双行，24.8×16.1厘米	卷头有朱墨书写痕迹，第42、65卷目录有补写痕迹
28	京都大学文学研究科	32 册	清圣祖爱新觉罗·玄烨定，康熙四十六年刊本	左右双边有界十一行二十三字，小字双行，黑口单鱼尾 27.4×17.0 厘米（内匡郭：18.1×11.9厘米）	印记："山冈氏所藏记""博古斋所藏善本书籍"
29	京都大学人文科学研究所	24 册	清圣祖爱新觉罗·玄烨定，康熙四十六年刊本		
30	京都府立京都大学历彩馆	22 册	陈邦彦	25 厘米	
31	立命馆大学	24 册	清陈邦彦奉敕编，康熙四十六年序刊		
32	西尾市岩濑文库	24 册	清陈邦彦奉敕编，康熙四十六年序刊		印记："冰绿轩藏书印""引楷之印""宝德堂"
33	堺市立中央图书馆	不详	陈邦彦等编，康熙四十六年		
34	名古屋大学图书馆	24 册	不详	左右双边有界十一行二十三字小字双行，黑口单鱼尾，内匡廓：18.2×12.0厘米	印章5方

续表 3.2

序号	馆藏地	册数、函数	著录刊刻机构信息	著录版式信息	印记及其他信息
35	筑波大学图书馆	24 册3 函	清陈邦彦	左右双边有界十一行二十三字小字双行，黑口单鱼尾，内匡廓：18.2×12.0 厘米	印记："奚暇斋读本记"（多纪元坚）
36	韩国国会图书馆	（存）5 册	陈邦彦编刊	木板本，25.2×15.7 厘米，四周单边，半郭 18.4×12.2 厘米，有界，半叶十一行二十三字，上下黑口，上下黑鱼尾，表题书名"题画诗类"，存：卷七十一至九十五	印记："石莲居士""田公愚印""心氾之印""李铉轼印"
37	庆熙大学图书馆	（存）4 册30 卷	陈邦彦奉旨校刊	笔写本，24.9×15.4 厘米，存：1～30 卷	
38	首尔国立大学韩国研究所	（存）53 卷13 册	陈邦彦奉校	木板本，24×15.3 厘米，封面页镌名"题画诗"，存：卷 7～9、16～19、23～25、56～67、90～120（13 册）	印记："帝室图书之章"
39	首尔国立大学图书馆中央图书馆	120 卷40 册	陈邦彦编	木板本，有界，十一行二十三字，注双行，大黑口，上下向黑鱼尾，版心题：历代题画诗类，26.6×17.6 厘米，上下单边，左右双边，半郭 18.4×12.6 厘米	印记："京城帝国大学图书章"
40	高丽大学图书馆	（存）5 册26 卷	陈邦彦编	木板本，24.0×15.4 厘米，存：卷 13～18、19～29、54～58、100～103	印记："秋史珍藏""吴膺善"

　　根据表 3.2 的统计，另有 40 部分布海外，其中欧洲地区 1 部，美国 8 部，日本 26 部，韩国 5 部。显而易见，日本是中国以外收藏《题画诗类》较多的国家。其中

东京和京都为两大重镇，其余呈点状分布。加上中国收藏的 117 部《题画诗类》，目前可考的存世康熙四十六年版《题画诗类》已超 150 部。加上散落在民间收藏和尚未发现的本子，这一版的刷印数量推测应达到 200 部的规模。

（二）版本比对

为比对版本，笔者搜集了尽可能多的《题画诗类》的书影、图像资料等，并调取了康熙四十六年本《题画诗类》在中国国家图书馆的五个藏本、北京大学图书馆古籍部的两个藏本和日本国立国会图书馆两个藏本，共九本。将关于这九本所见版本情况汇总于表 3.3。

在这九本中，藏于中国国家图书馆善本库的 t2464、中国国家图书馆普通古籍库的 19247，以及北京大学图书馆的 Y/5570/7950，这三本比起另外六个本子，纸品更佳，平整光洁，纸质有韧性。从印刷效果来说，这三本刷印明显更为清晰，版框更完整，而另外六个本子都有文字漫漶的情况，印刷效果有不同程度的下降，北京大学 SB/811. 108/7520 本甚至有大片文字模糊和原纸破损，日本国立国会图书馆 121 - 186 本则有缺页，且印刷草率，乃至有上板纸张移动造成的整页字迹模糊。文字漫漶、印刷质量降低主要原因是原书板在前期印刷过程中不断损耗，版框和笔画断裂，导致后面再印刷时效果逐渐变差。此外，缺页、纸张破损和人为操作原因导致字迹模糊，也显示出刷印者对书籍质量把关不严，态度较为随意。则品质较高的三本印次靠前，另外六本应该是后印本，品质稍逊于初印本。

这九本可与故宫博物院（文物号：书 00032761）、庆应义塾大学图书馆、哈佛大学燕京图书馆、德国巴伐利亚国家图书馆所藏四本电子化图像进行比对。四个电子版尽管未见原书，所幸电子化图像质量较高，可支持比对。能看出故宫博物院本、庆应义塾本、德国巴伐利亚国家立图书馆藏本，品质优于哈佛燕京图书馆藏本，后者应属后印本。如开篇御制序第二列"作"字，故宫博物院本（图 3.1）、庆应义塾本（图 3.2）、巴伐利亚本（图 3.3）笔画基本完整，与中国国家图书馆 19247 本一致。但哈佛本第二行"作"字的"亻"旁、第三行"而"字第一笔，笔画都有残缺（图 3.4），日本国会国立图书馆 121 - 186 本也与之类似（图 3.5），这些残缺也出现在下文介绍的嘉庆翻印本中，应是书板本身出现损毁，导致书页上的文字缺损。哈佛本与日本国会 121 - 186 本还有一个共同点，即封面页都为朱色云龙纹围绕的墨色"题画诗类"四字书名，

表 3.3　九部《题画诗类》纸本版本情况

馆藏地（索书号）	中国国家图书馆（12466）	中国国家图书馆（t2571）	中国国家图书馆（t2464）	中国国家图书馆（19247）	中国国家图书馆（19248）	北京大学图书馆（SB/811.108/7520）	北京大学图书馆（Y/5570/7950）	日本国立国会图书馆（121-186）	日本国立国会图书馆（100-14）
册数	24 册	24 册	24 册	24 册	24 册	24 册 8 函	48 册 4 函	24 册 2 函	24 册 2 函
开本尺寸（厘米）	24.9×16.3	24.8×15.6	26.7×17.5	26.1×17.1	25.8×15.5	24.1×15.5	28.8×17.5	24.2×15	24.5×15.5
版本信息	米色纸质书衣。有封面页（单页），外包半透明白绵纸，上镌"御定历代题画诗类"。月白色包角	瓷青纸质书衣。无封面页。无包角	无封面页。无包角	米色纸质书衣。封面页白色。有月白色包角残留痕迹	米色纸质书衣。有封面页，外包半透明白绵纸，上镌"御定历代题画诗类"。月白色包角	瓷青色书衣。无封面页。无包角	瓷青色纸质书衣。有封面页，外包绵纸，上镌"御定历代题画诗类"。月白色包角	米色纸质书衣。有封面页，上镌"题画诗类"，配米色云龙纹图案。无包角	米色纸质书衣。有封面页，上镌"御定历代题画诗类"。无包角
书品	印刷略为粗糙，纸质较差，有鼠啮痕迹	第一册有修补痕迹	印刷非常清晰，纸质厚，佳。保存完整。六眼装订	印刷非常清晰。纸质厚，佳。有虫蛀	印刷大致清晰，但字迹变淡，版框出现朋裂痕迹。纸质较脆，有日晒变黄现象	印刷多有模糊不清之处，版框多处开裂。纸质略薄脆，原纸即有破损，虫蛀严重。有修补痕迹	印刷大致清晰，版框完整，轻微朋裂痕迹。有严重水渍。内夹书签，上书："1296所代题画时二十四本五十元来飘"	印刷草率，字迹模糊，板框出现朋裂痕迹	印刷草率，字迹模糊，板框出现朋裂痕迹

续表3.3

馆藏地（索书号）	中国国家图书馆（t2466）	中国国家图书馆（t2571）	中国国家图书馆（t2464）	中国国家图书馆（19247）	中国国家图书馆（19248）	北京大学图书馆（SB/811.108/7520）	北京大学图书馆（Y/5570/7950）	日本国立国会图书馆（121-186）	日本国立国会图书馆（100-14）
藏书印记	无	"华文学校图书馆藏"	"长乐郑振铎西谛藏书" "差仙" "差仙珍藏" "吴仙氏" "承源印"	"国立北平图书馆珍藏" "一九四九年武强贺孔才捐赠北平图书馆之图书"	"京师图书馆藏书记"	"北京大学图书馆藏印" "北京中法大学图书馆藏书章"	"大知堂图书" "燕京大学图书馆"	"帝国图书馆藏" "明治三一・五・一四购求"	"帝国图书馆藏" "明治三一・三・一・六购求"
书内讹误	未改	未改	未改	卷二页六上"枢"改正为"鲜于枢"	未改	未改	未改	未改	未改
印次	后印	后印	初印	初印 有校订	后印	后印	初印	后印	后印

图 3.1　故宫博物院本《题画诗类》
　　　　（书 00032761）御制序（字
　　　　画完整）

图 3.2　庆应义塾大学本《题画诗类》
　　　　御制序（字画完整）

图 3.3　德国巴伐利亚国家图书馆本
　　　　《题画诗类》御制序（字画
　　　　较完整）

图 3.4　哈佛大学燕京图书馆本
　　　　《题画诗类》御制序（字
　　　　画出现缺失）

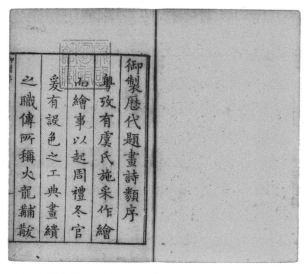

图 3.5 日本国立国会图书馆本《题画诗类》（121 – 186 号）御制序（字画出现缺失）

并在最上方有朱色"御制"二字（图 3.6）。此类封面页区别于其他各本，且少见于康熙时期的宫廷出版图书。从目前所见电子化图像看，故宫博物院本和庆应义塾本，与纸本三个质量较高的本子非常接近，推测为初印本。哈佛本为情况较差的后印本。巴伐利亚本则介于二者之间，与中国国家图书馆 19248 本情况比较接近。

此外，康熙四十六年刻本有一特征，即第二卷《范宽雪山图》一诗的作者"鲜于枢"被误刻为"解于枢"。七个纸质本和三个电子本中皆有此误，但仅中国国家图书馆 19247 本手写修正了这个错误（图 3.7），其余皆没有修正（图 3.8），此改订出自谁手不得而知，但有可能出自 19247 本最初的读者或校订者。

陈邦彦康熙四十六年十月三十日日记："进东宫《题画诗类》四十部，收廿部，又收五部赏人。"① 这

图 3.6 哈佛大学本《题画诗类》封面页

① 陈邦彦：《匏庐公日记》，周德明、黄显功主编《上海图书馆藏稿钞本日记丛刊》第 1 册，北京：国家图书馆出版社，2017 年，第 334 页。

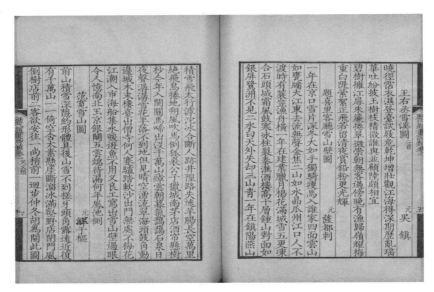

图 3.7　中国国家图书馆藏康熙四十六年本《题画诗类》（19247）（卷二第六页上"解于枢"被手写订正为"鲜于枢"）

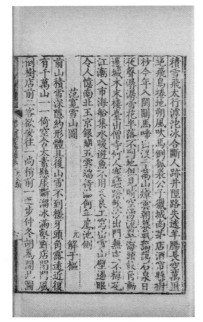

图 3.8　哈佛本康熙四十六年本《题画诗类》（卷二第六页上未订正的原刻"解于枢"）

是他日记中首次记录进呈《题画诗类》刊本，这四十部当为《题画诗类》初印本，其中很可能就包括国图 19247、t2464 等三本在内。

（三）版本概况

概括这一版《题画诗类》基本的版本情况：左右双边，半页十一行，每行二十三字黑口，上单鱼尾，开本大致高 26 厘米，宽 17 厘米，版框大致高 18.6 厘米，宽 12.8 厘米，版心中镌"历代题画诗类"及卷次。前有康熙四十六年四月十六日御制序、凡例（图 3.9），卷端题"翰林院编修陈邦彦奉旨校刊"（图 3.10、3.11、3.12）。字体为软体正楷，端庄秀美，刷印清晰利落，装帧严谨、一丝不苟，制作精良，反映了为宫廷刻书的品质和水准（图 3.13～3.17）。

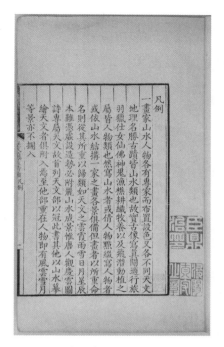

图 3.9　故宫博物院本《题画诗类》
（书 00032761）凡例

图 3.10　故宫博物院本《题画诗类》
（书 00032761）第一卷卷端

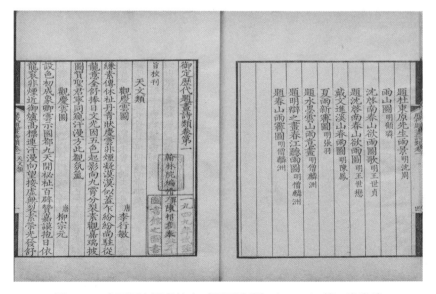

图 3.11　中国国家图书馆本《题画诗类》（19247）第一卷卷端

題杜東原先生雨景 明沈周
雨山圖 明顧璘
沈啓南春山欲雨圖歌 明王世貞
題沈啓南春山欲雨圖 明王世懋
戴文進溪山春雨圖 明陳鳳
夏雨新霽圖 明張羽
題水墨雲山雨意畫 明僧麟洲
題明辯之畫春江聽雨圖 明僧麟洲
題春山雨霽圖 明僧麟洲

御定歷代題畫詩類卷第一
翰林院編修臣陳邦彥奉
旨校刊
天文類
觀慶雲圖 唐李行敏
縑素傳休祉丹青狀慶雲非煙凝漢似蓋乍紛紛尚駐從
龍意全舒捧日文光因五色起影向九霄分裂素觀嘉瑞披
圖賀聖君寧同窺汗漫方此覩氛氳
觀慶雲圖 唐柳宗元
設色初成象卿雲示國都九天開祕祉百辟贊嘉謨抱日依
龍衮非煙近御爐高標連汗漫向望接虛無裂素榮光發舒

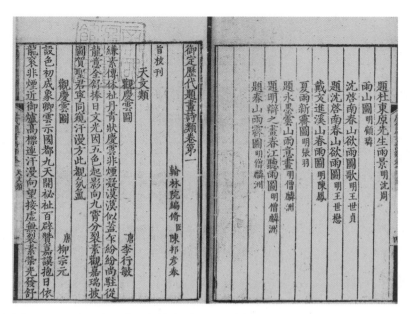

图 3.12　日本国立国会图书馆本《题画诗类》（121－186 号）第一卷卷端

御定歷代題畫詩類卷第一
翰林院編修臣陳邦彥奉
旨校刊
天文類
觀慶雲圖 唐李行敏
縑素傳休祉丹青狀慶雲非煙凝漢似蓋乍紛紛尚駐從
龍意全舒捧日文光因五色起影向九霄分裂素觀嘉瑞披
圖賀聖君寧同窺汗漫方此覩氛氳
觀慶雲圖 唐柳宗元
設色初成象卿雲示國都九天開祕祉百辟贊嘉謨抱日依
龍衮非煙近御爐高標連汗漫向望接虛無裂素榮光發舒

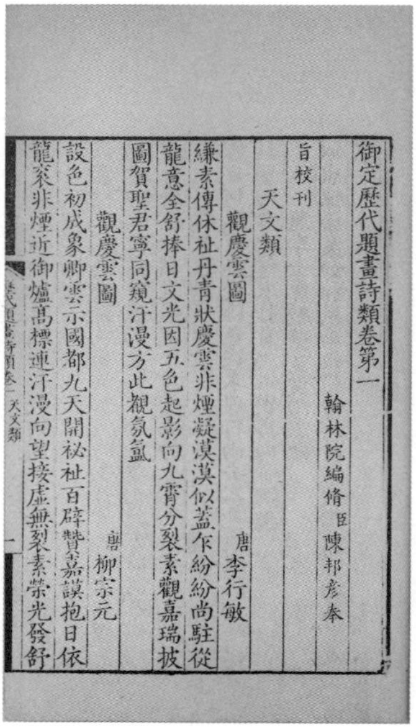

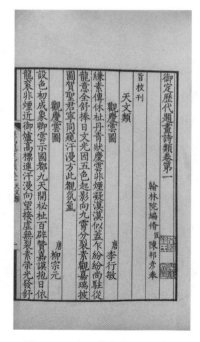

图 3.13　故宫博物院藏《题画诗类》
（书 00034880 号）

御定歷代題畫詩類卷第一
翰林院編修臣陳邦彥奉
旨校刊
天文類
觀慶雲圖 唐李行敏
縑素傳休祉丹青狀慶雲非煙凝漢似蓋乍紛紛尚駐從
龍意全舒捧日文光因五色起影向九霄分裂素觀嘉瑞披
圖賀聖君寧同窺汗漫方此覩氛氳
觀慶雲圖 唐柳宗元
設色初成象卿雲示國都九天開祕祉百辟贊嘉謨抱日依
龍衮非煙近御爐高標連汗漫向望接虛無裂素榮光發舒

图 3.14　南通静海楼图书馆藏
《题画诗类》

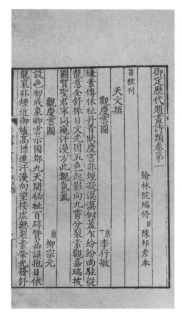 

图 3.15　四川大学图书馆藏《题画诗类》　　　图 3.17　哥伦比亚大学藏《题画诗类》

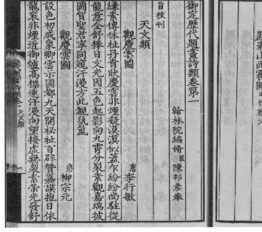 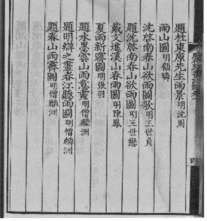

图 3.16　台北故宫博物院藏《题画诗类》（排架号 527）

　　由于康熙四十六年版《题画诗类》写刻极精，有学者甚至疑心陈邦彦"或亦为手书上版者之一"①。然而康熙四十五年陈邦彦忙于庶吉士散馆事，能亲自为体量达

---

① 伯克莱加州大学东亚图书馆：《伯克莱加州大学东亚图书馆中文古籍善本书志》，上海古籍出版社，2005 年，第 331 页。

百二十卷的《题画诗类》写刻手书上板，可能性有多高，值得推敲，且从陈氏日记等直接文献记录来看，并无支持这个说法的直接证据。

（四）版本性质

从表 3.1、表 3.2 可知，相当多的收藏机构将康熙四十六年版《题画诗类》归为扬州诗（书）局刻本，也有一些将其归于武英殿刻本，许多书志和学术研究亦作如是谈。首先，扬州诗局本和武英殿本这两个范畴就存在混淆，其源头可追溯到民国著名藏书家、刻书家陶湘（1871～1940 年），其《清代殿板书目》一书序言《清代殿板书始末记》云：

> 康熙一朝，刻书极工。……于武英殿设修书处，校对官员、写刻工匠咸集于兹。……均称内府本。两淮盐政曹寅以盐羡刻《全唐诗》，软字精美，世称扬州诗局本，以奉敕亦称内府本。……乾隆一朝，四年诏刻《十三经》《廿一史》，于武英殿设刻书处，特简王大臣总裁其事，殿版之名遂大著。①

文末句下自注："凡前称内府本，后亦统称殿版。"陶氏此说，将扬州诗局本、殿本（版）、内府本混为一谈，仿佛这三个概念互相完全等同。他还扩大了扬州诗局刻书的范围，其《清代殿板书目》列十种扬州诗局刻本：《佩文斋书画谱》《渊鉴类函》《圣祖诗集》《诗二集》《诗三集》《御定历代赋汇》（《逸句》《补遗》）、《御定全唐诗》《御定佩文斋咏物诗选》《御定历代题画诗类》《御选宋金元明四朝诗》《御定全唐诗录》和《历代诗余》。其中《题画诗类》一书下注："圣祖有序，陈邦彦编进，康熙四十六年诗局刊。"② 事实上，陶湘所列举这十种刻本，除《全唐诗》外，大部分与扬州诗局并无关联，比如《御制诗局》和《诗二集》绝非诗局刻本。陶湘曾负责故宫书目清点，编纂过《故宫殿本书现存目》等，有很大的影响力，他对日后诸多书目和著作将《题画诗类》归为扬州诗局或武英殿刻本都有影响。

陶湘误归于扬州诗局的许多康熙时期刻书，现代学者潘天祯的《扬州诗局杂考》、戴建国的《〈渊鉴类函〉康熙间刻本考》等研究文章已分别做了厘清③。扬州

---

① 陶湘：《书目丛刊》（一），沈阳：辽宁教育出版社，2000 年，第 65 页。

② 陶湘：《清代殿板书目》，《书目丛刊》（上），沈阳：辽宁教育出版社，2000 年，第 72 页。

③ 潘天祯：《扬州诗局杂考》，《中国图书馆学报》1983 年第 1 期；戴建国：《〈渊鉴类函〉康熙间刻本考》，《图书馆杂志》2012 年第 12 期。

诗局是康熙四十四年，时任江宁织造兼巡视两淮盐漕监察御史的曹寅，选扬州天宁寺为址开办的出版机构，起初的任务是奉康熙谕旨校刻《全唐诗》。此书刻完后，又原地继续刊刻了一系列书籍。这些刻书写刻工隽，所选用的软字楷书，有别于明代方正有棱角的"硬字"，形成一种别于明末混浊板滞刻书风气的新风貌，后世有人也称之为"康版"。但现有充分证据支持的扬州诗局刻书仅包括三类：明确奉旨校刊之书，楝亭藏本，《周易本义》《太平乐事》《绿意词》《楝亭集》等其他零星几种书籍，这其中并不包括《题画诗类》在内。

除武英殿、扬州诗局等说流传之外，还有一说将《题画诗类》记为《佩文斋（历代）题画诗类》。佩文斋是康熙皇帝在畅春园内的起居处和御书房，此说显然亦将《题画诗类》的成书与宫廷紧密绑定在一起，将《题画诗类》与《佩文斋咏物诗选》《佩文斋书画谱》等多部御定书籍组成"诗情画意"的"佩文斋群籍"①。客观而言，《题画诗类》一书的书名在官方层面从未加之以"佩文斋"字样，不仅康熙朝未有此种举措，在乾隆朝纂修《四库全书》时，亦未见《佩文斋（历代）题画诗类》的说法。当然此说可能也受到了前文提到的俞剑华著录的影响。

无论是陶湘所列举的所谓十个"扬州诗局本"，还是所谓的"佩文斋群籍"，其中有相当一部分的编刻力量，既非扬州诗局，亦非武英殿，又非翰林纂修班子，而完全是官员个人之举，对此，稍早于陶湘的学者朱彭寿（1859～1950年）《安乐康平室随笔》有细致的描述：

> 本朝人所刻之书，以康熙间最为工整，至当时钦定诸籍，其雕本尤极精良，然大都出自臣工输赀承办。如《全唐诗》则为通政使曹寅所刻，《历代赋汇》则为詹事府詹事陈元龙所刻，《佩文斋咏物诗选》则为翰林院编修高舆所刻，《历代题画诗类》则为翰林院编修陈邦彦所刻，《历代诗余》则为司经局洗马王奕清所刻，《佩文斋书画谱》则为候补主事王世绳等数人所刻，《御批通鉴纲目》则为吏部尚书宋荦所刻（《四库提要》作吏部侍郎，似误），《佩文斋广群芳谱》则为河南道监察御史刘灏所刻，《全金诗》则为内阁中书郭元釪所刻（此书本元釪原

<hr>

① 参见甄芸：《论康熙"佩文斋"御书房的文化价值》，《宫廷典籍与东亚文化交流国际学术研讨会论文集》，2013年。

编，后奉敕增补，仍由元钰刻行），《历代纪事年表》则为翰林院检讨马豫所刻，《康熙字典》则为翰林院侍读陈世倌所刻。盖其时士大夫中，皆以校刻天府秘籍、列名简末为荣，故多有竭诚报效者（即致仕福建巡抚宫梦仁所撰之《读书纪数略》亦于刻成后将原板缴进）。自乾隆以后，凡奉敕编纂书籍，始无不由内府刊行矣（后惟嘉庆中钦定《全唐文》为两淮盐政阿克当阿于淮商中集赀承刻）。①

朱彭寿将这一系列书目的性质，总括为"臣工输赀承办"，是比较精准的。尽管《题画诗类》究竟是否为陈邦彦所刻仍有疑云，但这部书毫无疑问可划归"臣工输赀承办"一类。可惜朱彭寿这一见解在后世影响未能扩大，无法廓清部分书目著录滥用"扬州诗局本""殿本"的现象。

对朱彭寿描述的"臣工输赀承办"刻书，已有书目、专著称其为"进呈本"，以区别于武英殿刻本等由内府刻书机构直接承刻的书籍②。但"进呈本"容易与乾隆朝编修四库全书时各地官员采集进呈书籍相混淆，因此本研究将前者称为"官员承刻本"，与四库采集进呈本相区别。"官员承刻本"之现象，根源在于康熙年间尽管初创了专门的官方刻书部门——武英殿修书处，但初期武英殿刻书能力远落后于实际需要，导致不少官方编修完成的书得不到及时刊刻。康熙四十二年，江苏巡抚宋荦（1634~1713 年）以个人之力承刻《御制诗集》，为解决这一矛盾提供了一个新思路，官员输资组织人力为内府刻书，既能分担武英殿修书处的压力，又节省了财政支出，同时也是消弭满汉界限，提倡文治的政治手段。对官员而言，则可获得表彰和名望，以及政治资本。于是康熙朝中臣工纷纷投身内廷刻书事业，而随着武英殿修书处力量的提升，这种现象又随之在雍正、乾隆间大幅回落。

今人对"官员承刻本"研究较之朱彭寿的简单描述，已经向前大大迈进，进入到对发展脉络和历史动因进行总结的阶段。不过对具体书籍的描述和归类，仍有待细化。如有学者对《题画诗类》划归"奉旨编修之书由臣工刊刻进呈"一类，这类书籍的"编修是在统治者直接授意下进行的……承刻者往往就是当初的主要编修人员，其承刻均有明确的旨意，书前大多有御制序文"。他对《题画诗类》的目录学描

---

① 朱彭寿：《旧典备征、安乐康平室随笔》，北京：中华书局，1982 年，第 166~167 页。

② 曹红军：《清康雍乾时期臣工刊书进呈内府现象研究》，《求索》2005 年第 12 期。

述是："清陈邦彦辑，清康熙四十六年陈邦彦刻进呈本。按：是书为康熙帝敕编，集唐、宋、元、明历代题画诗 8962 首。前有康熙四十六年御制序。卷端下题：'翰林编修臣陈邦彦奉旨校刊'。"①这一描述有部分不确之处。首先，《题画诗类》每卷卷端明确题陈邦彦"奉旨校刊"，可见陈氏仅仅领命校对和刊刻任务，未曾"辑"书。其次，《题画诗类》究竟是不是康熙帝起意，陈邦彦是主动抑或获命校刊，都需要打一个大的问号。最后，陈邦彦在康熙四十六年刻书时，绝非"一时重臣名儒"，而只是临近散馆授官的庶吉士。那么这是不是说明"官员承刻本"不一定只能由"重臣名儒"参与呢？这又是另一个问题了。本书下一章将逐一对上文这些疑问和问题进行分析、讨论。

二 清嘉庆二十二年本

《题画诗类》另有嘉庆二十二年（1817 年）"裕文堂"刻本的著录。其在海内外的存世情况统计见表 3.4。

表 3.4 已知海内外馆藏嘉庆二十二年本《题画诗类》情况

馆藏地	册数	版本情况
故宫博物院	24 册	陈邦彦等编，嘉庆二十二年裕文堂刻本，书 00034378（线041998－042021），清宫旧藏，第一册破烂
中国国家图书馆	24 册	清嘉庆二十二年（1817 年）刻本
天津图书馆	15 册	清同治十一年（1872 年）刻本 15 册 十一行二十三小字双行三十一字黑口左右双边 存六十二卷（十五至三十九、五十三至六十、六十六至七十四、七十九至八十六、九十六至一百七）
齐齐哈尔市图书馆	不详	清嘉庆二十二年裕文堂刻本
徐州市图书馆	15 册	清嘉庆二十二年（1817 年）刻本
南京图书馆	48 册	裕文堂刻本
浙江省博物馆	24 册	清嘉庆二十二年（1817 年）刻本

① 曹红军：《清康雍乾时期臣工刊书进呈内府现象研究》，《求索》2005 年第 12 期。

馆藏地	册数	版本情况
宁波市天一阁	10 册	清陈邦彦辑，清嘉庆二十二年（1817 年）裕文堂刻本 存七十一卷（卷一至二十六、三十三至四十四、六十六至七十四、八十三至一百六）
温州市图书馆	20 册	清嘉庆二十二年（1817 年）裕文堂刻本
暨南大学图书馆	60 册	清嘉庆二十二年（1817 年）刻本
剑阁县图书馆	28 册	清嘉庆二十二年（1817 年）裕文堂刻本，陈邦彦校 缺十六卷（二十五至三十一，四十五至四十八，八十三至八十七）
台湾图书馆	32 册	清嘉庆丁丑（二十二年，1817 年）裕文堂刊本
天理图书馆	30 册	29 厘米，图书馆目录记为"康熙 46 年序刊本の覆刻"，详情不明
佐贺县图书馆	22 册	嘉庆二十二年（1817 年）裕文堂刊 25 厘米，一百二十卷（缺 42～46、78～82 卷） 莲池锅岛家文文库
佛教大学附属图书馆	32 册	裕文堂，嘉庆丁丑［1817 年］ 四针眼线装，25 厘米 印记："曾在南云蔡氏□轩群签□""草莽之臣遇唐讲藏""岁在昭阳协洽听鹏山馆钤记""□清松皋之□""家在墨浦□潭□间""丁丑后聴鹏山馆钤记""竹笑兰言□室""南楼积之章""生蕙艹堂"
芝加哥大学图书馆	24 册	裕文堂，嘉庆丁丑［1817 年］，25 厘米
明尼苏达大学图书馆	24 册	裕文堂

笔者调阅了中国国家图书馆藏本（索书号 58914），开本高 23.8 厘米，宽 15.2 厘米，版框高 18.3 厘米，宽 12.8 厘米。内封页正中镌书题"御定历代题画诗"，右上方书"嘉庆丁丑年梓"，左下方则有"裕文堂原版"字样（图 3.18）。半页十一行，每行二十三字。内封页有"飞青阁藏书印"白方、"朱师辙观"，凡例页有"松坡图书馆藏"印。可知此本曾为清末版本目录学家、藏书家杨守敬（1839～1915年）之收藏，后进入民国初期梁启超（1873～1929 年）在北京建立的松坡图书馆，

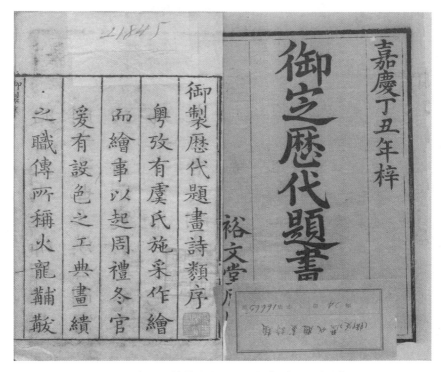

图 3.18　中国国家图书馆藏嘉庆二十二年本《题画诗类》（58914）

后又进入中国国家图书馆馆藏。

　　对照此版书中正文部分，与康熙四十六年本的规格、字体完全一致。卷首御制序第二行"作"部首字笔画缺失，第二卷页 6 上"鲜于枢"亦误作"解于枢"，可知"裕文堂"本是使用康熙四十六年原板刷印，因此才以"原版"作为卖点。不同处只有最前面一页，即替换掉原本仅有大题的内封面页，换上镌有年代、大题和堂号的内封面页。因此，这一版只是"清嘉庆二十二年裕文堂后印本"，使用的仍然是康熙四十六年的原刻雕版。这个后印本尽管距今更近，但存世数量远远少于康熙四十六年本，间接反映出此次刷印数量颇为有限，这或许也与该套书板历经百次以上刷印已有磨损有关。从图 3.18 书影即可看出种种后印的迹象，而内封面页显然是新镌初印，两者形成鲜明对比。

　　"裕文堂"是一家商业书肆，经查位于浙江萧山。为了解这家书肆印书的整体面貌，笔者统计了海内外各大图书馆中所藏存世裕文堂刻书，汇总于表 3.5。

表 3.5　已知海内外馆藏裕文堂刻书

书名	编纂、刊刻者	版本信息	馆藏地
五经四书读本	清佚名辑	清嘉庆二十二年(1817 年)裕文堂刻本,7 册,存二种	绍兴图书馆
易经体注会解合参	清范紫登重订	嘉庆己卯年(1819 年),1 函 4 册	运城学院图书馆
易经大全会解四卷	清来尔绳辑	清嘉庆二十四年(1819 年)萧山裕文堂刻本,2 册	齐齐哈尔市图书馆
书经体注大全合参六卷图一卷附书经六卷	宋蔡沈集传 清范紫登鉴定 钱希祥再文纂辑	裕文堂嘉庆二十四年(1819 年)刻本 序刊记:雍正三年(1725 年) 封面题:"嘉庆己卯年秋镌" 4 册本改订 1 册,四周单边,下栏单鱼尾白口	京都大学
周官精义十二卷	清连斗山辑	清嘉庆十年(1805 年)裕文堂刻本,6 册	南通大学图书馆
新刻罗经解三卷	清熊汝岳撰 吴天洪批点	道光六年(1826 年)裕文堂刊,2 册,24 厘米	日本国会图书馆
尺木堂纲鉴易知录九十二卷	清吴乘权等辑	清道光裕文堂刻本,48 册 4 函,九行二十字白口四周单边	天津图书馆
食物本草会纂十二卷	清沈名龙辑	清道光元年(1821 年)萧山裕文堂刻本,8 册	中国中医科学院图书馆
		清道光元年(1821 年)萧山裕文堂刻本,4 册,封面页题:"道光元年重镌萧山裕文堂藏板" 4 册(有图),十行二十四字小字双行字数同 白口左右双边	中国中医科学院图书馆
		十卷附日用家抄一卷脉诀秘传一卷 清道光元年(1821 年)萧山裕文堂刻本,6 册	天津市医学科学技术信息研究所图书馆

续表 3.5

书名	编纂、刊刻者	版本信息	馆藏地
食物本草会纂十二卷	清沈李龙辑	清道光元年（1821 年）萧山裕文堂刻本，6 册	山西省图书馆
		清道光元年（1821 年）萧山裕文堂刻本，6 册	新乡市图书馆
		清道光元年（1821 年）萧山裕文堂刻本，存 3 册 9 卷（卷四至十二）	宁波市天一阁博物馆
瀛经堂详校医宗必读十卷	明李中梓撰	清嘉庆十二年（1807 年）裕文堂刻本，1 册，存 2 卷（卷一至二）	温州市图书馆
		清嘉庆十二年（1807 年）裕文堂刻本，2 册，存 8 卷（卷一至五，八至十）	
［增补］地理直指原真大全三卷	清释如玉彻萤撰	清康熙三十五年（1696 年）裕文堂刻本，4 册	新疆维吾尔自治区图书馆
		清康熙三十五年（1696 年）裕文堂刻本，4 册	绍兴图书馆
		清康熙三十五年（1696 年）裕文堂刻本，8 册	
		清康熙三十五年（1696 年）裕文堂刻本，4 册，缺 1 卷（卷一）	
重订增补陶朱公致富全书四卷	春秋陶朱公撰	清道光二年（1822 年）裕文堂刻本，2 册	新疆维吾尔自治区图书馆
回文类聚四卷 续编十卷 织锦回文图一卷	宋桑世昌辑	清康熙年间朱氏裕文堂刻本，3 册	齐齐哈尔市图书馆
		清嘉庆裕文堂刻本，4 册	苏州图书馆
		清裕文堂刻本，8 册，十行十九字白口左右双边	陕西省图书馆
		清裕文堂刻本，3 册，十行十九字小字双行，上下黑口左右双边	

续表 3.5

书名	编纂、刊刻者	版本信息	馆藏地
回文类聚四卷 续编十卷 织锦回文图一卷 回文一卷	宋桑世昌辑	裕文堂刻本，8 册	首都图书馆
		裕文堂刻本，8 册	
		2 册，十行十九字，小字双行白口左右双边，黑对鱼尾，框 17.2×13.2 厘米，版心中镌题名及卷次，下镌页次，行间有圈点，内封页镌"裕文堂藏板"	香港中文大学图书馆
		（原）4 册，五色套印，27 厘米，来源：清宫旧藏	英国伦敦亚非学院图书馆
		裕文堂刊本	大阪大学总图书馆
		裕文堂刊本	金泽市立玉川图书馆
		五色套印本 封面有"裕文堂藏板"字样 十行十九字左右双边，内版框：17.0×12.3 厘米，黑口双黑鱼尾 印记："青田徐则峋徇藏""投戈讲艺息马论道""东方文化学院东京研究所图书之印"	东京大学东洋文化研究所
国朝历科发蒙小品六卷	清唐惟懋评选	清萧山裕文堂刻本，4 册	绍兴图书馆
董文敏公画禅随笔四卷	明董其昌撰 清汪汝禄编次	清康熙十七年（1678 年）裕文堂刻本，2 册，版心题"画禅室随笔"	中国国家图书馆
杜诗集说二十卷目录一卷年谱一卷末一卷	清江浩然辑	清乾隆裕文堂刻本，10 册	天津师范大学图书馆

续表 3.5

书名	编纂、刊刻者	版本信息	馆藏地
第一才子书三国志演义六十卷首一卷一百二十回	明罗贯中撰 清毛宗岗评	清善成堂刻朱墨套印本（首一卷配道光四年裕文堂刻本），24 册，有图，26 厘米	苏州大学图书馆 浙江图书馆
贯华堂第六才子书西厢记八卷附才子醉心篇一卷	元王实甫撰 清金人瑞评	清裕文堂刻本，6 册 封面有"嘉庆二十二年""金圣叹原板"字样 第六才子书"嘉庆二十二年""裕文堂原板""绣像" 印记："槐南诗料""森宝书"（2 印属森槐南）	东京大学人文研
		清嘉庆二十二年裕文堂刻本，6 册（缺第 1、5、6 册）	厦门大学图书馆
状元四书	宋朱熹集注	清裕文堂刻本，存二种（大学、中庸），1 册	孔子博物馆
增朴重订千家诗注解二卷	宋谢枋得选	清裕文堂刻本，2 册	绍兴图书馆
新镌五言千家诗笺注二卷	清王相注注	清裕文堂刻本，2 册	
咏物诗选八卷	清俞琰辑	清雍正二年（1724 年）裕文堂刻本，4 册	重庆图书馆

　　从表3.5可知，裕文堂经营延续的时间非常长，有清晰纪年的刻书自康熙十七年（1678年）起至道光六年（1826年）止，凡一百五十余年，尤其集中在嘉庆道光年间。裕文堂印书范围非常广泛，有经学类的《周官经义》《易经大全会解》，史学类的《纲鉴易知录》，也有文学类的《三国志演义》，更有医药类的《食物本草会纂》（图3.19），地理类的《地理直指原真大全》，甚至有《陶朱公致富全书》这样指导日常起居类的书籍。笔者曾寓目中国国家图书馆藏裕文堂刻《董文敏公画禅随笔》（索书号 XD1452），第一册目录页作"画禅室随笔目录"，漏一"室"字，题"乙卯四月用康熙戊子刊杨补编次本"，第二册题"长洲杨补编次，吴趋陈王宾校订，天都汪汝禄耐公父编次"。这个版本应是康熙十七年汪汝耐刻本和康熙五十九年大魁堂刻本的杂糅，书中错字颇多，质量不高①。

　　上述裕文堂刻书呈现的特点有：以实用为导向，不注重书籍质量，出版的图书涵盖文举科教、日常生活、通俗文艺、诗文选本等多个种类。《题画诗类》属裕文堂

图3.19　《精镌绘像重镌食物本草会纂》道光元年重镌萧山裕文堂藏板（中国中医科学院图书馆藏）

出版的几种纯诗文集类书籍之一。从中国国家图书馆藏嘉庆裕文堂翻印《题画诗类》原书来看，所使用的的确是当年精写精刻的原书板，然而康熙年间的刷印已在一定程度上造成板片损耗，时隔多年，裕文堂再次翻印时并没有修补板片，这就造成嘉庆版书页文字漫漶不清，版框线大范围崩裂乃至消失。此外，这一版所用纸张既脆且薄，质量不佳，为了节约用纸，每卷末空白的半页纸大多也会省去。总体而言，嘉庆本最终成书与以宫廷内需求为驱动力产生的康熙四十六年本有很大差距，质量较低。这也符合当时浙江书肆的普遍特征。在清代，杭州、湖州等浙地坊刻有衰落趋势，江南一带的刻书中心在苏

_____

① 关于此书的编订者参见黄朋《关于画禅室随笔编者的考订》，《东南文化》2001年第9期。

州、南京地区①。不过，裕文堂这样的商业书肆仍找到了自己的生存之道。一方面，裕文堂所出版的图书选品，反映出书肆对于商业利润的预期。另一方面，嘉庆本《题画诗类》在用纸和墨色上显得粗糙，同书肆要控制成本，压低售价，迎合市面上的普通读者的经济承受能力有直接关联。裕文堂翻印《题画诗类》是不是说明在当时，题画诗有了一批比较固定的读者群，并进而产生了对专门的题画诗文集的阅读需求呢？这些都是值得思考的问题。

第三节　小结

综上所述，《题画诗类》的刻本系统实际只有一套书板先后被印刷多次所成。其中康熙四十六年初印本无内封面页，书内只有御制序落款"康熙四十六年四月十六日"和卷首"陈邦彦奉敕校刊"字样，"内府刻本""武英殿刻本"等说皆是依据以上字样，后人再依据已有著录转录，由此流传甚广。初印不久，或追加了若干印本，所以目前所见的存世康熙四十六年本，在刷印质量和装帧上均有所差别，即初印本与后印本之分。后印本不增刻任何内容，但由于板框损毁和用纸质量，导致刷印效果逊于初印本，其印刷时间当不会晚于初印本太多。这一类后印本所传播的范围，很可能仍比较局限于内府和与内府及陈氏家族有牵涉的机构和人物，本书第九章将进一步分析。

在此之后，《题画诗类》的书板在江南地区辗转流播，为浙江萧山裕文堂获得，这家商业书肆于嘉庆二十二年使用原板进行了翻印，是为裕文堂本。由于刷印时间远远晚于康熙末年，书板老化，且书肆吝于成本，因此成书质量更差。这一版属商业印书，其性质与前次刷印皆不同。《题画诗类》在江南地区的重印显示出《题画诗类》不仅原刊本流入书籍市场，丰富了市面上可供阅读的书籍种类，甚至原板也落入商业书坊手中，以供重新翻印。换句话说，广义的清代御制刻书在调配、动员江南出版资源之余，也为江南商业出版提供了有效补充②。

---

① 朱赛虹、曹凤翔、刘兰萧：《中国出版通史（清代卷上）》，北京：中国书籍出版社，2008 年；彭喜双、陈东辉：《清代杭州爱日轩刻书考——兼补中国古籍总目之失》，《中国典籍与文化》2015 年第 3 期。

② 关于清代内府刻书与商业出版的互补关系参见周启荣《书籍市场与国家出版业：殿版书在日本的流通》，《宫廷典籍与东亚文化交流国际学术研讨会论文集》（上），第 39~58 页。

第四章 《御定历代题画诗类》写本解题与内容比勘

　　《题画诗类》被整本纳入了编定于乾隆中后期的《四库全书》，这就是《题画诗类》的第二个版本——写本。这个版本通常为之前的研究所忽视，认为其与康熙四十六年刻本殊无不同，无太大研究价值，其实不尽然。《四库全书》作为有清一代最大的学术工程，也对前朝刻书做了系统的整理、编目和考订工作。《四库全书》对《题画诗类》的解题，对后代关于此书的认识有着直接的影响。而且《四库全书》有多个写本，其中所收录的《题画诗类》也并非完全一致。以上这些问题都将是本章研究的核心。

　　四库书系比较庞杂，全本包括七阁七套正本。起因是乾隆三十七年（1772年）十一月，安徽学政朱筠（1729～1781年）提出《永乐大典》的辑佚问题，乾隆皇帝诏令将所辑佚书与"各省所采及武英殿素衣官刻诸书"汇编，次年二月正式拉开了历时十余年之久的《四库全书》编纂大幕，此后历经底本搜集整理、考证、缮写、校订、撤删等复杂工序。全书告成时间，尤其是内廷四阁本告成时间，目前仍存在争议，但基本次第可以确定，依次为文渊阁、文溯阁、文源阁、文津阁、文宗阁、文汇阁和文澜阁。

　　此外，乾隆三十八年（1773年）五月《四库全书》开馆不久，乾隆皇帝感到这套大型丛书卷帙浩繁，检玩不便，他本人也迫切希望看到四库"工程"的成果，又下令"于《全书》中撷其菁华，缮为《荟要》，其篇式一如《全书》之例"，即为《四库全书荟要》（以下简称《荟要》）。乾隆四十三年（1778年）五月抄成第一份《荟要》，庋藏宫中的摛藻堂，位于御花园内堆秀山东侧。乾隆四十四年（1779年）

底另一份《荟要》缮写告竣，入藏味腴书屋，位于圆明园长春园①。由此形成了《四库全书》七个全本、两个荟要本，总计九本，均含纳《题画诗类》全书，这几部写本《题画诗类》就形成了于第一节介绍的刻本之外的另一个系统。

非常遗憾的是，《四库全书》在 19 世纪后半期经历战火。全本中目前仅文渊、文溯、文津本较为完整，文澜本已为残本；两套《荟要》中，味腴书屋本与文源阁本一同毁于咸丰十年（1860 年）英法联军兵火，仅摛藻堂本全本尚流传于世。存世本中能够为笔者所检阅的，仅有文渊阁（现藏台北故宫博物院）、文津阁（现藏中国国家图书馆）、摛藻堂荟要本（现藏台北故宫博物院）三本的全书影印本。三个本子从时间顺序上来讲，乾隆四十三年（1778 年）五月告成的摛藻堂荟要本为先，其次是乾隆四十六年（1781 年）末至四十七年初之间抄写完毕的文渊阁本，最后是四十九年冬写成的文津阁本②。

第一节　写本提要解题情况

一　书前提要

在讨论三个四库《题画诗类》写本内容异同之前，首先要处理的问题是《四库全书》如何对《题画诗类》进行书目解题，书目解题直接体现了乾隆朝学者乃至官方对《题画诗类》的认知和评判。本小节就将对这一方面的情况加以比勘和分析。

首先值得一提的是，乾隆皇帝在三十八年二月初六日谕令中提到，"向阅内府所贮康熙年间旧藏书籍，多有摘叙简明略节，附夹本书之内者，于检查洵为有益"③。《题画诗类》或许也曾依此做法，在存贮内府时，有过一个简明的概要置于书内。但

---

① 对《荟要》编纂缮写过程的总结参见黄爱平《〈四库全书〉纂修研究》，北京：人民大学出版社，1989 年，第 284~297 页。

② 关于各家关于《四库全书》告成时间的各家之见参见黄爱平《〈四库全书〉纂修研究》，第 150~153 页。

③ 中国第一历史档案馆编：《纂修四库全书档案》上册，上海古籍出版社，1997 年，第 56 页。

即使存在这么一份概要，目前已经无可考证它对日后四库馆臣编写书目解题所发挥的作用。

让我们再回到《四库全书》的书目解题，即"提要"，可进一步细分为"书前提要"和"总目提要"两类。所谓书前提要，是乾隆皇帝下令四库馆臣对《四库全书》所收书籍撰写书目解题，"撮举大旨意，置于卷首"，它们是四库全书内容组成部分。书前提要除七阁库本之外，还包括更早写成的《荟要》提要。目前可见的仅摛藻堂荟要本、文渊阁、文溯阁和文津阁四种，下面将依次进行介绍。

（一）《荟要》书前提要

> 臣等谨案：《历代题画诗类》一百二十卷，康熙四十六年御定，编修臣陈邦彦编校。自天文地理至人事杂题，为三十类。一类之中又各以题为次，如天文之云雨阴晴，地理之山川城郭，不相参杂，所收之诗几九千首，可云极博矣。前有圣祖仁皇帝御制序，谓可流观山川险易之形，考镜往代留遗之迹，于昔人豳风无逸之图有互相发明者，于此见圣人之心钜细，一贯虽流览艺咏而志存观省，固非和铅染翰之末所得仰窥矣。向来纂集绘事题咏者，若孙绍远之《声画集》，范迁之《题画诗》，李日华之《竹嬾画媵》《墨君题语》等书，多或数帙，少不过一二卷，拟于是书奚啻爝火之于曜灵哉。乾隆四十二年八月恭校上
>
> 　　　　　　　　总纂官　臣纪昀、臣陆锡熊、臣孙士毅
>
> 　　　　　　　　总校官　臣陆费墀①

此篇提要文字介绍了《题画诗类》的内容、体例、分类的特点，并引御制序点出其"流观""考镜"之国家治理功用，又对比往代题画诗集来衬托此书的体量宏大。关照到了《题画诗类》一些基本方面，但未涉及编纂者情况，也未说明版本来源。

《荟要》另有《总目》，记载了所著录的图书卷数、作者年代爵里、该书缮录所依据的底本和来源，以及校对所参照的版本②。《荟要总目》对《题画诗类》记录为：

---

① 见《景印摛藻堂四库全书荟要》第 1 册，第 659 页。

② 江庆柏认为《荟要总目》乃陆费墀独力编成。江庆柏：《陆费墀与〈四库全书荟要〉纂修》，《浙江师范大学学报》（社会科学版）2016 年第 6 期。

"总集六：《御定历代题画诗类》一百二十卷。康熙四十六年圣祖仁皇帝御定，今依内府刊本缮录恭校。卷一万九千二百二十九至一万九千二百六十三。"①这份记录明确说明，四库书收录《题画诗类》所据底本是康熙四十六年刊本，且此本庋藏于内府。乾隆皇帝在三十九年七月二十五日曾命令各书提要对"官板刊刻及各处陈设库贮者，具载内府所藏"，以达到"使其眉目分明"的目的②。从《荟要总目》面貌来看，确实贯彻了皇帝的这一谕令。

（二）文渊阁本、文溯阁本书前提要

文渊阁、文溯阁本对《题画诗类》的书目解题文字与荟要本完全相同，不同之处仅在于其落款年月分别为"乾隆四十六年五月""乾隆四十七年五月"③。这显示出《荟要》书前提要与七阁书前提要的直接联系。

需要指出的是，《文溯阁四库全书提要》原本目前随文溯阁《四库全书》全本一起庋藏在甘肃省图书馆，暂未公开。目前所见为 1930 年金毓黻主持奉天图书馆时抄校而成的抄出本，1935 年由辽海出版社排印出版。这个抄出本的整体面貌与文渊阁、文津阁本多有不同，但仅就《题画诗类》而言，内容与荟要本和文渊阁本保持高度一致。

（三）文津阁本书前提要

　　　钦定四库全书·总集八

　　　御定历代题画诗类 总集类 提要

　　　臣等谨案：《历代题画诗类》一百二十卷，康熙四十六年御定，编修臣陈邦彦编校。自天文地理至人事杂题，为三十类。一类之中又各以题为次，如天文之云雨阴晴，地理之山川城郭，不相参杂，所收之诗几九千首，可云极博矣，前有火之于曜灵哉。

　　　　　　　　　　　　　　　　　　　乾隆四十九年九月恭校上④

---

① 见《景印摛藻堂四库全书荟要》第 1 册，第 202～203 页。
② 中国第一历史档案馆编：《纂修四库全书档案》上册，上海：上海古籍出版社，1997 年，第 229 页。
③ 金毓黻：《文溯阁四库全书提要》第五册，北京：中华书局，2014 年，第 3876～3877 页。
④ 四库全书出版工作委员会：《〈文津阁四库全书〉提要汇编》集部（下），北京：商务印书馆，2006 年，第 971～972 页。

此文津阁本提要，笔者仅能寓目中国国家图书馆影印本，对照文渊阁、文溯阁本提要，末句"前有"与"火之于曜灵哉"之间脱落大段文字，并且所脱文字恰好为四库本完整的一页。未知是原本即如此，抑或影印缺页。若为前者，应是抄写过程中跳过一页所致。如是，则文津阁本提要亦与前几本提要对《题画诗类》做相同解题。

综合以上书前提要，《题画诗类》在四库书体系中被划归入"集部"，属"总集类"。集部总体排序的情况，《总目·集部总叙》云："集部之目，楚辞最古，别集次之，总集次之，诗文评又晚出，词曲则其闰余也"。七阁全本《四库全书》总集共收563 部书目，其中正目165 部，存目398 部，清代总集共141 部，其中正目32 部，存目109 部①。在这32 部正目中，《题画诗类》位于前列。究其原因，在于乾隆本人的安排。乾隆四十六年二月十三日，皇帝曾对集部的排序下令："惟集部书应以本朝御制诗文集冠首。至经、史、子三部仍照例编次，不必全以本朝官书为首"。二月十五日再次下令："所有《四库全书》经史子集各部，具照各按撰述人先后，依次编纂。至我朝钦定各书，仍各按门目分冠本朝著录诸家之上。"②在这样的安排下，在集部的清代总集类作品里，《题画诗类》与康熙朝其他御制诗文集一道排在前列。不过具体而言，《题画诗类》在四库各本总集中的次第又略有出入。《四库荟要》中它前承《御定佩文斋咏物诗选》，后接《御选唐诗》。文渊阁本和文津阁本皆前承《御定佩文斋咏物诗选》，后接《御选宋金元明四朝诗》。

《题画诗类》置于"总集"一类，说明四库馆臣将《题画诗类》视作一部总收前代题画诗作的文集，这一定性对后世影响很大，导致收录题画诗作是否全面，成为对这部书质量的重要评价指标。四库的划定其实存在问题，对此，后文还将详细讨论。

二 总目提要

乾隆三十八年，四库总纂官纪昀、陆锡熊等人开始按照经史子集各分四类，逐

---

① 柳燕：《四库全书总目集部研究》，华中师范大学博士论文，2008 年，第 62 页。

② 柳燕：《四库全书总目集部研究》，第 1291 页。

一登记《四库全书》书前提要，并重加删改，会纂成书，于乾隆四十六年初稿告竣，次年又修改定稿，共 200 卷，即《四库全书总目提要》（以下简称《总目》）。《总目》内容对著录的 3457 种书籍和未著录而存目的 6766 种书籍加以简要介绍和评论，叙述每部书籍的内容，评论其优劣得失，探讨其学术源流和版本异同，其中当然也包括《题画诗类》。《总目》对《题画诗类》的著录解题如下。

（一）《四库全书总目提要》

御定题画诗一百二十卷

康熙四十六年圣祖仁皇帝御定。裒合题画之诗，共为一集者，始于宋之孙绍远。然书止八卷，所录仅唐宋之作，未为赅备。所分二十六门，义例亦未能尽协。自是以来，论书画者，如无名氏之《铁网珊瑚》、郁逢庆之《书画题跋记》、张丑之《清河书画舫》《真迹日录》、汪珂玉之《珊瑚网》、孙承泽之《庚子销夏记》、吴其贞之《书画记》、高士奇之《江村销夏录》、卞永誉之《书画汇考》，所录皆题跋为多，诗句仅附见其一二。即《御定佩文斋书画谱》与此书同时并纂，亦不立题咏一门。臣等窃以管蠡之见，窥测高深，或以古人题画者多，题书者少，卷帙既虑偏枯，又书画谱为卷一百，而此书篇什繁富，为卷一百二十。如并为一编，则末大于本，亦未协体例。是以分命廷臣，各为编校欤？集中所录，凡诗八千九百六十二首，分为三十门，如树石别于山水，名胜亦别于山水，古迹别于名胜，古像别于写真，渔樵耕织牧养别于闲适，兰竹禾麦蔬果别于花卉，配隶具有条理。末为人事杂题二类，包举亦为简括，较诸孙氏旧编，博而有要。披览之余，觉名物典故有资考证，鸿篇巨制，有益文章，即山川景物，开卷如逢，鱼鸟留连，烟云供养，亦足以悦性怡情，及恭读御制序文，则谓不逾几席，而得流观山川险易之形，近在目前。而可考镜往代留遗之迹，以至农耕蚕织，纤悉必具，鸡犬桑麻，宛然若睹。庶几与昔人豳风无逸之图，有互相发明者焉。益知圣人之心，即物寓道，所见者大，又不徒作艺事观焉。①

---

① 《四库全书总目提要》卷一百九十集部四十三。《总目》共殿本和浙本两个系统，本文所依据的为殿本，普遍认为殿本优于浙本。参见司马朝军：《〈四库全书总目〉研究》，北京：社会科学文献出版社，2004 年，第 131 页。

　　对比《总目》与书前提要，首先，采用的格式不同，这是由二者性质不同所决定的。书前提要乃供皇帝阅览，因此开头有"臣等谨案"之语，《总目》则无。其次，二者在内容上也存在区别。《纂修四库全书档案》中载："今于所列诸书，各撰为提要，分之散弁诸编，合之则共为《总目》。每书先列作者之爵里，以论世知人；次考本书之得失，权众说之异同，以及文字增删，篇帙分合，皆详为订辨，巨细不遗。而人品学术之醇疵，国纪朝章之法戒，亦未尝不各昭彰瘅，用着劝惩。其体例悉承圣断，亦古来之所未有也。"①以此可知《总目》之纂修方法。但对比《题画诗类》的总目提要不难发现，撰写并未完全遵守这一体例。因清代御制修书的作者一概被归为前朝帝王，为尊者讳、为亲者讳，知人论世当然无从谈起，甚至书籍的得失也一并避而不谈，而多吹捧之语。对《题画诗类》，《总目》不列陈邦彦校刊之名，仅云此书为康熙皇帝御定。所以有学者对这种将御制诗著作权统统归于本朝皇帝的做法批评为"大有媚上之嫌"②。

　　《总目》在七阁库本的书前提要的基础上纂修而成，成书更晚，编校较之书前提要更精，普遍认为水准要优于书前提要。对此，黄爱平指出"阁书提要还不很成熟，在文字、体例、内容等方面都存在一些问题，反映了纂修官原撰提要向《总目》定稿进行过渡的情况。而《总目》在阁书提要基础上，又经修改提要，全书体例整齐、思想统一，注重指示学术门径，详于内容介绍、文字考订、得失评论乃至源流叙述"③。以学术价值论，《总目》中这篇《题画诗类》解题，除了对此书一些基本事实（分卷、内容等）的介绍之外，旁征博引，能够见出对前代书画著录之熟稔，虽碍于其为前朝御定之书，无法从学术源流的角度施展，加以客观的评价和批评，但已将其放置在一个历史发展脉络中关照，其价值不可谓不大。

　　（二）《四库全书简明目录》

　　　　康熙四十六年，编修陈邦彦奉敕编。仿孙绍远《声画集》例，以历代题画之作，分类编次。然绍远书分二十六类，配隶多不允惬，此则分三十类，州居部列，各有条理。绍远书止八卷，此则几及九千首。其精其博，均非绍远所及也。④

---

①　中国第一历史档案馆编：《纂修四库全书档案》下册，上海：上海古籍出版社，1997 年，第 2716 页。

②　司马朝军：《〈四库全书总目〉研究》，北京：社会科学文献出版社，2004 年，第 197 页。

③　黄爱平：《〈四库全书总目〉与阁书提要异同初探》，《图书馆学刊》1991 年第 1 期。

④　永瑢：《四库全书简明目录》，上海：上海科学技术文献出版社，2016 年，第 606 页。

　　乾隆三十九年（1774 年）七月二十五日，皇帝因《总目》提要多达万余种，翻阅不易，又下令另刊《简明书目》，"只载某书若干卷，注某朝某人撰，则篇面不烦而检查较易。俾学者由书目而寻找提要，由提要而得全书"①。这便是《四库全书简明目录》（以下简称《简目》）的由来。书成于乾隆四十九年（1784 年），首刊于杭州，其时《总目》尚未刊印，因此《简目》在刊成时间上早于《总目》。

　　《简目》所收《题画诗类》解题，明显较书前提要和后来的《总目》提要更为简练。其将陈邦彦定为此书编者，与书前提要一脉相承。有所变化之处是将宋代孙绍远《声画集》设为一个参照物（而不提其他题画诗集），两相对比，以衬托《题画诗类》的精良，认为以其收录诗作数量和分类体系都无法与清代御定之作相提并论。然而囿于篇幅，《简目》的解题在清晰性和学术性上，不及日后的《总目》提要文字。

第二节　写本内容比勘

　　笔者寓目的三个四库《题画诗类》全本——荟要本、文渊阁本和文津阁本——从格式上来说差别很小。荟要和文渊阁本《题画诗类》大致为每页 8 列，每行 21 字，文津阁本抄写时随意性稍大，每行 22～23 字的情况更为多见。

　　值得注意的是，三部四库写本在文字上略有出入，本节就将比勘这三本《题画诗类》文字存在哪些异同。先就相同的方面来说，首先，三本都对康熙四十六年刻本进行了校订。最明显的例子就是卷二《范宽雪山图》一诗，康熙四十六年本将作者"鲜于枢"误刻为"解于枢"，三本皆予以改正（图 4.1）。其次，三本避讳相同，皆避圣祖皇帝名"玄烨"、世宗皇帝名"胤禛"、高宗皇帝名"弘历"讳。但是在实际抄写过程中，也出现一定程度的混乱。如卷八十三《墨梅》作者李暤，康熙四十六年刻本避玄烨讳，目录和正文都缺暤字正中的一竖，即末笔缺笔（图 4.2）。文渊阁本该字写作左右结构（曎），目录中竖划亦缺笔，正文则全笔（图 4.3）。而文津阁本却误写作"李昱"。

---

① 中国第一历史档案馆编：《纂修四库全书档案》上册，第 228 页。

欽定四庫全書　御定歷代題畫詩類　卷二　八

倒狐裘公子獵城南茅店酒帘懸樹杪今年入閩關馬啼出沒千萬山瘴雲朝暮氣藹藹石泉日夜聲濺濺雪花半落不到地但見晴空湧流翠海頭鼓角動邊城木末樓臺出僧寺何人蹇驢踏軟沙出門無處不梅花江潮入市海船集水暖遊魚不用叉良工寫得雪山壁過眼令人憶南北玉京銀闕五雲端待漏何年鳳池側

范寬雪山圖　元　鮮于樞

前山積雪深隱約形體具後山雪不到槎牙頭角露遠

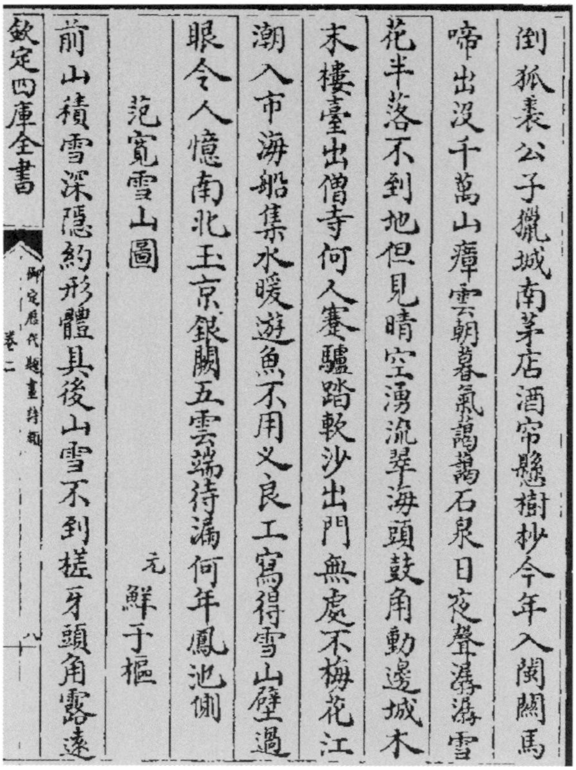

图 4.1　文渊阁四库本《题画诗类》卷二《范宽雪山图》题“鲜于枢”

題墨梅　明練子寧

題墨梅　明丘濬

題墨梅　明鄭眞

墨梅　明李暈

題墨梅贈楊稷　明金幼孜

雖有殊各以見眞色畫師亦

花爲爾心惻惻

明李暈

图 4.2　康熙四十六年版《题画诗类》（哈佛本）作“李暈”缺末笔

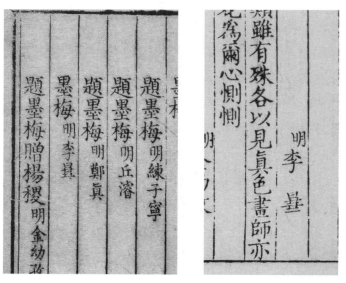

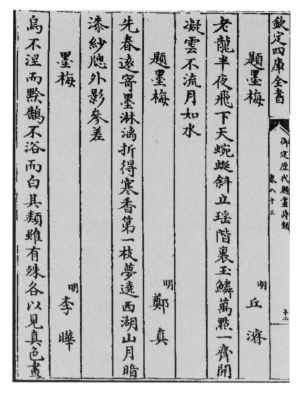

图 4.3　文渊阁四库本《题画诗类》作李晔未缺笔

　　三部四库写本成非一时抄非一手，才出现不同的文字错讹。比如，文渊阁本中有一些荟要本和文津阁本中所没有的讹误。如文渊阁本卷一目录页二下开列"题王眉叟溪月图 元 袁桷二首"，紧接着页三上开篇为"宋理宗南楼风月横披 元 刘因"。与康熙十六年刻本核对发现，实为袁桷一首，刘因二首。荟要本和文津阁本则正确无误。再比如，康熙四十六年本卷一页十九上有元代卞思义的《题溪山烟雨图》一首（西崦……）和明代的刘基《题湖山烟雨》二首（湖上……，若邪……）。荟要本和文津阁本皆作此。但文渊阁本脱漏了卞思义诗文之内容和刘基诗之标题，并将卞思义诗题冠于刘基诗文正文之上，署名刘基，张冠李戴，是一处比较严重的错讹。还有一处例子是卷五十九收明代焦竑的《钱舜举深宫戏婴图》，文渊阁本的目录将作者误作"程敏政"，荟要本和文津阁本正确。此外，文渊阁本卷九十九目录脱《题宗室大年画扇》宋晁补之二首，也是不见于荟要本和文津阁本的讹误。

　　其次，文津阁本亦有不见于其他两本的讹误，但数量较少。如卷二页十九上，

《题徐宗浚雪景（永福玲玉中所藏）》，作者应为明谢承举。三本中只有文津阁本误作"明张凤翼"，究其原因，可能是此诗的下一首《题雪景》为张凤翼之作，在抄写过程中出现混淆，又没有校订出来。

《荟要》专供皇帝御览，普遍认为其校勘精审，缮录认真，错讹极少。从上面的对比来看，荟要本《题画诗类》的确最为精良。而收藏于宫内的第一个四库全本文渊阁本，反而有比较多的错误。这恐怕与文渊阁本作为第一个全本，抄写任务芜杂，时限紧迫有一定关系。总的来看，上面所列举文渊阁和文津阁的讹文，都属抄写过程中出现的笔误。每个本子的讹文都是偶发现象，并不重见。

除此以外，也有刻意改动文字导致三部四库写本与康熙四十六年刻本文字有异的情况。刻意改动首先体现在对人名翻译的订正上。康熙四十六年本中所收录诗作，有些出自少数民族诗人之手，其中又以元代诗人为主。这些人名的写法，康熙四十六年本能保持前后统一。比如元代蒙古族诗人萨都剌（1272 或 1300～1355 年）在康熙四十六年本中反复出现多次，全书皆统一写作萨都剌。然而到了四库本《题画诗类》那里，少数民族人名大多经过改译，且改动并不整齐划一，导致有些人名在三个四库本中的写法不完全一致。卷二《题喜里客厅雪山壁图》一诗，文津阁本作"萨都剌"，荟要本和文渊阁本皆作"萨都拉"。又如，卷一百八《画龙歌》的诗作者，康熙四十六年本和文渊阁本作"小云石海涯"，荟要本和文津阁本作"硕裕实哈雅"。今天普遍称其为贯云石（1386～1324 年），乃元代维吾尔诗人。再举几例，卷八十六《题梅竹双清图》作者，康熙四十六年刻本作"泰不华"，荟要本和文渊阁本作"台哈布哈"，而文津阁本作"台哈巴哈"。卷一百一十五《题九灵山房图》作者，康熙四十六年本和荟要本作"爱理沙"，文渊阁本作"鄂拉实克"，文津阁本作"哈克斯"。

除以上所列举的少数民族诗人名字改动之外，四库本甚至还改变了诗歌题目中的人名。如康熙四十六年本卷五十四《题火涉不花同知画像》，荟要本作《题和斯布哈同知画像》，文渊阁本作《题和卓布哈同知画像》，文津阁本则作《题和实巴哈同知画像》。如不熟悉此诗者，仅以诗题观，乍一看上去，可能会误认为这是四首不同的诗作。

不仅三个四库本的部分人名写法有出入。即使在一个本子内部，也往往有写法上的差异。卷一百五《赵魏公画马》作者镏师邵，荟要本、文津阁本、文渊阁本目录皆作"刘师邵"，正文却皆作"镏师邵"。卷八十一《题王虚斋所藏镇南王墨竹》二首作者，康熙四十六年本作"迺贤"，荟要本作"纳新"，文津阁本作"迺贤"，文渊阁本作"纳延"。然而这位诗人在卷一百一十三《题会稽韩与玉秋山楼观》一诗出现时，文津阁本又改称"纳新"。文渊阁本尽管仍作"纳延"，但正文处的二字殊为细小，与别处不同（图4.4），笔迹亦与前后文不同，似为后补。

　　改定前代少数民族人名，实源自乾隆时期改译辽金元史的工程，这一工作从乾隆三十六年（1771年）就已开始，其成果体现在四十七年完成的《辽金元三史国语解》。此书提要述说编写缘由时，批评宋元以来译语混乱，甚至"色目诸人亦不甚通其国语，宜诸史之讹谬百出矣"，因而乾隆皇帝要求"详加厘定，并一一亲加指示，务得其真"①。编定三史与《四库全书》的编修工作基本同时开始，乾隆四十七年完成时，文渊阁本刚刚写成一年。则在编定四库时已可以同步吸收三史改译人名的成果。乾隆五十二年（1787年）开始全面覆校《四库全书》时，更是直接使用了《钦定辽金元三史国语解》作为校译标准：六月初三日，皇帝谕令将《钦定辽金元三史国语解》交武英殿刊刻，并"凡有关涉三朝事迹应行译改人、地名者，应自乘此校阅之际，令校书各员随时签出，挖改划一，自可省重复检阅之烦"②。对《四库全书》的人名改译问题，当代学者邱靖嘉以《三朝北盟会编》为例进行过比较细致的探讨③。不过《诗类》有别于

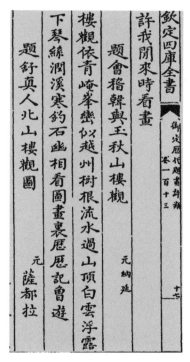

图4.4　文渊阁四库本《题画诗类》卷一百十三中出现的字号较小的"纳延"

---

① 《辽金元三史国语解·总目提要》，第3页上。

② 中国第一历史档案馆编：《纂修四库全书档案》下册，第2009页。

③ 邱靖嘉：《清修〈四库全书〉删改问题刍议——以校办〈三朝北盟会编〉为例》，《清史研究》2019年第2期。

《三朝北盟会编》，属圣祖"御制"系列书籍，对其订正力度，或许要低于外来采进本。

　　《题画诗类》的人名改译，究竟发生在四库一开始的抄写环节，还是在后续的覆校环节，抑或二者皆有，目前不能肯定。可以肯定的是四库各本改译程度不一，其中有部分改译的人名译法见于《钦定元史语解》，但有部分仍不一致，可见没有完全参照《钦定元史语解》作为标准。如三本所用的"小云石海崖""硕裕实哈雅"译名，在《钦定元史语解》卷二十二中其实已明确订正为"苏（尔）约苏哈雅"①。而"泰不华"译名，《钦定元史语解》卷十二订正为"台哈布哈"，并注云"台哈，满洲语长毛细狗也；布哈，牤牛也。卷十作太不花，卷二十七作泰普化，卷四十二作泰不花，卷一百九十作泰不华并改"②。荟要本、文渊阁本皆改"泰不华"为"台哈布哈"，但不知何故文津阁本却作"台哈巴哈"。

　　除了少数民族人名的改译之外，四库本《题画诗类》写本也不能免于四库编修过程中对原诗内容"违碍"之处的删削改窜。陈垣（1880～1971年）先生的《旧五代史辑本发覆》曾全面总结过四库馆臣辑校十忌：忌虏、忌戎、忌胡、忌夷狄、忌犬戎、忌蕃忌酋、忌伪忌贼、忌犯阙、忌汉，以及其他杂忌③。这一连串的"违碍"，主要是由于满族入主中原，始终未能很好地解决统治合法性和华夷之辨的问题，对是否效忠清朝统治的担忧与是否忠于本朝又夹杂在一起，反过来转向对出版内容的钳制，以及对能够提供这方面议题的前代出版物的删改。首当其冲便是晚明书籍中有关明清易代的内容，后来又延伸至南宋对金、明初对元的贬低诟骂文字④。以此观照《题画诗类》，也有此现象。如卷一〇六"兽类"宋戴复古题马图诗《题曾无疑飞龙饮秾图》"有龙荒踏碎犬羊窠"一句，文渊阁本改为"龙骧蹋碎鹰巢窠"，改"荒"为"骧"，改"犬羊"为"鹰巢"，皆是改贬义词为褒义词。同卷明吴宽《题西戎献马图》"羯胡夜撤穹庐遁"一句，文渊阁本将带有贬斥色彩的"羯胡"改为

---

① 《钦定元史国语解》卷二十二，四库全书文渊阁本，第1页上。
② 《钦定元史国语解》卷十二，四库全书文渊阁本，第7页下。
③ 陈垣：《旧五代史辑本发覆》，《丛书集成三编》史地类095卷，1937年刊本，台北：新文丰，1997年，第403～437页。
④ 关于编修《四库全书》过程中查禁图书和禁毁违碍性文字的起源与走向系统化的发展过程，参见 R. Kent Guy, *The Emperor's Four Treasuries*, *The Emperor's Four Treasuries：Scholars and the State in the Late Ch'ien-lung Era*. Cambric, Mass.：Harvard University, 1987, pp. 159-208.

"匈奴"，亦是将边地荒蛮之语中的情感色彩弱化。

　　《题画诗类》此类改窜尤其集中于第五十七卷，因这一卷收录"羽猎"诗，对边塞、出猎等内容多有涉及。表4.1以康熙四十六年刻本为底本，将三个四库写本中的异文做了整理，异文以粗体加下划线标记，为保证准确性，仍保留原文繁体字。

表4.1　康熙四十六年刻本与三个四库写本《题画诗类》卷五十七异文比对

诗题	康熙四十六年本	摛藻堂荟要本	文渊阁本	文津阁本
题李蒲汀學士所藏趙千里射熊圖	勘畫披圖最有工	勘畫披圖最有工	勘畫披圖最有工	勘畫披圖最有**功**
题周昉明皇水中射鹿圖	妖星散落紛如雨	妖星散落紛如雨	妖**皇**散落紛如雨	妖星散落紛如雨
题李德新中宗獵鹿圖	天寶回首飄胡沙	天寶回首飄胡沙	天寶回首飄胡沙	天寶回首飄**塵**沙
题趙子昂射鹿圖	碧眼胡兒騎劓馬	碧眼胡**人**騎劓馬	碧眼胡兒騎劓馬	碧眼**天驕**騎劓馬
戎王追麂圖	一麂窮追勢難及	一麂窮追勢難及	一麂窮追勢難及	一**騎**窮追勢難及
题張戩獵兔圖	同唱胡歌作胡語	同唱胡歌作胡語	同唱胡歌作胡語	同唱**邊**歌作**邊**語
题出射圖	一胡據鞍執大旗	一胡據鞍執大旗	一胡據鞍執大旗	一**人**據鞍執大旗（此诗後文所有"胡"皆改為"人"）
獵騎圖	貔狖仰視復指掌胡笳一曲興未足	貔狖仰視復指掌胡笳一曲興未足	貔狖仰視復**拍**掌胡笳一曲興未足	貔狖仰視復指掌**邊**笳一曲興未足
胡虔雪獵圖	太古天驕宅幽朔猛虎長鯨肉俱醲	太古天驕宅幽朔猛虎長鯨肉俱醲	太古天驕宅幽朔猛虎長鯨肉俱醲	太古**茫茫**此幽朔**好記長卿諫書在**
题雪獵圖	胡兒善騎射	胡兒善騎射	胡兒善騎射	**驕**兒善騎射
题清秋出塞圖	帝授節鉞臨玄菟	帝授節鉞臨**元**菟	帝授節鉞臨玄菟	帝授節鉞臨**元**菟
题金人出塞圖	孰識誰賤貴	孰識誰賤貴	孰識誰賤貴	**人**識**名王**貴
题金人獵騎圖	翔南無事號太平頗習華風變蠻貊	翔南無事號太平頗習華風變蠻貊	**朔**南無事號太平頗習華風變蠻貊	**朔**南無事號太平頗**換弓兵勤稼穡**

续表 4.1

诗题	康熙四十六年本	摛藻堂荟要本	文渊阁本	文津阁本
胡人出獵圖	胡人出獵圖 秋野胡奴獵鬭歡 駕鵝鴻雁正號寒 邊關今有韓都尉 不敢揚鞭過賀蘭	胡人出獵圖 秋野胡**兵**獵鬭歡 駕鵝鴻雁正號寒 邊關今有韓都尉 不敢揚鞭過賀蘭	胡人出獵圖 秋野胡奴獵鬭歡 駕鵝鴻雁正號寒 邊關今有韓都尉 不敢揚鞭過賀蘭	**蕃**人出獵圖 秋野**將軍**鬭獵歡 駕鵝鴻雁正號寒 **一聲霹靂弓弦拓** **臥石時時作虎看**
劉器之陰山七騎圖	胡中陰塵歲無陽 一一胡帽胡衣裳 時平不復憂犬羊	**窮邊**陰塵歲無陽 一一胡帽胡衣裳 時乎不復憂犬羊	**邊地**陰塵歲無陽 一一胡帽胡衣裳 時平不復憂犬羊	**邊外**陰塵歲無陽 一一**裝束新**衣裳 時平不復憂**殺傷**
題蕃騎圖	黃鬚胡兒騎紫騮 胡兒掣響空驦首	黃鬚**健卒**騎紫騮 **忽然**掣響空驦首	黃鬚胡兒騎紫騮 胡兒掣響空驦首	黃鬚**驕**兒騎紫騮 **驕**兒掣響空驦首
題蕃騎圖	不教行到殺胡林	不教**獵騎到叢林**	不教行到殺胡林	**故吹羌管作龍吟**
唐人寫胡騎圖	北風吹復乾 胡兒騎馬出	北風吹復乾 胡**人**騎馬出	北風吹**不乾** 胡兒騎馬出	北風吹復乾 **驕**兒騎馬出
題打球圖	群胡擊毬世未見	**健兒**擊毬世未見	群胡擊毬世未見	**擊毬為戲**世未見

　　从表 4.1 的文本比对可以看出，《题画诗类》卷五十七"羽猎类"因多首诗涉及边塞和非中原统治政权，在收入《四库全书》时受到严密的审校和改易，"胡""穷""奴""蛮"等语汇成为改易"重灾区"。比较而言，文渊阁本改动最少，和原本最为接近，对"胡儿""群胡""胡帽胡衣裳"等相对贬义较轻乃至中性的词汇未作删改，仍予以保留。其次是摛藻堂荟要本，改动稍多于文渊阁本。而改动最大的则是抄成最晚的文津阁本，多处出现以诗句为单位进行改易、替换的情况，不惜导致诗作面目全非。但这个改易程度的观察仅适用于《题画诗类》一书，未必适用于《四库全书》所收其他书籍。如孔凡礼、邱靖嘉分别对《随隐漫录》和《三朝北盟会编》进行的研究都认为，文津阁本比文渊阁本改动更少，标准更为宽松①。究其原因，文津阁本在进行校订时，书已远送热河，校订者无法参照此前文渊阁本的修订成果，只能另起炉灶。至于"另起炉灶"的尺度是松是紧，就掌握在具体负责的校勘官手中了。则可能文津阁本《题画诗类》的校勘者，是倾向于从严把握的。

---

① 孔凡礼：《〈随隐漫录〉〈四库全书〉文渊阁本与文津阁本异文及其研究价值》，《南京师范大学文学院学报》2008 年第 2 期。

可以肯定的是《四库全书》对违碍文字的改窜范围并不仅仅是对前代书籍，对所收录的本朝"御定"书籍亦不能放过，通过重加详细审核，以图彻底消灭"违碍"字句。康熙四十六年刻本《题画诗类》在获得康熙皇帝许可出版时，宫廷对华夷分野之敏感度尚低，至少低于"恐胡"心理急剧扩大化的乾隆朝，而到了《四库全书》时期，甚至不惜对本朝御制文集重新进行细致严格的修订。其实某种程度上，清高宗的担忧也不无道理，著名的曾静（1679～1735年）正是从由明入清的学者吕留良（1629～1683年）《题如是江山图》一诗中获得了感召，"妄悔当身大义之不能早闻"①。对《题画诗类》的改窜也侧面说明通常为人们视为"游艺""游乐之作"的题画诗，在政治转向高压时不能免于被政治化解读。不仅审查者如此，连创作者和读者亦如此。

第三节　小结

本章的论述显示，《四库全书》对《题画诗类》的解题以《总目》为优，在篇幅长度、考订精细程度和对题画诗编纂史的梳理等方面，较之书前提要都更胜一筹。书前提要和《总目》提要对《题画诗类》的归类和编纂者的描述对后世有很大的影响。此外，《四库全书》的荟要本和文渊阁、文津阁本，尽管都是内府写本，内容也不完全相同，这是由四库书抄成的过程和顺序所决定的。由于《四库全书》在典籍体系中的地位较高，且20世纪末影印和数字化工作较好，四库系统无论在历史上还是当下，都对《题画诗类》的传播起到了重要作用。《四库全书》又衍生出一系列丛书，如20世纪30年代商务印书馆以文溯阁为底本影印的《四库全书珍本》，第六集就收录了《题画诗类》。《题画诗类》进入《四库全书》，对其自身的存续和扩大传播、影响，都具有十分重要的意义。

---

① 《奉旨问讯曾静口供十三条·八》，见《大义觉迷录》卷一，雍正刊本，第68页上。

第五章 《御定历代题画诗类》编者与刻印者考

从第三章可知，部分著录认为《题画诗类》乃陈邦彦奉敕于康熙四十六年独力编纂刊刻。然而仔细查阅原书可知，每卷卷端下均题有"陈邦彦奉旨校刊"字样，这个位置一般是题署作者和著作方式之处，"奉旨"说明是奉皇帝之命行事，表明此书不是私刻；而"校刊"指校订、校对和刊刻，并无编纂、纂辑之意。那么陈邦彦到底有没有选、编、纂、辑《题画诗类》呢？究竟是他"独力"进行，还是有其他人曾经参与到《题画诗类》成书过程中来呢？

阮璞（1918~2000年）先生《〈历代题画诗类〉书名与撰人小考》一文，是目前笔者所见对《题画诗类》成书最为深入的探讨。这篇文章引清初著名诗人查慎行（1650~1727年）《敬业堂文集》中《与何大令书》和《复陈宫詹先生书》两封书信，对《题画诗类》的撰者提出了新的看法，文中认为《题画诗类》"草创之初，乃由查慎行一人编集，其后进呈御览，奉敕交陈邦彦继加增订，反覆简练，方得告成"①。阮璞先生将清初文人查慎行《敬业堂文集》里的书信史料与《题画诗类》勾连起来，第一次在"《题画诗类》为陈邦彦独力奉敕编纂"这个流传百余年的说法上敲开了裂缝。

可惜的是，这篇《〈历代题画诗类〉书名与撰人小考》流传和影响都相对有限（其出版已在阮先生过世之后）。文章囿于篇幅和材料不完备等原因，有相当多的枝节并未展开。此外，作者对陈邦彦生平和《题画诗类》的版本情况可能并不熟悉，考证也存在一些不确之处，比如将陈邦彦与其伯父张冠李戴。但必须承认，这篇文

---

① 阮璞：《画学续证》，香港：天马出版社，2003年，第350页。

章已经指出了一个大的入手的方向。而本章接下来也将顺着这个方向，从查慎行《敬业堂文集》中的两封书信的考订入手，来窥探《题画诗类》的编纂与成书过程。

第一节　查慎行作为发起人

首先来看查慎行《敬业堂文集》收录的《与何大令书》一札。这封信比较重要，兹录全文如下：

> 岁前入都，过承厚爱，祖账关津，情辞缱绻，感激至今。老父台清风惠政，流播京师，万口如一。当今至尊需才图治，首重牧民之职。治行如老父台，何啻召杜复出，早晚声谣，上达宸听，不次之擢，无待课最考绩也，遥用欣美。弟系官燕邸，渭水江东，鳞羽稀阔，凡家园之一草一木，悉赖帡幪，感何如之。
>
> 兹有启者。囊岁家居时集《历代分类题画诗》一部，进呈御览，目下奉命刊刻，此系皇上荣宠小臣之意。然以穷官当此，梨枣剞劂之资茫然无办，不得不告急于老父台。前项本不欲琐渎琴治，但事出无奈，统希鉴原。将来老父台鸣驺上进，把袂燕台，乃知弟之贫窘并非诳语也。临纸无任翘企。①

查慎行这封书信清楚地提到，他在"囊岁家居时"编纂了一部名为《历代分类题画诗》的文集，这一书名与《御定历代题画诗类》非常相近。可以判断，信写成时，这部文集的完成度应当比较高，已达到能够进呈御览，等待刊刻的程度。查慎行个人名下并没有任何题画诗文集传世，且他本人一度供奉内廷，他信中提到的这部文集书稿与后来康熙四十六年刊行的《题画诗类》是否有关联？要回答这一问题，则需要对查慎行的生平，特别是他在 18 世纪最开始的几年间的活动加以梳理。

查慎行（图5.1），生于清顺治七年（1650 年），卒于雍正五年（1727 年），浙江杭州府海宁袁花人。本名查嗣琏，字夏重，号查田，后改名为慎行，字悔余，号他山，是清代初期重要的诗人之一。查慎行出生于明遗民之家，父母皆有文才。他

---

① 查慎行：《与何大令书》，《查慎行文集》第 7 册，杭州：浙江古籍出版社，2015 年，第 53 ~ 54 页。

早年不意仕进，从军幕府，之后又科第坎坷，屡试不第。康熙二十六年（1687 年）起，在权势煊赫的大学士明珠（1635～1708 年）家中教授其次子揆叙课业，似乎一度觅得了"终南捷径"。然而康熙二十八年（1689 年）十月，洪升（1645～1704 年）在皇后国丧日上演《长生殿》遭到弹劾，此事演变为一场政治事件，"凡士大夫及诸生除名者几五十人"①，查慎行不幸名列其间，遭到开除国子监学籍逐回原籍的处罚，大受打击②。此后十余年，他因晋身无门四处漂泊，从军滇黔，游览中州。

图 5.1　查慎行像（出自《清代学者像传》第一集，清叶衍兰辑摹，黄小泉绘）

康熙四十一年（1702 年）九月，康熙皇帝动身进行第四次南巡，这次出行并不顺利，十月初一行人就因天寒和皇太子风寒滞留德州行宫③。驻跸期间，皇帝向身边的内外廷朝臣询问人品学问俱佳之人，因知查慎行之名，特命召对④。其时查慎行人正随长子查克建在束鹿县（今河北省辛集市）衙署，距德州不远，遂星夜赶到⑤。通过这次契机，一介布衣的查慎行得以面见皇帝。博学而有诗才的他获得皇帝赏识，获赐御书程字视箴一幅⑥。十月二十八日又召试南书房，并随

①　陈康祺：《郎潜纪闻初笔》卷十，清光绪刻本，第 17 页下。

②　此事件过程复杂，对查慎行人生道路造成重大转折，相关研究可参见李圣华《查慎行与〈长生殿〉案》，《兰州学刊》2015 年第 5 期；张兵、张毓洲《清代案狱与查慎行的心路历程》，《西北师范大学学报》2012 年第 49 卷第 6 期。

③　事见"壬午，上以皇太子允礽患病，驻跸德州行宫"条，《圣祖仁皇帝实录》（三）卷二百九，见《清实录》第六册，北京：中华书局，1985 年，第 130 页。

④　查慎行获召的缘由，普遍沿用全祖望"诗名"之说，李圣华提出查慎行获得青睐的真正原因或许在于他编纂的《苏诗补注》引起了皇帝的兴趣。参见李圣华：《查慎行文学侍从生涯及其"烟波翰林体"考论》，《求是学刊》2014 年第 5 期。

⑤　事见查慎行：《赴召纪恩诗（并序）》，见《敬业堂诗集》卷二十九，《查慎行集》第 5 册，杭州：浙江古籍出版社，2014 年，第 634 页；陈敬璋：《查他山先生年谱》，北京：中华书局，1992 年，第 25 页。

⑥　查慎行：《二十日召赴行宫钦此御书程子视箴一幅恭纪十六韵》，见《敬业堂诗集》卷二十九，第 635 页。

即获准入直①。此时查慎行已五十二岁，距离他被开除学籍也已十三年了。

查慎行初入内廷颇得皇帝恩遇，在他的诗集中有诸多诗作记录这一时期"受宠若惊"之心理。如康熙四十二年正月初二，他获赐观赏宫廷乐器，作《朝会乐器歌》诗纪事②。正月十四、十五，又获召到西苑观焰火。查慎行蹭蹬的举业也由此扭转：康熙四十二年三月通过会试，四月四日殿试二甲第二名③，四月十五日免除教习特旨授翰林院庶吉士，十二月二十日又获授编修，可谓青云得志④。

另一方面，查慎行二十二岁丧母，二十八岁丧父，多年来无力妥善安置双亲棺柩，常引以为恨。康熙四十三年（1704年）正月，他获赐白银二百两，马上寄回家中与弟弟谋划葬亲事⑤。两年后的康熙四十五年夏秋，他扈从圣驾出塞，随行途中接到仲弟查嗣瑮（1652～1733年）家信云觅得葬亲吉壤。尽管同僚劝阻他莫在"君恩方重"之时离开，他仍决然乞假回乡。虽然有违词臣满六年才许回乡葬亲的规定，其请求最终获得了皇帝的许可⑥。

回到《与何大令书》这封书札，其主旨就是为《历代分类题画诗》一书的出版，向受信人寻求资助。那么何大令究竟是何人？书札中"琴治"一词，典出《吕氏春秋》中孔子的学生宓子贱在单父县任县令，后世用来指代知县的公堂。从信中"大令""老父台""牧民"之称谓来看，可以确定受信人是县一级的官员。而据"家园之一草一木，悉赖帡幪"句可推测，这位县令所治辖的就是查慎行的家乡海宁。查《海宁县志》职官表，有名何大祥者，"字旋吉，奉天正蓝旗人，由例监康熙四十一年任，以忧去官"⑦。这位海宁县令何大祥，应当就是查氏书信的受信人。《与何大令书》既有"系官燕邸"之语，则此信的上限在康熙

---

① 查慎行：《二十八日召试南书房（自此奉旨每日入直）》，见《敬业堂诗集》卷二十九，第635页。
② 查慎行：《敬业堂诗集》卷二十九，见《查慎行集》第5册，第643页。
③ 关于查慎行会试情况，《清史稿》仅记为"赐进士出身"（卷四百八十四·列传二百七十一·文苑一，北京：中华书局，1977年，第13366页）。查慎行本人在《敬业堂诗集》集里的说法为殿试二甲第二（卷二十九，第651页）。查康熙四十二年癸未科题名录，查氏确为二甲第二名（江庆柏编著：《清代进士题名录》卷上，北京：中华书局，2007年，第268页）。
④ 查慎行：《敬业堂诗集》卷二十九，第651页。
⑤ 查慎行：《请假葬亲奏折》，见《查慎行集》第7册，第11页。
⑥ 陈敬璋：《查他山先生年谱》，见《查慎行全集》第7册，第28页。
⑦ 金鳌等纂修：《海宁县志》卷七，据乾隆三十年刊本影印，台北：成文出版社，1983年，第943页。

四十二年春查慎行中式之后。从行文的语气推断，也许就写于此后不久。

查慎行虽成名甚早，然而困顿场屋，中式时已五十余岁，因此其"家居"岁月颇长。《苏诗补注》一书即于 1673 年至 1702 年三十年间利用闲暇陆续编成①，《历代分类题画诗》的情况或许与之相似。这部"囊岁家居"编纂的题画诗集可能是为了自娱而编，并未着力付梓。直至进入内廷后，他了解到康熙皇帝酷爱文学，雅好制艺，于是献上旧时所编纂的文集以邀圣宠。查慎行未曾预料到的是，皇帝要求献书臣工自行出资出力刊刻。查氏信中虽云此乃"荣宠小臣"之举，恐怕有苦难言。民间刻书可以降低书籍质量来压缩成本，为皇家刻书如果最终刻成之书粗制滥造，非但达不到邀宠之目的，反而可能激起皇帝的不满，适得其反。这就意味着查慎行需要酬得远比一般私刻书籍更多的资金，来确保刻书达到皇家标准，这谈何容易！尽管皇帝特旨不必教习即授职，使他提前有一官半职的薪俸，但一方面定居京城花费可观，另一方面翰林又素有"穷翰林"的名声，剞劂之资"茫然无办"，也不奇怪。于是查慎行提笔修书，请求家乡县官对自己刊书给予资金支持。由此推断，这封求援信大概作于康熙四十二年，而到这个时间点截止，查慎行已经有了一部自信够格呈献给皇帝阅览书稿，题为《历代分类题画诗》。

第二节　陈元龙作为影子编纂者

上节提出，查慎行曾有一部自信够格呈献给皇帝阅览的书稿题为《历代分类题画诗》。而存世并无系于查慎行名下的任何官刻或私刻题画诗文集，这部书的出版计划想必没有顺利开展。也许是查氏对此书的完成度并不满意，也许是向县令何大祥寻求资助的请求没有得到有力的回应，个中缘由已很难探明。而《敬业堂文集》保存的另一封关键书信《复陈宫詹先生书》，可与《与何大令书》相互勾连映照，兹录全文如下：

---

① 关于这部文集的成书情况见何泽棠《查慎行〈补注东坡先生编年诗〉的文献考证》，《河北工业大学学报》（社会科学版）2013 年第 2 期。

复陈宫詹先生书

夏初，蒙荷注存，赐之手札，垂顾殷勤，有踰骨肉。某时身留海甸，碌碌尘土中，未及裁答。嗣后甫送世兄扈从北行，而贱体忽染时气，伏枕兼旬，百事坐废，以前日记，俱托及门同人代写。奉寄迟慢之罪，不可名状。遥想老年伯予告南旋以来，两阅寒暑，亦二疏知足之心，兼万石家门之庆。人间乐事，何以过此。侧闻老年祖精神老而愈旺，饮食加进，步履如飞，欣美何极。更可幸者，迩来四年叔亦假归子舍，而世兄方接武直庐。循陔之乐聊以同根，报国之诚付诸后起，双美兼全，尤属从来仅事。但紫禁恩深，恳辞不得之事，必将复见于今。虽老年伯勇决不回，出于天性，至此且奈之和？

前寄到赋本，因留置直房，不便携出，未及再为较勘。想诸经法眼所定，必无遗憾。《全唐诗》项已告成，配以《赋汇》，二书皆艺苑中甲观，为益不浅。今闻剞劂已竣，板存何所，将来印余副册，得存留一部以见宠赐，惠莫大焉，非所敢望也。《题画诗》原草草分类，其中舛讹遗轶尚多，今得老年伯亲加鉴定，又增益其所不足，使成全璧，直此书之幸。但未识何时可以告成，世兄望此颇亟亟也。

口外消息，闻十二准入城，或云尚须到海子打围三日，竟未有确信。相闻刘介老作入都之计，王砚兄已归吴门矣。若二公尚留馆中，乞代候起居。良友久别，殊耿耿也。专此肃复，诸非言尽。[1]

阮璞先生将这封信的受信人"陈宫詹"定为陈邦彦一说不确。首先，陈邦彦从未担任"宫詹"职务。反倒是其伯父陈元龙（1652～1736 年）曾任詹士府少詹事，"宫詹"称谓由此出。其次，查慎行称受信人"老年伯"。查氏与陈邦彦同是康熙四十二年（1703 年）癸未科进士，是科场同辈。陈元龙是康熙二十四年（1685 年）乙丑科进士，是查氏的科场前辈。从科举的辈分来讲，查慎行称陈元龙"年伯"合情合理。所以此信当是寄给陈元龙的。信中还提到一位"方接武直庐"的"世兄"，这位"世兄"才是查氏的同年陈邦彦。阮璞先生的误会，显然是将陈元龙与陈邦彦混

① 查慎行：《复陈宫詹先生书》，见《查慎行文集》第 7 册，第 52～53 页。

为一谈了。

这里有必要介绍陈元龙在康熙五十年（1711 年）以前的生平情况。陈元龙（图 5.2），字广陵，号乾斋，生于顺治壬辰（1652 年），卒于乾隆丙辰（1736 年），寿八十四。出身著名的海宁陈氏①。父陈之闇（1620～1707 年），字始开，号容菴，海盐庠生，有子四人，元龙为其长子②。陈元龙娶大学士宋德宜（1626～1687 年）女，康熙戊午年（1678 年）浙江乡试第三十四名，康熙乙丑科（1685 年）第一甲二名及第，同年即破例充日讲起居注官③。康熙二十八年（1689 年）南巡，陈元龙扈从左右，在途中得知母亲讣闻，回乡丁忧。该年九月，郭琇上书称高士奇（1645～1703 年）结党，陈元龙被指为党人，被令回籍休致。康熙三十年（1691 年）以原官起用。康熙四十二年（1703 年）在扈从西行途中擢补詹事府詹事，次年三月进讲经筵。然而该年四月直南书房时，突闻老父有疾，于是紧急具折乞归，并获皇帝特旨，可即刻起身，不必等待部议。四月二十日，他辞别同僚踏上归途。康熙四十九年（1710 年），家居六年有余的陈元龙接到擢补翰林院掌院的命令，才返京就职④。次年又升为吏部侍郎兼掌院，是秋出广西巡抚⑤。

结合陈元龙的生平，《复陈宫詹先生书》的写作时间是不难推断的。首先，陈元龙于康熙四十三年四月告假回乡奉亲，信中既有"遥想老年伯予告南旋以来，两阅寒暑"之语，则书信当写于康熙四十五年。信中又说"《全唐诗》顷已告成"，据《进全唐诗表》，"于康熙四十五年十月初一日书成，谨装潢成帙，进呈圣览者"⑥，则写信日期可具体到康熙四十五年十月初一之后不久。

此时查慎行人在何处呢？从《查他山先生年谱》和《敬业堂诗集》可知，这段时间正是他请假回乡前后。可惜的是，这些文献对查慎行具体的行程语焉不详，只知他得请后"星夜遄归"。上海图书馆藏有一部珍贵的陈邦彦日记稿本，题为《匏庐公日记》，虽非全帙，但前两册包含四十五、四十六年共计约十五个月的日记，其中

---

① 陈元龙生平见陈赓笙《海宁渤海陈氏宗谱》卷七，民国二至七年刊本，第 14 页上～下。

② 同上。

③ 陈元龙：《爱日堂诗集》卷五，乾隆元年（1736 年）刻本，第 14 页下。

④ 陈元龙：《爱日堂诗集》卷十五，第 1 页上。

⑤ 同上，第 10 页下～11 页上。

⑥ 《御定全唐诗进书表》，摛藻堂四库全书荟要本，第 1 页上～下。

图 5.2　清王翚《竹屿垂钓图轴》（局部）所绘陈元龙像（画上有陈元龙康熙四十五年题识，浙江省博物馆藏）

对作为翰林院同事的查慎行的行踪有一番记录①。因下文反复引用陈邦彦日记《匏庐公日记》，为清晰简明起见，凡日记文字皆在文后表明出处，I 表示第 1 册，II 表示第 2 册，后接页码。

（四十五年十月初九日）查悔余以葬亲具折请假半年，求莲公启奏，奉旨着向外衙门具呈，大约二十左右启行。（I－p247～248）

（四十五年十月二十日）查悔余往辞千岁，蒙赐骒马各一。（I－p253～254）

---

① 陈邦彦：《匏庐公日记》，周德明、黄显功主编《上海图书馆藏稿钞本日记丛刊》第 1、2 册，北京：国家图书馆出版社，2017 年。

（四十五年十月二十四日）孝感、查悔余进辞二十六日启行。奉旨知道了。（Ⅰ－p256）

再结合《敬业堂诗集》的纪事诗，可勾勒出查慎行此番请长假回乡的详细过程：他十月初先是口头请假，而后先行回京，履行正式请假手续，再向皇帝、皇太子和各位南书房同僚辞行，期间获皇帝赐银二百两，皇太子赐骡马各一，至十月二十六日方动身。对照《复陈宫詹先生书》，信中既有"前寄到赋本，因留置直房，不便携出，未及再为较勘"语，可知信写于他离开京城之后。信的最后一部分说"口外消息，闻十二准入城，或云尚须到海子打围三日，竟未有确信"，即将"入城""打围"的都是皇帝。据《清实录》，康熙四十五年十一月二十日，皇帝动身往承德行围，至十二月十八日回京①。因此，写《复陈宫詹先生书》一信是在该年冬天十一月末至十二月十八日皇帝离京行猎期间。其时，查慎行已经不在皇帝左右，所以对皇帝的消息只是听闻，并不确信。

《复陈宫詹先生书》的重要价值在于，它清清楚楚地记录了"《题画诗》原草草分类，其中舛讹遗轶尚多，今得老年伯亲加鉴定，又增益其所不足，使成全璧，直此书之幸"。由此可见，查慎行曾将一部其所编纂的《题画诗》书稿交与陈元龙阅览增补。康熙四十五年末的时候，这部书已"成全璧"，即编纂工作告一段落。这部《题画诗》从种种迹象推测，当是《与何大令书》一信中提到的《历代分类题画诗》。

《复陈宫詹先生书》写作时间比较确定，但《与何大令书》一信无确定的写信日期，推测为康熙四十二年。由此，则查慎行自行进呈书稿，并请求海宁县令资助在先，又因种种原因搁浅了出版计划，后将书稿托付陈元龙完善梓行。当然也存在可能性，查慎行先将书稿交与陈元龙增补，书成后再写信请求海宁县令对刊刻事予以资助。那么到底哪种情形较为可能呢？陈元龙文集、查慎行文集，以及其他实录、起居注、朱批等官方文献中皆搜寻不到《历代分类题画诗》或《题画诗类》的线索。因此，就需要引入第三人，来加以佐证。第三人即为"奉敕校刊"《题画诗类》的陈邦彦。

---

① 启程出发事见"丙子上自南苑发驾"条，《圣祖仁皇帝实录》（三）卷二百二十七，第279页。回京事见"壬寅上回宫"条，同上，第280页。

第三节　陈邦彦作为挂名刊刻者

查慎行在《复陈宫詹先生书》言及《题画诗》书稿事说："但未识何时可以告成，世兄望此颇亟亟也。"书稿既已"成全璧"，"告成"指的是不是编纂完成，而是进一步刊刻成帙。然而作为首要编纂者的查慎行，竟然自己的书稿对"何时可以告知"茫然无知，反而询问陈元龙刊刻进度，这说明当时有关书稿的各类事宜已不掌握在查慎行手中，事实上已由他的同乡陈氏负责。

在此需要介绍陈邦彦的生平情况。邦彦父陈维申，为陈之闇次子，与长兄陈元龙同为之闇妻陆氏所生。生于顺治丙申（1656 年）九月二十七日，卒于康熙戊午（1678 年）九月十四日，殁时年仅二十二岁。去世前一个月，长子陈邦彦出生①。面对弟弟的遗孤，陈元龙一连写了八首悼亡诗，这些诗作情感真挚，语气恳切，和文集中大量应制唱和诗的空洞乏味形成鲜明的对比。"生儿甫髫发，啼声杂呱呱"，即是哀叹侄子出生不久便失去了父亲②。还有一首专门谈自己对抚育同胞孤侄的责任感：

> 古云立孤难，避远非一日。
>
> 所以侠义士，兢兢未敢必。
>
> 伊子实寡昧，心诺敢不卒。
>
> 彼此宁有间，始终视如一。
>
> 爱之虑生骄，严之惧致疾。
>
> 不严不爱间，随方教无失。③

在日后陈邦彦的成长过程中，陈元龙也承担起将侄子栽培成才的责任。回乡丁母

---

① 陈邦彦生平见陈赓笙《渤海陈氏宗谱》卷八，第 23 页上；战效曾、高瀛洲纂修《乾隆海宁州志》卷十一，乾隆四十一年刊本，第 22 页下；阮元等辑《两浙𬨎轩录》卷十五，《续修四库全书》，集部第 1683 册影印嘉庆本，上海古籍出版社，1995 年，第 508 页。

② 陈元龙：《哭谢侯弟》，《爱日堂诗集》卷一，第 18 页上。

③ 同上，第 18 页下。

忧期间，陈元龙还写诗表达自己看到在家乡的侄子奋力向学的欣喜，说"教子却怜成拙宦，课孙犹喜并能文"①。他的照拂没有落空。康熙四十二年，年仅二十五岁的陈邦彦一举通过会试入翰林，同科中式的还有他的四叔陈嵩和堂弟陈世倌（1680～1758 年）。陈氏一门的喜讯传到正扈从皇帝南巡渡过淮河的陈元龙那里，他记录自己内心感受是"惊喜交集"，并作诗二首②。其中"力学孤儿压后生"一句，表达的就是对陈邦彦不负众望、脱颖而出的欣慰。从此之后伯侄二人同居京城。康熙四十三年四月，陈元龙告假返回海宁后，仍与在朝的侄子保持高度密切的通信往来。康熙四十五年这一年陈邦彦有日记保存下来的八个月中，至少有十封寄给伯父的信，分别寄自二月初九、二月初十、二月十一、二月二十七、二月二十九、三月十二、九月二十七、十月十四、十月二十二和十月二十九日。日记也透露了他收到陈元龙来信的情况，比如：

> （二月初七日）得伯父正月十五日信。（I－p197）
>
> （三月初六日）接伯父二月初十信。（I－p207）
>
> （十月初七日）接伯父九月十一日信。（I－p247）

陈邦彦的《匏庐公日记》稿本现存上海图书馆（图5.3），对了解《题画诗类》成书过程极为关键。由于陈邦彦无论是文名还是官名皆不显于世，这套日记一直未获重视，直至 2017 年才被纳入《上海图书馆藏稿钞本日记丛刊》书系影印出版。《匏庐公日记》前两卷起止时间为康熙四十五年正月初七日至四十五年五月十九日，四十五年九月二十五日至四十六年正月初四日，四十六年六月初三日至四十七年五月初九日。尽管并非全帙，但其中残存的四十五、四十六年两个年度共计约十五个月的日记，是现存记载《题画诗类》编纂过程的一手资料，非常珍贵。《匏庐公日记》第一次提到《题画诗类》的记录如下：

> （四十五年二月廿六日）奉旨刊刻《历代题画诗类》。抵本在御前，不便请发。随往千岁处奏请，系二老爷转奏。随偕千岁管书房葛老爷到南库取书归寓

---

① 陈元龙：《处伏田里惊闻恩旨……亲知八首》，《爱日堂诗集》卷七，第2页上。

② 陈元龙：《扈从渡淮……惊喜交集恭纪二首》，《爱日堂诗集》卷十一，第19页上。

所。（I－p202）

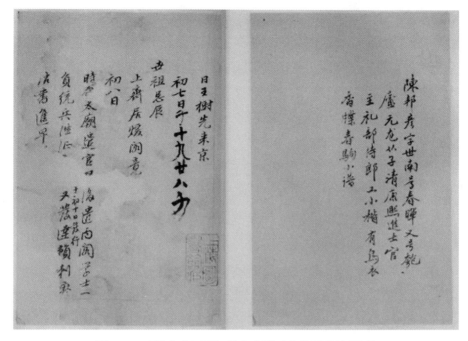

图 5.3　《匏庐公日记》稿本书影（上海图书馆藏）①

　　这说明康熙四十五年二月底，陈邦彦正式接到刊刻《题画诗类》的旨意。仅说刊刻，并无编纂、增补的要求，则此时当已有比较完整的稿本作为刻书底本。陈邦彦因"抵（底）本在御前，不便请发"，要兜一个大圈子，请人转奏"千岁"派人到南库取书，说明彼时陈邦彦手中没有进呈底本的副本。如果陈邦彦真的曾经参与《题画诗类》的完善、编校，那么他手头竟没有书稿的副本，是很不可思议的。

　　陈邦彦接到旨意刊刻《题画诗类》是在四十五年二月，其时查慎行尚在北京，则查慎行将题画诗集书稿交出，早于康熙四十五年十月他远辞回乡葬亲，甚至早于该年二月。至该年十一月末至十二月中查慎行写《复陈宫詹先生书》一信时，提到陈元龙对《题画诗类》"亲加鉴定，又增益其所不足"，可见真正在完善并刊刻此书的并非陈邦彦，而是远在海宁的陈元龙。言及"世兄望此颇汲汲也"，颇耐人寻味，

---

① 周德明、黄显功主编：《上海图书馆藏稿钞本日记丛刊》，北京：国家图书馆出版社，2017 年。

推测是因为陈邦彦已领旨刊刻半年，书尚未刻完，感到着急，但他也只能"望眼欲穿"地等待海宁的伯父。查慎行信中向陈元龙提及陈邦彦的焦急情态，是因为他不久前还与陈邦彦同在内廷供奉，对这位小同僚近况比较了解。

那么为什么查慎行和陈元龙的名字都没有出现在《题画诗类》最终成书里呢？对查慎行名字从《题画诗类》中消失这个问题，阮璞先生认为"其撰人初则当是以陈邦彦、查慎行二人并题，迨以雍正、乾隆间，则查慎行之名被从撰人中削去，无论在此书题目下或在御制序文字中，俱止题为陈邦彦一人"①。他的理解是，查慎行胞弟查嗣庭在雍正五年（1727 年）因"维民所止"题获罪，查氏阖家就逮，查嗣庭死于狱中，查嗣瑮流放新疆，大哥查慎行则被定下"家长失教"，虽"蒙恩"放归田里，但究竟是戴罪之人。

果真如此吗？康熙朝确有皇帝下令删去编纂官名之事，乃是在《佩文韵府》书成时②。但目前笔者所见的四部康熙四十六年《题画诗类》刻本，皆仅题陈邦彦一人之名，并无明显的修版痕迹。进呈皇帝的刻书，印数尽管低于商业书肆，也以数百部计，要在雍正五年回收修订二十年前的一部文集，且"事主"查慎行仅是受到弟弟牵连，本人并非罪犯，其可行性和必要性要打上一个问号。

其实，陈邦彦在他奉命刊刻《题画诗类》后第三天的日记，明白记录了《题画诗类》书内署名的问题：

> （四十五年二月廿八日）早膳后进呈刻书样本。旨照第二通号刻。其刻官衔一行且空着，俟散馆授职后再行刊补。又问家中所刻《赋汇》已完多少，几时可以告成。随奏云岁底家中信来云刻完七十卷了，大概秋间可以告成。万寿节前先刊七十卷进呈御览。（Ⅰ－p203）

这里虽未提及进呈的"刻书样本"究竟是什么书，但陈邦彦在这个时间点上承刻的书唯有《题画诗类》而已。康熙皇帝命令将官衔空着，"俟散馆授职后再行刊

---

① 阮璞：《画学续证》，香港：天马出版社，2003 年，第 351 页。

② 查慎行《佩文韵府告成公请御制序文奏折》有"名单内御笔钩去赵晋、何焯二人"之语，见《查慎行集》第 7 册，第 15 页。关于此事参见郑永晓《〈佩文韵府〉的编纂与康熙后期的诗坛取向》，《文学遗产》2017 年第 3 期。

补"。陈元龙早在康熙二十四年已充起居注官，查慎行在康熙四十二年中式同年也已特旨授职，这三人之中，在康熙四十五年初没有正式官职待散馆的庶吉士唯有陈邦彦一人而已。《题画诗类》刊刻之初，在书中留下名字的，可能仅有陈邦彦一人。

那么陈元龙参与编纂《题画诗类》又不得留名又是为何呢？这个问题比较复杂，仅能从一些情境还原和推测。首先，陈邦彦与陈元龙的伯侄关系，康熙皇帝是了然于心的①。陈邦彦进士发榜时，陈元龙扈从康熙皇帝南巡。且上引康熙四十五年二月二十八日陈邦彦日记，云进呈《题画诗类》样本，皇帝马上询问"家中所刻《赋汇》已完多少，几时可以告成"。《赋汇》即《历代赋汇》，负责刊刻的正是陈元龙，则看似问的是陈邦彦，其实问的是他家乡的伯父。又四十六年四月二十八日陈邦彦有日记如下：

> 进呈《题画诗》头卷，随命莲公下来，问南方天时米价蚕事等件。随奏：雨水很有。米价不过一两余者，与每年米价相等。蚕食则家中出门时节尚早，然桑叶甚好，大约也是好的。（Ⅰ－p233～234）

可见，陈邦彦是在得旨刊刻《题画诗类》一年零两个月后，才进呈此书头卷。康熙皇帝的反应也很有意思，他让身边的太监询问陈邦彦南方的气候物价。陈邦彦该年一直在京城居住，何出此问呢？表面上是问陈邦彦，实际上仍是知道元龙在海宁递解书稿，必定有家信随之传回，则陈邦彦对海宁乃至整个浙江的时事想必有所掌握。

根据以上信息综合推测，康熙四十二至四十四年之间，查慎行那部《历代分类题画诗》书稿已经转让到了陈氏手中。彼时，陈元龙已是皇帝口中"第一老讲官"，对仕途上大的擢升已不抱希望②。康熙四十三年他乞假回乡，起初是因父亲突发疾病，却从此长期滞留不归，过着再不用寅入酉出的闲散生活。康熙四十七年其父去世，又借丁忧之名继续在籍，甚至服除后又引自疾继续请假。按照陈元龙本人的说法，是已"不敢再冀荣进"，索性里居，"以为可遂麋鹿之志"③。

---

①　在陈邦彦中第时，陈元龙正扈从皇帝南巡，榜纸进呈后皇帝即命"有子弟中式及素所知者，各书姓名具奏"。那一榜上海宁陈家共有三人，其中之一即为陈邦彦。陈元龙：《扈从渡淮……惊喜交集恭纪二首》，《爱日堂诗集》卷十一，第19页上。

②　"第一老讲官"之语见陈元龙《爱日堂诗集》卷十一，第13页上。

③　陈元龙：《爱日堂诗集》卷十九，第17页上。

与逐渐年老的陈元龙渴望放归林泉的心情形成对照，他年轻的侄子陈邦彦在康熙四十五年初临近散馆，根基尚浅，能在编书刻书方向用功，正可投上所好，积累履历。查慎行将皇帝允许私人为皇家刻书之事理解为"荣宠小臣"，恐怕是当时对臣工承接官方文化任务的一种普遍认识。陈氏家族将已是半成品的《历代分类题画诗》揽过来，加以编辑，再用自家刻《历代赋汇》之余力刊刻，正可荣耀自身。就陈家内部来说，陈元龙冠名《历代赋汇》，陈邦彦名义上负责《题画诗类》，能使二人皆获"荣宠"。

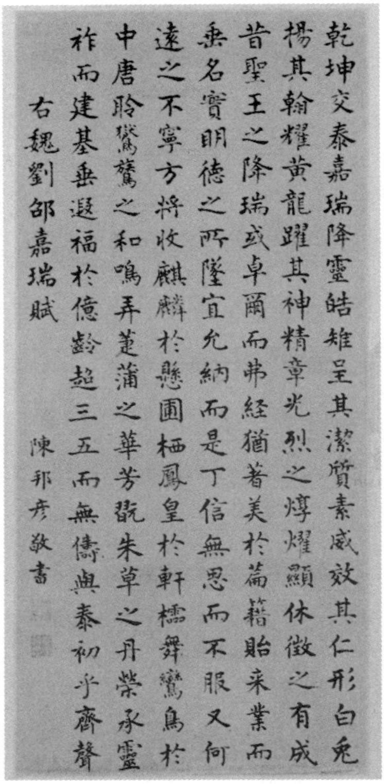

前文提到，陈邦彦精于书法（图5.4、5.5）①。据海宁地方志记载，他"幼即工楷法……往往被命校雠圣制碑版文章，亦时敕缮写……笔意酷似董文敏，晚年所作几欲乱真"②。陈氏后人陈其元（1812～1882年）也说："余家以工书称者颇多，香泉太守及匏庐宗伯最有名。"③"匏庐宗伯"即陈邦彦。然而陈邦彦的书法才能某种程度上分散了他在编书事业上的精力。其康熙四十五年十二月二十九日日记云：

图 5.4 陈邦彦楷书嘉瑞赋
（故宫博物院藏，
文物号新00072279）

> 邦彦进缮写袖珍《文选》一部，都承盘一具文送。蒙天语褒赏垂问云：写了几年了。奏云：臣自蒙恩侍只，无可效力，因缮写此书整写了一年。蒙上嘉奖。千岁亦奏云：近日叫他伯父写《四书》全部，也不到一月就完了，他们家学原好。随命于书尾补署职名，并用图书以示奖励。其都承盘内收玛瑙仙雀香盒一个，宜兴砂盒一。（I－p281～282）

---

① 阮元等辑：《两浙輶轩录》卷十五，第508页；李放纂辑：《皇清书史》卷八，见周骏富辑《清代传记辑刊》，台北：明文书局，第83～245页。对陈邦彦书法的研究参见李慧《明末清初海宁陈氏家族书法研究》，南京艺术学院硕士学位论文，2015年，第25～30页。

② 战效曾、高瀛洲纂修：《乾隆海宁州志》卷十一，第22页下。

③ 陈其元：《庸闲斋笔记》卷一，北京：中华书局，1997年，第11页。

图 5.5　陈邦彦行书题画诗扇面（故宫博物院藏，文物号新 00178812）

可见，康熙四十五年整整一年，陈邦彦私下都忙于缮写这部《文选》用以进献。此外，陈邦彦日记中经常提到他白天在南书房进行拟旨、录碑、鉴定校订古文献，编纂《佩文斋书画谱》《渊鉴类函》《朱子性理大全》等官修书籍诸多公务工作。要在这些工作之余，另抽时间来手书《题画诗类》八千余首诗，并将手稿分批运送到千里之外的海宁伯父处付梓，可能性有多高，令人怀疑。事实上，陈邦彦的日记极少提及他"独家"负责的《题画诗类》，他甚至一次也没有提到自己亲自经手此书。这种近乎"漫不经心"的态度不太吻合一个初入翰林，第一次"独力"刻书之人的心理。继四十六年四月二十八日提到进呈《题画诗类》头卷后，日记再次提到此书竟是半年之后：

（四十六年十月廿八日）启奏进呈《题画诗》，莲公下来收入，驾幸西园。（I－p333）

这条日记非常简短。无论如何它清晰地表明，自康熙四十五年二月二十六日到四十六年十月二十八日，《题画诗类》历经一年八个月全部刻完。这一系列漫长的成书过程，也随之隐没在卷首"翰林编修臣陈邦彦奉旨校刊"这短短几个字背后了。

第四节　查慎行与陈氏伯侄的私人交往

查慎行所编纂的《历代分类题画诗》为何会交与陈元龙、陈邦彦继续增补付梓呢？目前因为缺少查慎行的自述，尚无直接的证据可解答这一问题，仅能从蛛丝马迹来推断。

首先可以肯定的是，查慎行绝非在 1702 年入直南书房之后才与陈氏伯侄相识，他与陈氏有着复杂的多重关系。第一层关系是同乡：他们都是杭州府海宁人，查家在海宁花溪，陈家则在县城①。第二层关系是姻亲：查陈二家有长期联姻关系，以促进家族兴旺②。明清两朝陈氏娶进查氏女子达 140 人，又有 125 名女子嫁入查家，可谓累世通婚。仅就查慎行而论，他的胞妹适陈元龙从兄陈诜，从姊适陈诜子陈世仁（1676～1722 年），族侄查升（1650～1707 年）娶陈元龙侄孙女③。二人是层层嵌套的姻亲关系。因此，查陈两家族之间的成员多有往来，比如查慎行与二弟查庭琪（1652～1733 年）就同陈氏家族的陈奕禧（1648～1709 年）有交④。

查陈之间的第三层关系借由科考结成。如前述，查慎行和陈邦彦是科举同年，因此在书信中称陈邦彦为“世兄”，但实际上他比陈邦彦年长足足二十八岁。查慎行对科举年序的看重，与性格和人生经历有关，长生殿事件让他愈发谨言慎行。不独对陈邦彦，他的会试座师汪绎乃后辈，但他依然恪守年序，对汪绎以弟子列居⑤。

查陈之间的第四层关系是通过科举后进一步产生的同僚关系。查慎行为癸未科二甲二名，陈邦彦为二甲六名，二人皆名列前茅。殿试名次公布后，查慎行受圣祖皇帝特旨直接授职，在此之前他已入直南书房，陈邦彦则馆选庶吉士。从康熙四十二年春起，查慎行与陈氏伯侄一起共事内廷。此外，查慎行的族侄查升和同胞弟弟查嗣琪早在康熙二十七年（1688 年）和三十九年（1700 年）中式，前后进入翰林院，陈元龙与二查亦有往来。

① 陈家住海宁县城瓦石堰河南，见陈赓笙《海宁渤海陈氏宗谱》卷七，第 14 页上。
② 赖惠敏：《清代的皇权与世家》，北京大学出版社，2010 年，第 73 页。
③ 查慎行从姊嫁海宁陈氏事见查慎行《翰林院检讨亡甥陈元之墓志铭》，《查慎行集》第 7 册，第 139 页。
④ 陈奕禧《虞州集》中有数首写与查慎行及弟弟的诗作，如卷一《核桃园山店夜宿怀夏重、德尹兄弟》《寄查夏重、德尹》《移家甫至查舍亲将归京师夜话则绪》，卷二《杨嵩木坐上话旧兼怀查夏重在其尊公贵州开府幕》，卷三《寄答查声山京师书至》《查德尹京师书来兼惠扇头二诗次韵奉答》等。陈奕禧：《虞州集》，国家清史编纂委员会编《清代诗文集汇编》卷 173，影印康熙刻本，上海古籍出版社，2011 年。
⑤ 沈德潜：《清诗别裁集》卷二十“查慎行”条，《查慎行集》第 7 册，第 363 页。

陈氏伯侄之间，查慎行与陈元龙交情较深，二人不仅年龄相仿，且相知甚早。将查慎行举荐康熙帝者，通行的说法不出张玉书、李光地、陈廷敬三人①。但陈元龙在自己文集《扈从纪事杂诗三十四首》的第二十八首诗注中写道："圣意求贤甚殷，旨固问元龙与查升，同举查慎行。查升言内举不避亲，元龙言少时同学。复问元龙比尔所学何如，元龙言臣实不如。即命召至考试。"②无论陈氏此说是否有居功之嫌，它至少说明二人少年时就是同学，相知甚久。

查慎行入京供职后不久，与陈元龙在翰林院"宫漏昼永，间评论天下士及耆旧中之贤者"，似颇为惺惺相惜。然而共事仅一年有余，陈元龙即乞假回乡，临行前，陈元龙还嘱其为族兄之母八十大寿作序③。查氏又有《送掌詹陈乾斋前辈予假省亲四首》组诗，其中一首有"谁似先生饶至性，最承恩日乞还乡"之句，透露出对陈元龙"最承恩日还乡"人生抉择的理解和认同，而他自己在数年后也践行了这一人生抉择。查氏《复陈宫詹先生书》一札中，"但紫禁恩深，恳辞不得之事，必将复见于今。虽老年伯勇决不回，出于天性，至此且奈之和"之语，显然是深知陈元龙乐得在乡赋闲，此去"已坚肥遁之志"，不愿再为帝王犬马，不过他在信中也提醒元龙，赋闲之事恐终究难遂其愿。后来的发展也果然如查慎行所预料：康熙四十九年（1710 年）夏，陈元龙"忽荷擢补"，结束悠哉游哉的林下生活，返京任翰林院掌院，次年又以花甲高龄远赴广西出任巡抚④。

陈元龙在康熙四十八年贺查慎行六十寿辰所作《查悔余编修六十》诗之一，透露出查慎行是为数不多理解甚至支持他回乡的人：

同直金銮没出迟，别来霜鬓各添丝。

乞归我志唯君许（予甲申乞归，同官无不劝阻，惟先生不以为非，且承改定小疏），嗜退君情只我知。

里第开尊称庆日，先生骑马亟行时。（闻今岁五月初即出口避暑，计生申之

---

① 全祖望记为陈廷敬，《两浙輶轩录》引《杭州府志》记为李光地，《清史列传》卷七十一记为陈廷敬、李光地、张玉书，李元度《国朝先正事略》记为张玉书、李光地。

② 陈元龙：《爱日堂诗集》卷五，第 15 页下。

③ 查慎行：《代寿陈林岫童夫人八十序（泽州出名）》，《查慎行集》第 7 册，第 173 页。

④ 陈元龙：《爱日堂诗集》卷十九，第 16 页下~17 页上。

日即扈行之初矣）

　　桐花乳燕家园乐，爱弟偷闲有所思。①

　　从二人诗信往来不难看出，陈元龙与查慎行关系比较融洽，他们对对方的学识、性格和人生理想，也报以敬佩和尊重的态度。查慎行庆幸自己初编的《题画诗类》能够"得老年伯亲加鉴定，又增益其所不足，使成全璧"，恐不全是客套之语，也有对陈氏的信任与肯定。

　　查慎行与年轻自己二十余岁的陈邦彦的交往情况，目前能够搜集到的记载全部来自陈邦彦一方。陈邦彦的日记记录了康熙四十二年二人同科中式之后，特别是四十五年春至十月同在南书房侍直期间，与查氏时常同进同出②，共同办公：

　　（四十五年二月初六日）偕查悔余同进直卢，早饭罢散去。（Ⅰ－p197）

　　（四十五年二月初八日）同悔余上直，仍用早饭。是日泽州、云门、中郎、礼叔俱在直卢。

　　（四十五年二月初十日）偕悔余、礼叔同上直卢用早饭，各散。随同悔余、信安出内东华门，往贡院候同年同姓出场、亲友出场者，归寓。（Ⅰ－p198～199）

　　（四十五年二月廿三日）同京江、泽州、安溪三中堂，王恒麓、蔡方麓两阁学，礼叔学士，查悔余迎驾于海子之南红门外。……随进新衙门驻跸。即偕悔余连鞍归寓。（Ⅰ－p200）

　　查慎行告假还乡葬亲后返京事，也在陈邦彦日记中有所体现：

　　（四十七年三月十一日）悔余来京入直。（Ⅰ－p391）

　　（四十七年三月十五日）是日查悔余来。（Ⅰ－p396）

　　陈邦彦日记中对查慎行一律以字称呼，不似日记中有时对钱亮功、蒋廷锡等其

---

① 陈元龙：《爱日堂诗集》卷十四，第19页下。

② 时查慎行居住在距陶然亭二里远的望远村东某道院，不知与陈氏寓所距离。查慎行：《敬业堂诗集》卷三十六，见《查慎行集》第5册，第792、803页。

他同科进士直呼其名，可见对这位前辈态度比较客气。查慎行《敬业堂文集》中另有一封书札值得注意，题为《复杨次崖书》，受信人身份待考，信中称其"长兄先生"，写信乃杨某应某"徐中丞"之托有邀于查慎行，但查慎行回信予以婉拒：

> 但弟与陈世兄同研席五六年，颇称莫逆。今秋又预为来岁之约，谊已难辞。况宫詹乾翁先生甫以觐省归里，有《历代赋钞》一书，出自圣裁，行登梨枣，目下搜缉校订，正属需人之时。弟虽不才，业许分任其事。即可以辞世兄，断难为宫詹地也。①

徐中丞应当是时任河南巡抚的徐潮（1647～1715 年），康熙四十三年十月升户部尚书②。"宫詹乾翁先生"指陈元龙，"陈世兄"指陈邦彦。既然陈元龙"甫以觐省归里"是在康熙四十三年四月，则查慎行写此信时间，晚于该年四月，早于徐潮转迁的十月。查氏拒绝徐潮邀约的理由（至少是表面上的理由），是要分任陈元龙校刻《历代赋汇》，说明他与海宁陈氏在为内廷编书一事上，私下有着极为密切的联系，甚至或曾不挂名地参与过《历代赋汇》的编纂。他亦提到与陈邦彦有"来岁之约"，可惜这个康熙四十四年邀约的具体内容，信中语焉不详，不知是否与《题画诗类》有关。不过从查慎行与海宁陈氏之间的往来的角度，或许可以解答为何查慎行将《历代分类题画诗》书稿交与陈元龙及其侄子陈邦彦编刻的缘由。

第五节　小结

由以上分析可见，《题画诗类》并非陈邦彦"独力"选、编、纂、辑，当是由查慎行发起，由陈元龙负责完善、编刻，最后由陈邦彦进呈御览，因此，过去大部分相关书目、著录和出版物将这部书归为陈邦彦名下的各种说法并不准确。为何百余年来各种相关书目几乎都"认可"陈邦彦独力纂辑《题画诗类》的说法？如前所述，

① 查慎行：《查慎行集》第 7 册，第 51～52 页。
② 赵尔巽：《本纪八·圣祖本纪三》，《清史稿》卷八，第 256 页。

原因可上溯至前文所引乾隆时期官修《国朝宫史》中"南书房翰林陈邦彦辑唐宋元明题画诸诗成集，进呈圣祖仁皇帝亲定成书"之说。将陈邦彦由校刊者"升级"为"编纂者"，加上"圣祖亲定成书"，确定了编者，还有了御定身份。之后的若干书目也多沿用此说。

　　总之，《题画诗类》并非是康熙皇帝主动发起编纂的官修书，它经过了由具备文学才能的臣工进呈稿本，选题和书稿获得皇帝首肯，再由臣工个人出资在地方承刻，最后纳入内府等一系列漫长过程。从中可以一窥在"官修书"这个大的标签下面，康熙内府刻书的多面性，亦关涉到康熙朝中晚期内廷官员的组成与生态，宫廷与江南图书事业的互动等复杂的政治史、文化史命题。

第六章　《御定历代题画诗类》的成书背景

上一章从查慎行与陈元龙、陈邦彦伯侄二人的私人交往的角度，为《题画诗类》的成书过程补充了局部的背景情况。但此书所成绝非仅仅基于文臣私交，它的诞生与陈氏的文化活动、康熙朝中晚期的内廷氛围、江南地区的藏书、刻书风气等大的背景密不可分。本章就将对《题画诗类》成书的大气候加以介绍和讨论。

第一节　陈元龙家族与《御定历代赋汇》之纂刻

在康熙朝的"官员承刻本"书籍中，与《题画诗类》在"血缘"上最为接近的就是《御定历代赋汇》（图6.1，以下简称《历代赋汇》）。此书为陈元龙担纲纂修，康熙四十三年又获命增补校对和刊刻之任。对此，陈元龙个人文集有清楚的记述："又发下御前《历代赋汇》抄本一部，传旨云：'此书原系尔所纂辑，彼时因赶期告竣，未必全备。今付尔携至家中，从容增益校对。差人赍折请安时，陆续进呈'"①。彼时在南书房入直的查慎行也对此有所记录。他的《送掌詹陈乾斋前辈予假省亲四首》组诗第四首的末句"总道名园成独乐，十年书局尚随身"，有诗注云"时奉旨携带《历朝赋汇》三百余卷还家校刊"，说的正是此事②。从中也可看出，对其时的翰林词臣而言，奉旨刊书乃一件大事。

《历代赋汇》正集一百四十卷，外集二十卷，逸句二卷，补遗二十二卷，目录二卷，形式略显拖沓。陈元龙集中的文字印证了此中原因何在：《历代赋汇》原本已有

---

① 陈元龙：《爱日堂诗集》卷十二，第2页下。
② 查慎行：《敬业堂诗集》卷三十一，见《查慎行集》第5册，第691页。

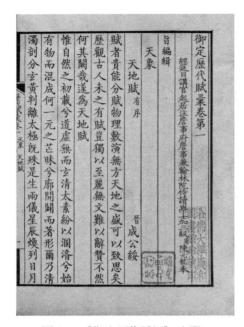

图 6.1 《御定历代赋汇》康熙
四十五年刊本（哈佛大学
图书馆藏）

稿本付梓，但康熙皇帝对书的完备性并不满意，在陈氏即将离京之前布置下"作业"，要求他在海宁继续完善此书，"陆续进呈"，汇报成果。陈元龙显然感到很大的压力，抵家后特作诗记录自己焦虑的心情：

> 文章职业愧雕锼，恩重命携事校雠。
> 词义鲁鱼须慎检，赋心班马试冥搜。
> 拟除三径开书局，敢向千秋问选楼。
> 南面百城君赐重，栖迟膝下又何求。①

此诗表面上表达对增补校勘《历代赋汇》一事感到君恩深重，但深究最后一句之意，也有对年老体衰，告假回乡后仍不能全力赡养老父的无奈。但只要能够换得假期回家奉亲，"栖迟膝下又何求"，"作业"也是值得的。另一个令他决心离朝的原因是长期高度紧张、繁重的内廷侍臣生活。十余年寅入酉出，风雨无阻，他作诗云"丹禁听钟常恐后，玉阶待月未嫌迟"，形容的就是这种长期体力和精神的高负荷状态②。

陈元龙对领书局回海宁之事意犹未尽，又作《七月十二日抵家率大儿拜省老父起居洒扫子舍摒挡行李粗毕率赋》，第四首云：

> 宠命修书局自随，囊空未办买山赀。
> 君门敢说身将隐，子舍难言力已衰。
> 捧得赐书陈棐案，乞将野卉植疏篱。
> 谢恩亟写蝇头字，双眼模糊属草迟。③

---

① 陈元龙：《爱日堂诗集》卷十二，第 4 页上。

② 陈元龙：《爱日堂诗集》卷十二，第 6 页下。

③ 陈元龙：《爱日堂诗集》卷十二，第 7 页上～下。

这首诗意思就更为明显，"力已衰""蝇头字""双眼模糊"等语，对刻书事似颇力不从心。但圣意难违，康熙四十四年后，陈元龙借陈氏族人之隅园，于园中正式开局刻书。其文集中有《假馆隅园校刻〈历代赋汇〉一书示书局诸君子》组诗：

> 书局随身为养亲，数椽老屋笑官贫。
> 难求胜地供编辑，借得荒园称隐沦。
> 败壁低檐成秘阁，蝇床木几集佳宾。
> 丹黄倦后推窗看，稚子无机把钓纶。
>
> 十亩池塘旧有名，百年台榭岂胜情。
> 水沈藓石亭何在，廊倚危桥径不平。
> 尚有梧阴传画省，难留乔木继清卿。
> 借居词客荒凉甚，辜负君恩拥百城。①

由此二诗可知，陈元龙借用了一名为"隅园"的荒园来做编书的场地。隅园乃陈氏家族产业，是元龙曾祖陈与相的长兄陈与郊（1544～1611年）所建，为其后人所有。海宁地方志中记载其"地远阛阓，池周二十余亩"②，可见地处偏僻，但规模不小。这座隅园正是日后乾隆皇帝南巡多次驻跸的陈氏安澜园的前身（图6.2）。

为增修《历代赋汇》，除确保场地外，陈元龙又组织了一个多人编修班子，因有"书局诸君子"云云。应当是招募了海宁及附近地区一些能文之人，以图合力为之。如果陈元龙确是在此期间将查慎行的《历代分类题画诗》加以完善，那么他很可能利用了编纂《历代赋汇》的书局班底，同时进行纂修《题画诗类》的工作。然而无论是《历代赋汇》还是《题画诗类》，都不曾提到这些书局诸君子姓甚名谁，他们对清宫刻书的贡献，也随之淹没不为人所闻。

陈元龙和陈邦彦伯侄对《历代赋汇》极为重视，尽管二人天各南北，但依靠通信对《历代赋汇》刊刻进展等事宜保持了密切的交流。《匏庐公日记》中频繁提到《历代赋汇》：

---

① 陈元龙：《爱日堂诗集》卷十三，第8页上。
② 金鳌等纂修：《乾隆海宁县志》卷三，第439～440页。

图6.2　《海宁陈氏安澜园全图》局部（浙江省博物馆藏，纵65.5、横128.4厘米）

（四十五年二月廿八日）又问家中所刻《历代赋汇》已完多少，几时可以告成。随奏云岁底家中信来云刻完七十卷了，大概秋间可以告成。万寿节前先刊七十卷进呈御览。（I－p203）

（四十五年三月十六日）启奏《历代赋汇》事已详家信中。（I－p213）

（四十五年三月十九日）泽州来奏《历代赋汇》御制序文稿，准发刻。（I－p215）

此外还有多条日记涉及《历代赋汇》事宜，囿于篇幅不一一列举，但足可见陈氏对此书的重视程度。与之形成对比的是日记对《题画诗类》事宜语焉不详。个中缘由值得寻味。

第二节　《御定历代题画诗类》与内廷政治文化生态

一　《题画诗类》与皇太子胤礽

上节主要讨论的是《题画诗类》成书之关键人物：查慎行、陈元龙与陈邦彦之间的关系网络，以及陈氏家族以私人之力承担宫廷修书事业的情况。与此同时，《题画诗类》也与康熙中晚期的内廷政治生态有所关联。前文提到，陈邦彦《匏庐公日记》日记中记载"（四十五年二月廿六日）随往千岁处奏请，系二老爷转奏，随偕千岁管书房葛老爷到南库取书归寓所"。"千岁"是对亲王的尊称，这个称谓在陈邦彦日记中反复出现，似指涉同一人。又，康熙四十五年十二月二十日陈氏日记云：

> 是早东华向承华处奏《历代赋汇》，睿颜甚喜，旧书、食物俱收。且云：《四书》屏幅一人专写岂不辛苦了。奏折随交玉翁拟批。（I - p273）

"承华"为太子固定的代称，则获奏《历代赋汇》并得知有《四书》屏幅一事的当为其时的皇太子胤礽（1673 ~ 1725 年）无疑。而该年十月十五日日记提到"奉千岁之旨寄家信写《四书》碧纱橱"一事（I - p250），十二月二十九日记又提到"千岁亦奏云：近日叫他伯父写《四书》全部，也不到一月就完了，他们家学原好"（I - p281 ~ 282）。可见，命陈邦彦自北京寄家信给燕居海宁的陈元龙抄写《四书》的"千岁"，与口头慰问陈元龙抄书辛苦的"承华"，皆为胤礽。

陈邦彦日记中提到胤礽，多次与书籍收藏、编纂有关。如四十五年十二月二十四日，（黔抚向胤礽）"又进千岁古董书籍十八件，全收"（I - p277）。四十五年三月二十四日，陈邦彦"往千岁处进《历代赋汇》等书，俱收"（I - p217）。可见胤礽展出雅好书籍的姿态，对臣工进呈的古董书籍和新刻书籍着意搜求。胤礽热衷藏书刻书，与他青少年时期接受严格教育有关，也未尝没有笼络人心的色彩：书籍事业不仅是帝王事功的组成部分，也能够迎合书不释手的父亲康熙皇帝所好。

康熙皇帝早年对胤礽格外爱护，精心教育。但是康熙四十五年时，这位皇太子已危机四伏。除皇长子胤禔之外，亦有多名皇子笼络朝臣扩张势力，培植党羽①。对此，内廷词臣也不能置身事外②。全祖望（1705 ~ 1755 年）曾在查慎行墓表中感慨："南书房于侍从为最亲，望之者如峨眉天半。顾其积习，以附枢要为窟穴，以深交中

---

① 参见万依、刘潞：《清代宫廷史》，天津：百花文艺出版社，2004 年，第 133 ~ 134 页。

② 许文继、李娜：《南书房行走笔下的入直生活——新发现的几部南书房行走自撰史料》，《历史档案》2014 年第 2 期。

贵人探索消息为声气，以歧忌互相排挤为干力，书卷文字，反束之高阁。苟非其人，即不能容。"①可见其时内廷氛围之紧张。

陈邦彦的大伯陈元龙，攀附皇长子胤禔之舅父明珠得以仕进。陈元龙在康熙二十七年（1688 年）被罢黜回籍，被认为即明珠与围绕在皇太子周围的权臣索额图发生激烈党争所致。陈元龙与陈邦彦政治上乃是一体，他们二人与皇太子胤礽的关系究竟如何，仍有待考察②。不过从陈邦彦日记来看，至少陈邦彦本人在康熙四十五、四十六年间频繁向皇太子"献宝"。除上文记献《历代赋汇》事之外，陈邦彦日记亦记载向胤礽进献过《题画诗类》：

> （四十六年十月三十日）进东宫《题画诗类》四十部，收廿部，又收五部赏人。（I – p334）

向胤礽进献《题画诗类》《历代赋汇》，以及各种古董书籍，未尝不是陈氏的一种政治献媚姿态。陈元龙一支与建储事件恐有所关涉，或直接导致雍正皇帝继位后对陈元龙、陈邦彦及元龙子陈邦直大加讨伐，他们三人的政治命运在雍正朝几近终结。从这一点上来说，挂名陈邦彦校刊的《题画诗类》，也与当时波诡云谲的宫廷态势有着千丝万缕的关系。

二　《题画诗类》与康熙年间"官员承刻本"

除了宫廷政治生态外，《题画诗类》也是宫廷文化生态的产物。当然，文化与政治，并非截然二分。16 世纪下半叶至 17 世纪初，清王朝处于入主中原后的稳定上升期，在经历了明清易代和平定三藩等大小战争后，社会逐渐从战争创伤中恢复。康熙皇帝本人好学不倦，对天象、历法、数学、医学、满蒙藏文、文学等多方面有着强烈的兴趣爱好，这些领域也是他赞助出版的重点。除个人兴趣外，康熙皇帝也意识到需要学习汉人传统文化，以解释自己统治的正当性，并弥合与汉族知识分子之间的关系。他开始着力于赞助书籍编纂活动。1679 年开"博学鸿儒"，通过考试者后

---

① 　全祖望：《翰林院编修初白查先生墓表》，《查慎行集》第 7 册，第 355 页。

② 　关于陈氏伯侄与康熙建储问题的牵涉，参见赖惠敏《清代的皇权与世家》，第 30 ~ 34 页。

来就参与了《明史》的编纂①。新的国家治理需求，推动康熙皇帝出以赞助出版来支持和推广理学，以《性理大全》为代表的经学著作陆续出版。除经部之外，皇帝的个人兴趣令总集部和子部的天文算法书大量纂刻。比之后世，史部和子部的艺术类书籍则相对较少。

康熙朝宫廷刻书多被系为武英殿所刻，然而其中归属，颇值得仔细辨别。康熙十二年（1673 年）敕令廷臣用前明经厂《文献通考》及《性理大全》旧板片在武英殿进行补修刷印，武英殿才开始逐渐成为内府刻书最为核心的地点，它也成为宫廷御用刻书机构的代名词。康熙十九年（1680 年）正式在武英殿设立修书处，四十四年（1705 年）又将监造处下的砚作、珐琅作划归养心殿造办处，露房归并到修书处，令武英殿成为更纯粹的刻书场所。在康熙皇帝留下的朱批奏折中，留有大量对武英殿监造赫世亨、和素上奏刻书事奏折的批阅文字。然而武英殿整体的刻书能力并不能满足当时内廷需求，康熙四十年后，开始将刻书任务发交扬州。因起初的任务为承刻《全唐诗》，所以又称"扬州诗局"。承担扬州诗局刻书任务的曹寅和李煦皆为包衣，有为皇家服务的官方身份和背景。启用他们二人，是通过二人吸收江南文化资源为宫廷服务，实为创举。

除扬州诗局之外，汉族大臣也主动献出自己的私人资金和文化资源为宫廷刻书服务。此以康熙四十二年皇帝南巡时颁给宋荦、高士奇在苏州刊刻《皇舆表》为标志，前赴后继，或领命刻书，或主动献新刻书，逐渐成为一种现象，至康熙五十年后逐步回落。此消彼长，在康熙朝最后的十年间，武英殿的刻书数量又逐渐提升。

此前提到，《题画诗类》乃当时方兴未艾的大臣"承刻本"书籍之一种，得到皇帝认可后被纳入内府官修书的行列。如果将《题画诗类》所代表的私撰"进呈"书籍，与皇帝本人发起并亲自参与的内廷官修书籍进行比较，能够看出皇帝对二者的参与程度有所区别。比如，关于《佩文韵府》，查慎行《武英书局报竣奏折》称："《韵府》一书，尤宸衷所注意。钦颁体例，御定规模。每卷每帙，排日进呈；一字一句，遵旨定夺。其间繁简去留，尽由指授；源流本末，咸奉诲言。……至有屡蒙

① 关于康熙时期统治者与知识分子关系的缓和，以及新的政策对皇家赞助图书出版的推动，以及由此带来的新问题，参见 R. Kent Guy, *The Emperor's Four Treasuries*, pp. 19 – 23。

口谕，曾发手批，某事宜删，某条宜补"①。其中未必没有溢美之词，但仍可见皇帝本人在此书的编纂过程中花费大量心血，从材料选取、确定体例、校勘审阅、增补考订直至付印，事无巨细，皆亲自过问②。皇帝对《佩文韵府》编纂的亲力亲为，从朱批奏折中也可见一斑。与之相比，"官员承刻本"的编纂则往往"下放"给有学识修养的臣工负责，皇帝并不亲力亲为，使得书籍编纂自由度比较高，尽管最终编成之书也未免有各种缺憾，但不失为一种经济高效的扩大皇家编书阵容的方式，同时亦是对私家学术的一种变相支持与鼓励。

不过这并不意味着任由大臣们随意刻书进呈，哪些人可以胜任此事，皇帝心中有所考量。除文化修养外，经济能力也是重要指标之一：刻书虽由民间代劳，既然日后要冠以御制之名，就不能粗制滥造，如此一来，剞劂必定所费甚繁。比如陈邦彦日记曾记，（康熙四十五年十月十八日）"静永请刻《书画谱》，上以其力量不敷未许"（I – p252）。"静永"为宋骏业（1653～1713 年），字声求，号坚斋，为康熙中期官吏兼宫廷画家，静永堂乃其堂号。"《书画谱》"即《佩文斋书画谱》，乃宋骏业与孙岳颁（1639～1708 年）等人历时三年所编。此书存世本书名页镌"赐板通行""静永堂藏"字样，可知最终仍由宋骏业刻成。但陈邦彦日记则显示，康熙四十五年此书待刻之际，宋骏业请求承刻的要求一度被皇帝驳回，理由是"力量不敷"。反向推敲的话，陈元龙及陈邦彦得以承刻《历代赋汇》及《题画诗类》，缘由恐怕与海宁陈氏多人在朝为官，且在地方根基深厚，经济方面不至于因刻书带来沉重的负担有关。

第三节　《御定历代题画诗类》与江南文化风气

由以上几节的讨论可以看出，《题画诗类》乍看上去是宫廷的产物，但"宫廷"只是表面的土壤，深层的根基则在"民间"，更具体说来，其实在于海宁乃至江南地区文人精英的书籍事业，以及在此基础上北京宫廷对江南文化和经济资源的调动与

---

① 　查慎行：《查慎行集》第 7 册，第 12 页。
② 　郑永晓：《〈佩文韵府〉的编纂与康熙后期的诗坛取向》。

利用。上文所提到的查慎行和陈氏伯侄，皆出身海宁，且都是享有名望的藏书家。查慎行本人有嗜书之癖，据说"卒之日，椸无新衣，囊无余储备，惟手勘书万卷而已"①。他还热衷于手抄书，终生抄写不辍②。其家有得树楼，位于其家乡袁花镇西南三里，康熙三十六年建③。《敬业堂诗集》卷二十三专门有《得树楼自序》和《得树楼初成以诗落之九首》。《拜经楼藏书题跋记》云："国初吾邑东南藏书家，首推道古楼马氏、得树楼查氏。盖两家插架多宋刻元钞，而于甲乙两部积有异本，其珍守已逾数世，不仅为充栋计也。"④可见查慎行甚至收藏有不少宋元珍本书籍。查慎行本人著有文献类《补注东坡编年诗》五十卷、《周易玩辞集解》十卷、《易说》一卷，典故考据和笔记类《得树楼杂钞》十五卷、《人海记》二卷等书，都与他大量的图书收藏分不开⑤。

陈邦彦"私藏亦可称东南一大家，与绛云楼是埒"。其藏书楼名为"春晖堂"，编定藏书目录《春晖堂书目》，现存一册抄本，藏于中国国家图书馆（索书号 02815，图 6.3），为道光十一年（1831 年）刘氏味经书屋刘如海钞本⑥。

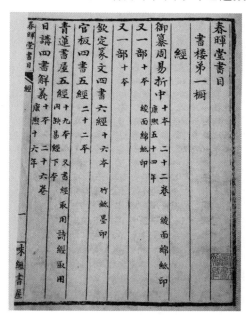

图 6.3 陈邦彦《春晖堂书目》卷一书影

---

① 沈廷芳：《翰林院编修查先生行状》，《查慎行集》第 7 册，第 354 页。

② 关于查慎行抄书一事参见严佐之《"白头方解手抄书"：查慎行〈抄书〉诗及明清"抄书"诗释读》，《北京大学中国古文献研究中心集刊》第十一辑，北京大学出版社，2012 年，第 307 ~ 318 页。

③ 查慎行藏书事迹参见任继愈《中国藏书楼》，沈阳：辽宁人民出版社，2000 年，第 1417 页。

④ 管廷芬：《拜经楼书题跋记跋》，见吴骞辑《拜经楼丛书》卷六，上海博古斋民国壬戌年（1922 年）影印本，第 1 页下。

⑤ 对查慎行藏书、刻书情况的整理，参见丁辉《查氏"兄弟三翰林"藏书与刻书考述》，《图书馆学刊》2014 年第 5 期。

⑥ 《春晖堂书目》已得全文影印出版，收入陈红彦主编《国家图书馆藏稀见书目书志丛刊》第 2 册，第 185 ~ 224 页。此本的抄写者名为刘雯，晚年改名如海，根据书末自述，钞定时年已七十五岁。关于刘雯生平，参见包云志《〈孤本慎贻堂书目〉查考记》，《文献》2003 年第 4 期。

该书目著录经部、史部图书约310余种，有宋淳熙十三年（1186年）刻本《春秋权衡》、宋太常高伯祖隅阳校刊之《尔雅注》等珍本，则其集部很可能亦不无稀见书目。可惜子、集两部已不见存，否则对窥测《题画诗类》校订用书或许有所助益。陈氏对文献典故的搜集和考订亦兴趣颇浓，著有《读书志》《宋史补遗》等，其私著《乌衣香牒》《春驹小谱》分别考证蝴蝶和燕子的历史典故。这些书籍的编撰，都与丰富的私人藏书密不可分。

　　查慎行和陈邦彦还勾连起海宁乃至江南地方一批有影响力的藏书家。再从查慎行的一封书信说起，此信收入查氏文集题为《代柬吕无党》，题下附注"代陈世南。札中所谓家伯即乾斋"①。可知真正的发信人是陈邦彦，行文由查慎行代劳。受信人"吕无党"即吕留良（1629～1683年）的长子吕葆中（？～1707年），原名公忠，字无党，号冰葭，浙江石门（今桐乡）人。陈邦彦修书主要目的是向吕葆中借书。其时，

陈元龙所领衔编刻的《历代赋汇》"已经进呈，但刻期告竣，挂漏尚多"，陈氏仍"欲广搜散逸，合成大观"。然而海宁本地可以寻求帮助的藏书家"业已搜索略尽"，仅剩一"梅里老人"。梅里老人即朱彝尊（1629～1709年，图6.4），浙江秀水人，康熙十八年（1679年）举博学鸿词科授翰林检讨，其后进入康熙内廷，当一度与陈元龙同在翰林院共事。他也是查慎行的表兄，与之关系非常亲近。查慎行经常向朱彝尊借书，特别是他早年家贫时，表兄家丰富的藏书对他积淀学识、开展学术编纂工作，裨益颇大②。康熙四十五年时朱彝尊正留驻苏州，距离海宁较远，陈氏伯侄"未便驰谒"，于是陈邦彦想到了吕葆中。吕氏出身浙江石门，为当地望族，

图6.4　朱彝尊像（出自《清代学者像传》第一集）

①　查慎行：《代柬吕无党》，见《查慎行集》第7册，第169～170页。
②　相关事参见崔晓新《朱彝尊交游考论》第十一章，山东大学博士论文，2012年，第168～186页。

先祖多有嗜书者。吕留良是著名的明遗民，立志终身不仕清，两次拒绝举荐。但成长于新王朝的吕葆中，则像很多明遗民的子辈一样，走上科举之路。康熙四十五年，吕葆中高中丙戌科榜眼，授编修。除去人生道路的分歧，吕氏父子皆嗜书如命，在藏书方面父子同心，兢兢业业。其时恰逢明清易代乱世之后，明末藏书大家的收藏大多散佚，他们苦心搜寻，逐渐建立起远近闻名的图书收藏，仅宋元刻本就有数十种之多，还斥资建立"南阳讲习堂"①。而吕氏所在的石门距海宁颇近，这就是为什么陈邦彦修书给吕葆中，望其"倾囊倒箧，助成全书"。陈邦彦也许诺了回报，他随书信附"（《历代赋汇》）原本目录并奉览，以便检讨"。换句话说，吕葆中有机会成为这部敕修书籍除康熙皇帝和编纂刊刻班子以外的第一批读者，其中荣幸自不必言。

可惜的是，雍正六年（1728 年）曾静、吕留良文字狱让吕氏家族遭到严惩，族中子弟或被杀戮或被流放，著书不传于世，今天已无从得知吕葆中最终对陈邦彦的回应。不过，陈氏借书之请很有可能无法得到吕葆中的应允。因为为防止图书流失，吕留良立下严厉的规矩，藏书概不外借。金张《酬吕无贰赠手钞杨监诗集并寄无党四十韵》曾云："先人有遗言，若借罪等鬻。"②吕无贰即留良次子吕时中。这首诗写作的背景是金张向时中兄葆中求借宋人杨万里诗集，但吕葆中迫于家规，不能出借家中藏书，于是让弟弟吕时中另外誊钞一部赠送金张。因此打算向吕葆中借书的陈邦彦，恐怕很难如愿以偿。无论陈氏能否如愿以偿，《代柬吕无党》这封书札毕竟为我们勾勒出当时江南地区藏书家的互动模式，以及一些御制书籍编刻过程中编纂者寻求地方藏书家支持的风气。

《代柬吕无党》涉及的另一人物是信中"从马寒兄处得悉动静"一句里的"马寒兄"，即海宁籍著名藏书家马思赞（1669～1722 年）③。马思赞本姓朱，其祖父过继海宁望族马家。《国朝杭郡诗辑》记载云："马思赞，字寒中，号南楼，海宁人。有《皆山堂诗》。"下注："南楼为扬州推官鳞翔子。工诗续学，诸子百家无不研贯。家有道古楼，插架多宋元精椠，旁及金石秘玩，绢素真迹，充牣其中，不减倪氏清閟

① 申屠青松：《石门吕氏"南阳讲习堂"藏书考论》，《嘉兴学院学报》2009 年第 4 期。
② 金张：《芥老编年诗钞》，见《四库全书存目丛书》集部第 254 册，第 684 页。
③ 顾志兴：《钱塘江藏书与刻书文化》，杭州出版社，2014 年，第 49～50 页。

阁也。"①马思赞与陈邦彦亦为同乡，有往来并不奇怪。而陈邦彦既云"从马寒兄处得悉动静"，可知马思赞与吕葆中有比较密切的关系，相比之下陈邦彦与吕氏的关系则恐怕比较疏远。书信开篇有"自壬午省中一会，荏苒至今"云云，壬午年为康熙四十一年，陈邦彦在这一年秋在杭州参加省试，可能曾与吕氏相会。而信中提到邦彦伯父陈元龙已离开京城告假返乡，且《历代赋汇》已告成进呈，则此信写成时间当不早于康熙四十四年初。二人至少三年未见，陈邦彦才有"荏苒"之语。

　　陈邦彦这封书信里面所涉及的几位藏书家相互之间亦有交往，构成了密集的交际网络。首先是朱彝尊和吕葆中。今存武梁祠碑拓之一有"康熙甲申正月既望，秀水朱彝尊锡鬯、溧阳宋曍□知、石门吕葆中无党、桐乡钱琰又持、秀水朱甫田袭远同观"字样②。可知1704年二人曾一同前往山东观看武梁祠碑。《拜经楼藏书题跋记》记载了朱彝尊对马思赞对藏书事用心之巨、成果之丰的赞赏："（竹垞尺牍）凡六十通，其间与寒中上舍者什九。寒中为吾邑藏书家，插架多人间未见本。故书中皆论典籍事，或展转传钞，或多方购买。于此想见前辈好学之勤，嗜书之笃，诚可慕也。"③

　　马思赞和代笔人查慎行亦有交集。马思赞的妻子查惜，是查慎行族叔查奕继（1640～1693年）的女儿。马氏与查慎行也有直接而频繁的往来。《敬业堂诗集》卷二十八有诗《同竹垞德尹顾马寒中山居》，即记录与朱彝尊、查廷瑮共同拜访马思赞④。卷三十四又有《立夏日吴山寓楼偕竹垞朱先生及郑息卢马衍斋素村家德尹为樱笋之会竹垞和答一首》，记康熙四十六年朱彝尊与查、马及其他友人相会盛景⑤。马查二人的交往最为人知的一段当属《爱日精庐藏书志》记某宋刊本《陆状元集百家注资治通鉴详节一百二十卷》跋：

　　　　前年谒外舅陈宋斋先生座次，谭及海内藏书家，先生言其故人马寒中，购

①　吴颢辑，吴振棫补辑：《国朝杭郡诗辑》卷七，同治十三年（1874年）刻本，第32页上。

②　《宋拓东汉武梁祠画像石及阙》拓本书影收入故宫博物院编《故宫博物院50年入藏文物精品集》，北京：紫禁城出版社，1999年。

③　吴骞：《拜经楼藏书题跋记》卷四，拜经楼丛书上海博古斋民国壬戌年（1922年）影印本，第27页下。

④　查慎行：《查慎行集》第5册，第621页。

⑤　查慎行：《查慎行集》第5册，第766页。

书不遗余力。尝过龙山查氏，见案头有宋椠《陆状元通鉴详节》一书（即海昌陈太常广野先生所藏）并《颜鲁公祭侄文》，百计购之不可得，怏怏不乐。后查氏谋葬其亲，所卜吉壤则马氏田也。寒中知之，大喜曰：'书可得矣！'即诣查氏陈说愿效祊田之易，田凡十亩，书券尽付焉。查氏始许诺，寒中抱书帖疾归，若惟恐其中悔也。盖其笃好如此。①

查慎行父母早亡，查家一直无力归葬，直至慎行跻身内廷情况才有所改观。康熙四十三年正月，他获皇帝赐银二百两，随即与胞弟谋求葬地，而他们看中的恰好就是位处"龙山西麓"马思赞的田地②。马氏对查慎行藏宋版《陆状元资治通鉴详节》一书歆慕已久，得知此事造访查氏，以地易书。这便是查慎行在康熙四十五年八月上奏折乞假归葬父母背后的一段故事。马思赞以十亩田地换得一部宋版书，代价不可谓不大，马氏却"抱书疾归"，惟恐查慎行反悔。这部宋版《陆状元资治通鉴详节》命运颠沛流离，百年间至少有陈与郊、查慎行、马思赞、马思赞后人、马思赞友人倪东铭、陈讦（1650～1722 年）女婿等六人收藏，但这六人恰恰皆为海宁人士，足可见 18 世纪初期海宁书籍收藏之风之炽。而《题画诗类》很大程度上正是这一地区高度活跃的藏书、编书、刻书活动的产物。

第四节　小结

在很大意义上，《题画诗类》从无到有，所依靠的是江南地区藏书、编书和刻书家长久以来积淀的民间文化资源，只不过它最后被纳入"御制书籍"的名目之下，民间的贡献也随之不显。《题画诗类》代表了从私修书籍成为内府修书的一种"升格"路径，但反过来，它同样体现出清廷在自身书籍生产力量不足时，所采取的吸纳民间力量及其成果的灵活策略，其前提是该书可以满足帝王个人的某些兴趣爱好，且能达到官修书籍的某些纂修标准。其实早在康熙二十九（1690 年）年，徐乾学

---

① 张金吾：《爱日精庐藏书志》卷九，道光七年刻本，第 5 页下～6 页下。
② "龙山西麓"语出查慎行《请假葬亲奏折》，见《查慎行文集》第 7 册，第 11～12 页。

（1631～1694 年）因被副都御史弹劾，请辞官职告假南归，康熙皇帝就命其领书局出都。查慎行其时刚刚被革去太学生籍，一同偕行南下入局，不过只在书局数月便告归①。这一策略经宋荦，在康熙朝中晚期被发扬光大，一时间出现"官员承刻本"频出的局面。对这种出版赞助制度的局限性，有学者也指出，一是其范围过于局限在首都学术圈，二是促使学术派系的形成，乃至与朋党联系在了一起②。这两点都可从《题画诗类》及其背后纂修者的人生经历上得到印证。

---

① 陈敬璋：《查他山先生年谱》，第 20 页。

② R. Kent Guy，*The Emperor's Four Treasuries*，pp. 22 –23.

第七章 《御定历代题画诗类》的内容与分类

前文主要探讨了《题画诗类》一书的版本和编纂情况。本章和第八章则回到《题画诗类》这部书本身，本章将要讨论的问题包括：它收录了哪些诗人的哪些诗作，有何特点，诗人的地理分布状况如何，体现了怎样的选诗倾向，使用了怎样的体系来编排数量如此大的题画诗。此外，本章还将《题画诗类》的分类体系与前代的中国、日本题画诗歌选集之间进行比较，以期关照此书的内容特质。

第一节 内容与选诗倾向

一 诗作时代与数量

为分析《题画诗类》选诗情况与特点，笔者对该书内容进行了逐一整理，统计出了比较确切的数字。《题画诗类》全书共收录唐、宋、金、元、明五朝诗作 7385 题 8971 首。这其中，唐代 158 题 163 首，宋代 806 题 1051 首，金代 234 题 291 首，元代 2995 题 3644 首，明代 3192 题 3822 首。以题目数计各自所占比重，则明代最高，达 43%；元代与之接近，为 41%；宋、金、唐三代较少，分别为 11%、3%、2%（图 7.1）。篇目数比重与上述数字出入不大，明、元、宋、金、唐分别占比 43%、40%、12%、3%、2%（图 7.2）。这些数字颇耐人寻味：对《题画诗类》成书的时期而言，明代所去未远，存世明诗集和明诗数量应比今日更大，且有明一代 276 年，比之元代 97 年国祚，时间跨度要大得多。无论从何种意义上来说，如不加选择地进行收录，一部五朝文集中明诗数量应远大于元诗。然而在《题画诗类》中，

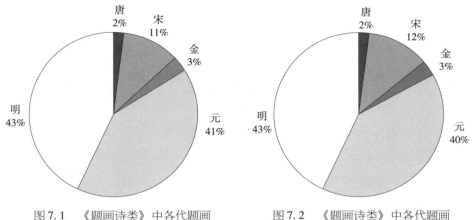

图 7.1　《题画诗类》中各代题画
诗题目数占比

图 7.2　《题画诗类》中各代题画
诗篇目数占比

元明两朝的诗作数量竟彼此相仿，这一结果恐怕是编纂者有意为之的结果。

以诗人而论，《题画诗类》共选入诗人 1193 位，其中唐代诗人 83 人，宋 114 人，金 58 人，元 279 人，明 659 人。此外另有唐代阙名 2 人、明代阙名 6 人，明代无名氏 1 人，这些阙名者和无名氏未列入上述各朝诗人数量的统计。各朝诗人数量占比以明代为最高，占 55%，其次为元代 23%，宋代 10%，唐代 7%，金代最少，仅有 5%（图 7.3）。以朝代顺序来排列，唐宋金元明五朝诗人的数量比为 7∶10∶5∶23∶55。作为参照，成书于康熙四十八年（1709 年）的《御选四朝诗》选宋诗 78 卷，作者 882 人；金诗 25 卷，作者 321 人；元诗 81 卷，作者 1197 人；明诗 128 卷，作者 3400 人。则《御选四朝诗》宋金元明四朝诗人数量比是 15∶6∶21∶59。《题画诗类》较之于《御选四朝诗》多了一朝诗人，较之而言，宋代、明代诗人比重下降，金代基本不变，元代比重不降反升。无论从诗作数量还是诗人数量都可看出《题画诗类》的编纂者对元代是有偏爱的。

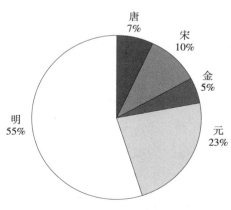

图 7.3　《题画诗类》中选入各代
诗人数目比

以《题画诗类》全书收录诗作题目数量最多的诗人为统计对象，前 20 位分别是王恽、虞集、吴宽、袁桷、高启、程钜夫、王世贞、吴镇、苏轼、元好问、李日华、刘因、吴师道、倪瓒、徐渭、程敏政、黄庭坚、刘基、马祖常、陈旅。其中元人 10 位，明人 7 位，宋人 2 位，金人 1 位（图 7.4）。再次可见编者对元代诗人之偏爱。以收录篇目数最多为统计对象，前 20 位分别为王恽、虞集、吴宽、王世贞、袁桷、吴镇、倪瓒、高启、苏轼、程钜夫、李日华、元好问、刘因、徐渭、吴师道、贡性之、廖道南、程敏政、黄庭坚、陈旅。其中元人 10 位，明人 7 位，宋人 2 位，金人 1 位（图 7.5）。这两份名单相差不大，除

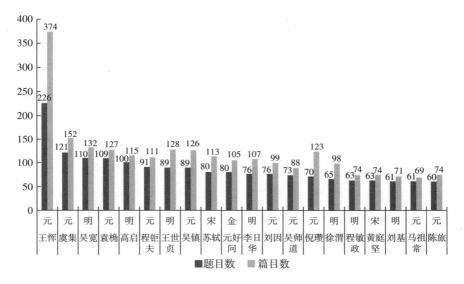

图 7.4　《题画诗类》收录诗作题目数最多的前 20 名诗人

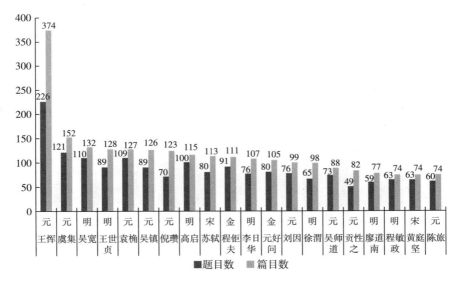

图 7.5　《题画诗类》收录诗作篇目数最多的前 20 名诗人

第一份名单中的刘基、马祖常变为贡性之和廖道南以外，其他人仅为名次变化，而这四位皆为元人。两份名单叠加，前三位皆为王恽 226 题 374 首、虞集 121 首 152 题、吴宽 110 首 132 题。这 3 人的诗作总量已占全本书的 7% 以上，而篇目数排前 20 位的诗人诗作数量有 2379 首，占全本书的 26%，换句话说，人数只占 1.6% 的诗人，诗作比重却达到 26%。

分朝代来看，收录题画诗篇目数量最多的唐代诗人前 10 位分别是杜甫、方干、阙名、白居易、李白、刘商、顾况、齐己、岑参、高适（图 7.6）。宋人收录题画诗作篇目数量最多的前 10 位分别是苏轼、黄庭坚、陆游、范成大、苏辙、楼钥、杨万里、陈造、梅尧臣、朱子（图 7.7）。金代为：元好问、赵秉文、刘迎、段成己、党怀英、密公璹、冯璧、李纯甫、麻九畴、雷渊（图 7.8）。元代为：王恽、虞集、袁桷、程钜夫、吴镇、刘因、吴师道、倪瓒、马祖常、陈旅（图 7.9）。明代则为：吴宽、高启、王世贞、李日华、徐渭、程敏政、刘基、廖道南、张以宁、张凤翼（图 7.10）。需要注意的是，以上这些诗人，绝大部分都不享有画名，有画艺的只有吴镇、倪瓒、徐渭、李日华等寥寥几位。有诗名者为多，诸如杜甫、李白、白居易、苏轼、黄庭坚、陆游、杨万里、元好问、赵秉文、虞集、刘因、高启、刘基、张以宁、王世贞等，皆为同时代以诗才享有盛名者。由此可见《题画诗类》的选诗标准并不在题画者的画名，而在于诗名。

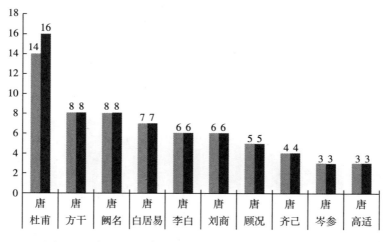

图 7.6　《题画诗类》诗作篇目数量居前十位的唐代诗人

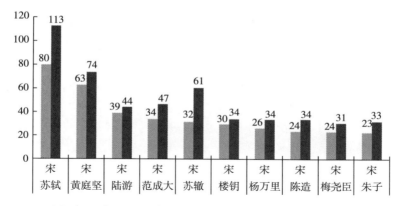

图 7.7　《题画诗类》诗作篇目数量居前十位的宋代诗人

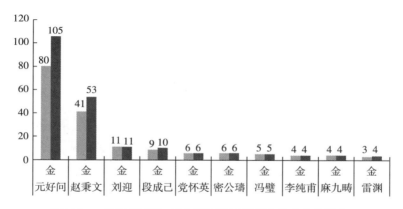

图 7.8　《题画诗类》诗作篇目数量居前十位的金代诗人

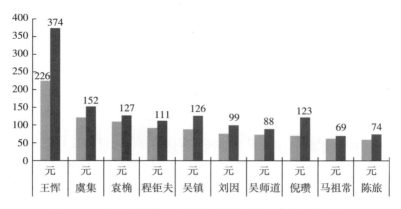

图 7.9　《题画诗类》诗作篇目数量居前十位的元代诗人

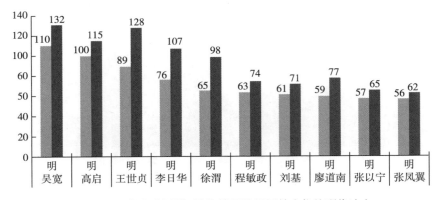

图 7.10　《题画诗类》诗作篇目数量居前十位的明代诗人

　　不过《题画诗类》选诗并不是以诗人的诗名为唯一的标准进行取舍。我们可以将《题画诗类》与成书时间非常接近的《佩文韵府》加以对比，后者排除了题画这个要素，而纯粹是文学韵书。在《佩文韵府》中，唐诗引用次数最多者为杜甫 15262 次。第二至第五名依次为白居易 11556、韩愈 10178、李白 7717、元稹 5627 次。宋诗引用次数最多者为苏轼 15293 次，第二至第五名依次为陆游 9383、范成大 4240、欧阳修 3791、梅尧臣 3516 次①。《佩文韵府》唐宋引用次数最多的前五位诗人，与《题画诗类》收录题画诗最多的唐宋诗人，有所重合又有所区别。比如唐代的方干，在唐代诗歌史上分量难以与韩愈、元稹相提并论，当然难以进入《佩文韵府》引用数量前列。但他凭借对题画诗的专注创作，在《题画诗类》中赢得了一席之地。因此，《题画诗类》所收录诗人诗作的数量，也应放在题画诗创作这个领域中进行理解。与方干类似，在《题画诗类》中选诗数量位居前茅的元代王恽和明代吴宽，都很难位列元明两朝诗史顶尖诗人，但二者皆热衷题画。

　　从《题画诗类》收录的诗人群体当中，能够看出一些"题画世家"群体，如贡奎（1269～1329 年）、贡师泰（1298～1362 年）、贡性之三人（贡奎为师泰父，性之为师泰侄），苏轼、苏辙（1039～1112 年）兄弟，李献能（1192～1232 年）、李献甫（1195～1234 年）堂兄弟，元好古（1186～1214 年）、元好问（1190～1257 年）兄弟，李廷美（1460 年进士）、李廷仪（1490 年进士）兄弟等。《题画诗类》中还收入了一定数量的女性题画诗，尽管数量不多，但仍显示出女性在题画领域的才能与

①　郑永晓：《〈佩文韵府〉的编纂与康熙朝后期的诗坛取向》。

成就。如卷四薛氏的《酬雍才贻巴峡图》、卷四十二黄幼藻（约1600～1639年）的《题明妃出塞图》、卷五十一宫人范氏（生卒年不详）的《题老妪骑牛吹笛图》、卷六十叶小鸾（1616～1632年）的《咏画屏美人》、田娟娟（约永乐年间）的《题扇诗》、卷七十五景翩翩（16世纪下半叶）的《写兰》。此外，如上文所说，还有少量佚名诗人之作。如卷八十八的《题宣和画石榴》，卷一百五的《题松雪画马》，卷一百十九的《题童氏画》。文学史本就有数量众多的佚名之作，在题画诗文这个领域内的佚名诗作则提示我们，除了那些已经功成名就的诗人之外，也有相当数量无名之人的存在，而他们构成了题画文学创作活动的基础的一部分。

总的来说，《题画诗类》收录的题画诗呈现出两方面的特点。首先，范围广，广泛收录了自唐至明五代诗人的题画诗作，数量近九千首，是前代所未有的成就，而且仅以一部诗集论，这个数量也颇为庞大。其次，高度集中，《题画诗类》所收录的诗作范围虽广，但相对而言，较为集中于某些诗人。上文已提到，收录诗作数量前20名，占总体1193名诗人的1.6%，然而其作品数量则占到了全书8971首诗的26%。集中性的特点在元代尤为突出。以诗人数量和诗篇数量的比例计，唐代平均每位诗人收录诗作1.96首，宋代为9.22首，金代为5.09首，元代高达13.06首，而明代仅为5.79首。可以说《题画诗类》编纂者从每位元代题画诗人的作品中挑选了数量更大的题画诗作，从而达到了279名元代诗人和660名明代诗人所收录的题画诗数量相差并不太大的局面。

二　诗作者的地理分布

《题画诗类》选1193名诗人之作，这些诗人的地理分布情况如何呢？本研究尝试使用"中国历代人物传记数据库"里的地理信息进行分析。

中国历代人物传记数据库（CBDB）系在线的关系型数据库，其远程目标在于系统性地收入中国历史上所有重要的传记资料，并将其内容毫无限制地、免费地公诸学术之用。截至2019年4月，数据库共收录约427000人的传记资料，这些人物主要出自7世纪至19世纪，现正致力于增录更多唐代和明清的人物传记资料。中国历代人物传记数据库之始祖为郝若贝教授（Robert M. Hartwell，1932～1996）。郝若贝教授将数据库初版及其他财产遗赠哈佛燕京学社。目前数据库的开发工作系由哈佛大学费正清中国研究中心、研究院历史语言研究所及北京大学中国古代史研究中心三方合作进行。CBDB 集成了人物（People）、亲属（Kinship）、非亲属社会关系（Non‑kinship Associations）、社会区分（Status）、入仕途径（Modes of Entry into Government）、官历（Offices / Postings）、地址（Places）、著述（Writings）等部分信息，且有方便批量导出信息之 Pajek、Gephi、QGIS 等数据分析和可视化软件，因此非常适合用作数据可视化工作的起点。

QGIS 是"Quantum GIS"的简称，是由 QGIS 团队开发的开源性地理信息系统软件。QGIS 项目始于 2002 年 5 月，是与地理和空间有关的分析性制图软件。

本研究尝试将《题画诗类》所收多于 1 首诗作的 320 位明代诗人在 CBDB 数据库中检索，得到 278 位人物的信息，再将这些人物的籍贯信息导入 QGIS 呈现。需要指出的是，CBDB 数据库因起初围绕唐宋历史人物传记资料开展建设，相比之下，明清两代资料录入仍显不足，所以导致明代题画诗人的籍贯信息不完整，仍需寻找其他补充渠道。导入结果显示，人物的籍贯北至北京，南至海口，西至成都，而高度集中在江苏和浙江地区，其次是江西和福建地区，在河北、河南、山东、湖南、湖北、广东、广西呈零星分布的态势。这与明代进士群体的地理分布有相当大的重合度。因创作题画诗需要较高的文化艺术修养，二者有所重合也不难理解。相比而言，地图显示题画诗群体在中部和西部的数量要比明代进士群体在中西部的分布更少，这与明代的文坛和画坛中心都在东南方向的南京、苏州、松江等地恐怕不无关系。

三　选诗倾向及不足

首先，《题画诗类》一个鲜明的特点就是不选本朝（即清代）的诗作。这也是清代宫廷修书的普遍处理办法：除御制诗文集之外，康乾年间仅《皇清文颖》这部文集涉及本朝之作。这或许是代表官方的宫廷在编选文集时抱有的一种比较谨慎的姿态。

其次，从《题画诗类》的诗作和诗人构成情况，可以看出康熙后期宗唐而不废宋的诗学倾向。康熙初期诗坛开始崇尚宋诗，这是对明末清初宗唐诗学一统天下格局的打破。康熙身边的宋荦、查慎行、王士禛等都是宋诗派的主将①。在这之后则在宗唐、宗宋两条路线中反复摇摆,从中调和。张玉书(1642~1711年)《御定全唐诗录后序》中所谓"我皇上天纵圣明,研精经史,凡有评论皆阐千古所未发。万几余暇,著为歌诗,无不苞蕴二仪,弥纶治道,确然示中外臣民以中和之极,而犹以诗必宗唐,宜旁采以成巨观。"②从《题画诗类》也可看出这一调和的倾向。

再次,《题画诗类》选诗更加鲜明地体现了清初对明诗的尖锐批判与贬低。清代前中期钱谦益、王士禛、沈德潜(1673~1769年)、袁枚(1716~1797年)等诗论大家,皆喜好以明人为口实,否定明代诗歌创作,这是一种后起王朝对被取代王朝的文化批判倾向③。贯彻至《题画诗类》中,就是对明代题画诗少选,甚至不选。比如有明一代最为重要的画家,且有文集传世的文徵明(1470~1559年),仅获选19题54首诗。不过文徵明诗名受书画名望遮蔽的情况由来已久,在明人选明诗中已有体现。《题画诗类》的情形,更多的是对以往做法的延续。

最后,上文已经提到,作为一部诗集,《题画诗类》的选诗标准,对诗学的关注超过对诗人题画才能与成就的关注。比如元代选诗最多的王恽、虞集、袁桷、程钜夫,皆非画家,再比如明代选诗最多的几人,如除李日华、徐渭、沈周、董其昌有画名之外,高启、张以宁、张凤翼、李东阳、杨基、丘濬、唐肃、金幼孜等,皆为文人或官员,并无画名留诸史书。

《题画诗类》尽管是官员承刻本,但由于人力等方面的问题,在选诗和编辑上仍存在问题,试举几种情况如下。

1. 人名讹误。"浦原"应为"浦源","宋本先"应为"宗本先","张志宗"应为"章志宗"。此外,"刘师邵"和"镏师邵"混用。还有目录和正文人名不统一的情况,如卷八十二目录朱应宸,在正文中写作朱应辰(第6页上),前者是正确的写法。人名错误是各类错误中最为严重的,在《题画诗类》中尽管并不多见,但仍有零星出现。所讹之人名多与正确的人名字形相近,可能为抄写错误,也可能是依据

① 王兵:《论清代清诗选本的分期及其特征》,《中国文化研究所学报》2011年第52期。

② 张玉书:《御定全唐诗录后序》,《张文贞集》卷四,文渊阁四库全书本,第1页上~下。

③ 参见廖可斌:《关于明代文学与清代文学的关系——以诗学为中心的考察》,《文学评论》2016年第5期。

底本存在问题。

2. 以字代名，同一人有时称名，有时称字。比如"朱松"和"朱乔年"同为一人，同理还有"叶梦鼎"和"叶西涧"，"李祯"和"李昌祺"，"李本"和"李孝谦"。

3. 朝代错误，即对诗人所属朝代划分错误，多为抄写性错误。如卷九十七《题蒲塘双燕图》作者成廷珪本为元人，误作金人。

4. 前后失序的情况。如卷六十三依次录顾禄的《和袁海叟题老蛟化江叟吹笛图》和袁凯的《题老蛟化江叟吹笛图》，显然顺序应该颠倒，先有袁凯的题诗，再有顾禄的和诗。

除以上这些单纯的文字错讹之外，《题画诗类》在编选过程中还存在一些值得商榷的问题。

一是断代问题：《题画诗类》中所收金元、元明、元明之际的诗人非常多，因此某一诗人究竟归属前代还是后代，就需要考量。这一点对于今天的文集编选，仍是一个问题。比如唐肃（1318～1371 年，一作 1321～1374 年），元末越州山阴人，精通经史，兼习阴阳医卜书数。至正二十二年（1362 年）考中乡试，张士诚时为杭州黄冈书院山长，后升迁为嘉兴路儒学正，明洪武三年（1370 年）擢升应奉翰林文字，奉召修礼乐书，后因事免官归佃，洪武六年卒。与张羽、徐贲等人号"北郭十友"。唐肃一生横跨元、张士诚、明多个政权，《题画诗类》中定为元人，但本研究认为以其文学创作成熟期论，且其传记亦入《明史》，应定为明人。不过一个诗人无论属前代抑或后代，都至少应在全书保持前后一致，且尽量做到合情合理。《题画诗类》中此方面最明显的瑕疵是元好古、元好问二兄弟，仅仅相差四岁，却将元好古定为金代，元好问定为元代，这显然是很不合理的。

二是题画诗普遍存在一题多诗的现象：即针对同一幅画作创作的题画诗不止一首，在收录这样的题画诗时，《题画诗类》一般在诗题后小字标注"若干首"。如卷一袁桷《题王眉叟溪月图》后注"二首"，卷二程钜夫的《题雪景图》后注"五首"。然而有些一画多题的题画诗，却不另作标注。如卷二十二朱熹（朱子）《观刘氏山馆壁间所画四时景物各有深趣因为六言一绝复以其句为题作五言四咏》，实际收录了四首题画诗。卷二十八戴良《题潇湘八景图》实际是八首，杨万里《题文发叔所藏潘子真水墨江湖八景小轴》也是八首，卷四十五柳贯的《北山招隐词四首题李卿月小隐图》实为四首，这些都未在诗题后进行标注，很容易让人误解。诸如此类的例子很多，在此无法一一列举。究其原因，或许是编者认为诗的题目已经显示出诗的数量，故不另作标注，但多少会让体例显得混乱。

三是诗题不统一的问题：有些即使诗题不同，但仍可看出所题之画为同一幅。如卷五十成廷珪的《兵部危太朴郎中家于临川云林山上请方方壶作云林图太朴索诗赋此》与吴师道的《方方壶道士为危太朴画云林图》（二首），即为同题。这个问题的根源在于《题画诗类》的收诗来源以文集为主，而非是从画上收集而来，编者照抄文集中的诗题，并没有加以甄别和改进。

第二节　分类体系与比较

《题画诗类》作为 18 世纪初才出现的一部诗集，其编纂和体例如何，是否吸收和参考了前代已经成书的诗集成果呢？本节就将梳理《题画诗类》分类的具体情况，并将其与同时代及之前的几部分类选集进行对比，以期归纳出《题画诗类》分类的特点。

一　分类体系

《题画诗类》的分类体系，总体来说可以归纳为"分门别类，以类相从"。全书将所收 8000 余首题画诗分 30 类：天文、地理、山水、名胜、古迹、故实、闲适、古像、写真、行旅、羽猎、仕女、仙佛、神鬼、渔樵、耕织、牧养、树石、兰竹、花卉、禾麦蔬果、禽类、兽类、鳞介类、花鸟合景、草虫、宫室、器用、人事、杂题。需要注意的是，每一门类下的题画诗数量并不平均，诗作数量最多的三门分别是"山水"（20 卷 1643 首）、"故实"（12 卷 862 首）、"兰竹"（8 卷 768 首），数量最少的三门则是"神鬼"（1 卷 34 首）、"器用"（1 卷 45 首）、"羽猎"（1 卷 62 首）。两相对比，可见数量相差之悬殊。数量最大的三门，也是中国绘画历史上的主要的几个题裁。

《题画诗类》的编排手法是先以诗题为参照，尊重题写者对诗题的命名，而后探查诗作的内容，对所属类别加以判断。就 30 个门类的排布而言，《题画诗类》编排的第一个核心是山水大类，自"天文"至"故实"的几门皆属山水大类的细分。其《凡例》云"其他以山水摹绘天文者"俱入天文类，"凡具山海形势之大观者，则为地理类"，"若凭空写意……不指名为何山何水者，则为山水类"。而有具体地名的则属"名胜"类，有历史典故传说的属"古迹"类。

山水大类之后第二个核心是人物大类。人物可细分出几个门类。依托"古人记传"的是"故实"类，图代代流传下来的"古人之像"的是"古像"类，和同时代人的"写真"类。"仕女""仙佛""神鬼"类则是进一步细分出来的，目的是"以便检阅"。此外古今画谱寓人物于山水之中，不必实有其事，乃"闲适"类。而其他有具体场景的，则细分出"行旅""羽猎""渔樵""耕织""牧养"，和描述人世应酬之事的"人事"。以上几门，都是和人物有关的。

第三个核心大类是树石、花鸟、鱼虫禽兽等。"树石"类"以一木一石见奇"，"兰竹"类乃专门区别出的专题，"花卉"和"禽类"之外，有辟"花鸟合景"，以录兼题二者之诗。"至禾麦蔬果，固属食品，亦花卉家余事，别为一类，附花卉后。其草虫一类则与花鸟合景相丽焉。"但是，《凡例》还提到"故兽类中惟题画马诗为最多，其毛宗民畜，别为二类"。似乎本想将马类与兽类区分开，但最终仍只列"兽类"一类。

以上三个大类已经涵括了题画诗最主要的主题部分，第四大类则属杂类，以囊括不入前面门类的一些题画诗。如"宫室""器用"类，是剔除了已入"古迹"类的兰亭、钓台、滕王阁等。最后一类甚至专名"杂题"。

综上，可将《题画诗类》的 30 个门类归并为四大类：

1. 山水类：天文、地理、山水、名胜、古迹；

2. 人物类：故实、闲适、古像、写真、行旅、羽猎、仕女、仙佛、神鬼、渔樵、耕织、牧养、人事；

3. 花鸟草木鱼兽类：树石、兰竹、花卉、禾麦蔬果、禽、兽、鳞介、花鸟合景、草虫；

4. 古迹、故实类以外的建筑和其他：宫室、器用、杂题。

有研究者认为，中国传统的"人法地、地法天、天法道、道法自然"的思想，对古代类书的门类排序有着影响①。早至宋代的《文苑英华》《分门纂类唐宋时贤千家诗选》《分门纂类唐歌诗》就大体贯彻了这一理念。清代编书亦如此，比如陈元龙编纂的《格致镜原》，全书 30 类中，排在最前面的两类就是"乾象"类和"坤舆"类，再之后是与人有关的各个方面。康熙时期编纂的大型类书《古今图书集成》也以"历象"为首，而后是"方舆"，再之后是"明伦""博物""理学""经济"。反观《题画诗类》，亦"天文""地理"居首，其背后也有着类似的哲学观念。

《题画诗类》对所收诗歌进行分类这一编纂方法的渊源可以上溯早很早以前。中国古代的分类诗歌选本早在 8 世纪就陆续涌现，代表有传为李吉甫所编纂的《丽则集》②、顾陶《唐诗类选》③ 等。此两种文集已经散佚。关于前者，《郡斋读书志》卷二十记载："《丽则集》五卷，右唐李氏撰，不著名。集《文选》以后至唐开元词人诗，凡三百二十首，分门编类。"关于后者，书名即显示出分类编选之特点。可见唐代已出现以类系诗的诗集编纂手法。这一手法为后世所继承。南宋刘克庄（1187～1269 年）《分门纂类唐宋时贤千家诗选》二十二卷，录诗一千二百多首，分诗 14 门。又有赵孟奎《分门纂类唐歌诗》一百卷，分八类，即"天地山川、朝会宫阙、经史诗集、城郭园庐、仙释观寺、服食器用、兵师边塞、草木虫鱼"。至明代又有张之象（1508～1587 年）所编《唐诗类苑》二百卷，这部成书于嘉靖中期的诗集，是现存最早、规模最大的分类唐诗总集，共分 39 大类，1094 小类。此类诗集、文集很多，在此不能一一列举。

王水照先生主编的《宋代文学通论》中将宋人编宋诗总集分为唱和诗总集、书

---

① 秦艳燕：《康熙几暇格物编和格致镜原所沿袭的中国博物学传统》，浙江大学硕士论文，2009 年，第 26 页。

② 李吉甫究竟是否为《丽则集》编者，学界仍存在争议。参见卢燕新：《李吉甫编纂的诗文总集考论》，《西北大学学报》（哲学社会科学版）2014 年 9 月。

③ 对此书的研究参见金程宇《追寻消逝的唐诗选本——顾陶唐诗类选的复原与研究》，《古典文献学研究》2016 年第 1 期；宇文所安撰，卞东波译《唐人眼中的杜甫：以唐诗类选为例》，《国际汉学研究通讯》2011 年第 3 期。

商刻印的总集和按内容分类的总集，其中第三种包括《声画集》《古今岁时杂咏》等。其实宋代文学选本中，采用分门别类、以类相从之法甚众。宋绶、蒲积中的《古今岁时杂咏》全书46卷，前42卷依节日次序分类编排，以元日始，以除夜终。这属于比较单一的层级结构。也有复合式的结构，往往是先分体，再分类。比如现存最早的文学选本萧统《文选》首先将所选作品纳入39类文体，然后对某些重要的文体，依所收作品的题材内容加以分门别类。如赋分京都、郊祀、耕藉等15类；诗分补亡、述德、劝励等24类。宋代的《文苑英华》亦如此。此书1000卷，收录作者近2200人，作品近2万篇，面对如此浩繁的编排对象，选家先将所收作品归入39种文体，如赋、诗、歌行、杂文、中书制诰等等。然后在各体之下按内容题材分门别类，如赋分为42种，包括天象、岁时、地类、水、帝德、京都等等。有些大类又可再析分小类，从而形成"文体—门类—小类"三层级复杂结构①。

　　《题画诗类》虽仅收诗一类文体，似乎不必使用多层级结构来架构全书。诗其实也可依据体裁分为五言七言、古体近体等，只不过《题画诗类》并未采用，仅仅使用"门类—小类"这样比较简单的结构，在30个大门类下又细分小类，至于小类下的次序，则按诗作者时代由古至今排列，百二十卷皆遵照这一体例。如卷十七至二十为山水类，其中卷十七为春景、夏景山水，卷十八、十九为秋景山水，卷二十前半为冬景山水（后半为夜景山水）。从中可见，题画诗独以秋景为多，秋景画的创作恐怕亦是多于其他三季。再比如第五十八卷为仕女类，包含的题仕女图小类繁多，依次有竹与仕女、梅花仕女、梧桐仕女、芭蕉仕女、辛夷仕女、海棠仕女、桂花仕女、仕女剪花/折花、仕女赏花/惜花、仕女簪花斗草、蝴蝶美人、白鹤/鹦鹉美人、美人琴阮、琵琶/箜篌仕女、仕女吹笛、仕女吹箫、仕女按乐、仕女歌舞、仕女围棋/双陆。

　　同其他题画诗集和诗歌选集相比，《题画诗类》的分类属于比较细致的，不过有过于细致之弊，导致了同类诗分散在全书各处的问题。如卷三十一古迹类收二十首题"赤壁图"诗，卷四十故实类围绕东坡行迹收入《东坡赤壁图》等七首东坡游赤壁诗，卷四十九闲适类又收入徐渭《似赤壁游》一首。则题赤壁图诗分散于全书三

① 参见邓建：《宋代文学选本形态刍论》，《中南大学学报》（社会科学版）2014年2月。

处，对于读者来说是很不方便的。但总的来说，《题画诗类》的分类即便未能尽善尽美，也自有一套逻辑，且可以自圆其说，将数量庞大的题画诗进行了系统的分类，这一点非常值得肯定。

二 前代分类情况

以上列举了一些一般性的诗集选本的分类情况，与《题画诗类》可展开横向对比的是前代的题画诗集以及画学书籍，以下就将对此进行简要介绍和梳理。

《声画集》是中国历史上已知最早独立成书的题画诗集，也是《题画诗类》之外已知唯一具有总集性质的题画诗集（图7.11）①。其书共八卷，由南宋孙绍远编纂，书前有淳熙丁未年（1187年）序，收录唐宋两朝109人题画诗609题818首。书名得自以"有声画"指诗，"无声诗"指画的文学典故。此说在宋代颇为流行，如黄庭坚《次韵子瞻子由题憩寂图》即有"李侯有句不肯吐，淡墨写作无声诗"之句。刊刻此书的动机，孙绍远在自序中提出"夫玩物志，先圣格言谁敢不知警，而假书画以销忧，昔尝有德于绍远。今虽不暇留意，未能与之绝也"②。话语中颇有为自己着意于辩护之意。可见在当时，题画诗仍是"玩物"之流，这与后来《题画诗类》时期大为不同。关于这一点，后文会再次谈到。

《声画集》编者孙绍远，字稽仲，约活动于1165～1193年。谢巍在《中国画学著作要录》中将其生年定为1550年，但未给出依据③。其《声画集》自序落款署籍贯为"谷桥"，谷桥究竟为何地，《四库全书》编者称"未知"④，据考应为苏州⑤。苏州也是当时一个艺术活动比较活跃的地区。孙绍远曾知兴化军，又出任广南西路转

---

① 关于此书的研究参见 Wang Wenxin，"A Social History of Painting Inscriptions in Ming China."，doctoral diss.，Leiden University，2016，pp. 213–270。

② 《声画集·原序》，文渊阁四库全书本，第4页下。

③ 谢巍：《中国画学著作考录》，上海美术出版社，1998年，第195页。

④ 《声画集·提要》，文渊阁四库全书本，第1页上。

⑤ 在朱熹写给孙绍远的一篇序文中，称孙氏为"苏台孙稽仲"，苏台为姑苏台的简称，即苏州。《临桂县志》中亦称其为"姑苏孙绍远"。见蔡呈韶修，胡虔纂：《临桂县志》卷九，1801年刊1881年修订本，第7页下。

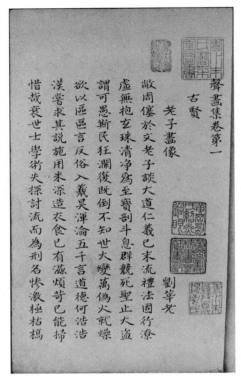

图 7.11   《声画集》清康熙抄本（台北图书馆藏）

运司职。使司位处桂林，远离政治中心，孙绍远在此创作了一些观赏山水之作。从序文"入广之明年，因以所携前贤诗及借之同官，择其为画而作者，编成一集"云云可得知，《声画集》即刻于他在当地任职之际。1187 年晚些时候，孙绍远调湖北转运使运判一职，离开了广西，在 1190 年前后又前往福建任职，在那里与朱熹（1130～1200年）有交。从此之后他的行踪就比较隐秘。

宋代最为重要的书目著作——尤袤的《遂初堂书目》——著录了《声画集》，但仅录书名而已。《遂初堂书目》成于 1190 年，显示《声画集》成书后即获得了一定流传。稍晚出现的陈振孙《直斋书录解题》中却没有此书的身影①。在相当长的一段时间内，《声画集》很有可能是以钞本的形式流传，且至少有两个系统。一本脱落了

① 《直斋书录解题》中收录有孙绍远所著的一部药学书籍。见陈振孙：《直斋书录解题》，上海古籍出版社，1987 年，第 394 页。

孙绍远原序，导致钱曾（1629~1701 年）等藏书家对此书编者没有头绪，甚至将开篇第一首诗的作者刘莘老定为编者①。而另一本则有序文。王士禛（1634~1711 年）和曹寅获得的本子即为此种②，曹寅最终将其在 1796 年出版。

《声画集》的存世版本有明钞本，清初钞本（朱彝尊、王士禛跋），清康熙四十五年扬州诗局刻本（曹寅《楝亭十二种》六十九卷），以及清乾隆朝《四库全书》钞本。其中让《声画集》获得更大传播的，无疑是曹寅校刊的《楝亭十二种》八卷本。此书后来还东渡日本，有文化十四年（1817 年）和刻本。

《声画集》所收题画诗，有唐代 19 位诗人的 61 首诗，其余为北宋和南宋初年的诗作，又尤以北宋为主。值得注意的是，此书选诗选到了南宋淳熙年间，是反映比较实时的诗坛动向的。有研究者认为，此书的选诗反映了南宋时期唐宋并重诗学思潮③，其与刘克庄《唐宋时贤千家诗选》、方回《瀛奎律髓》等唐宋兼采的选集，有着相似性。《声画集》所收宋代题画诗以苏轼及其门人为中心，扩散到王诜、文同、僧惠崇等苏轼交游圈中人，经黄庭坚、陈师道顺延到潘大临、僧祖可、吕本中、谢薖等江西诗派成员。尤以苏轼、黄庭坚和苏辙三人为多，分别被选入了 146、89 和 64 首诗④，占全书诗作数量的 36.5%，足可见孙绍远对苏、黄一脉诗歌的推崇。

《声画集》将所收题画诗分为二十六门，分别是古贤、故事、佛像、神仙、仙女、鬼神、人物、美人、蛮夷、赠写真者、风云雪月、州郡山川、四时、山水、林木、竹、梅、窠石、花卉、屋舍器用、屏扇、畜兽、翎毛、虫鱼、观画题画、画壁杂画。前引管庭芬《皇朝钦定书目录》云：《题画诗类》"仿孙绍远《声画集》例，以历代题画之作分类编次。然绍远书分二十六类，配隶多不允惬。此则分三十类，州居部例，各有条理"⑤。是对《声画集》分类提出了批评，有分类多多益善之意。然而对比稍早于《声画集》的《宣和画谱》，只将魏晋以来名画析为十门：一、道释，二、人物，三、宫室，四、蕃族，五、龙鱼，六、山水，七、畜兽，八、花鸟，九、墨竹，十、蔬果，则可见《声画集》在当时属析出较多类目之列。

---

① 《声画集·提要》，第 1 页下。

② 王士禛：《蚕尾集》卷十，《四库全书存目丛书》集部第 227 册，第 316 页。

③ 陈汉文：《评张智华〈南宋的诗文选本研究〉》，《汉学研究》2005 年第 23 卷第 2 期。

④ 李栖：《题画诗散论》，第 329 页。

⑤ 管庭芬：《皇朝钦定书目录》，第 56 页。

表 7.1 将《题画诗类》与《声画集》的分类进行了对比，分完全一致、部分一致和不一致三种情况，以对比宋、清两代题画诗集编纂的体例。

表 7.1   《声画集》与《题画诗类》题画诗门类比较

	《题画诗类》	《声画集》
一致	故实	故事
	鬼神	鬼神
	仕女	美人
	山水	山水
	树石	林木、窠石
	禽	翎毛
	花卉、花鸟合景	梅、花卉
	宫室、器用	屋室器用、屏扇
	兽	畜兽
部分一致	古像、写真	古贤、人物
	仙佛	佛像、神仙、仙女
	人事	赠写真者、观画题画
	天文	风云雪月
	地理、行旅	州郡山川
	兰竹	竹
	鳞介、草虫	虫鱼
	杂题	画壁杂画
不一致		蛮夷
		四时
	名胜	
	古迹	
	闲适	
	羽猎	
	渔樵	
	耕织	
	牧养	
	禾麦蔬果	

由上表可知，《题画诗类》有 11 门与《声画集》相同，有 11 门相似或部分一致，另有 8 门完全未见于《声画集》。如前述，《题画诗类》收诗数量最大的 3 个门类是"山水"（20 卷 1643 首）、"故实"（12 卷 862 首）和"兰竹"（8 卷 768 首）。而《声画集》诗作最多的门类为："山水"（81 首）、"畜兽"（72 首）、"故事"（65 首）。可见，宋时作为题画诗一大门类的"畜兽"在后世地位有所下降，相对而言，兰竹花卉类地位有所提升。这一变化折射出艺术史的转折：11 世纪开始勃兴的文人画传统倡导山水、兰竹等题材，逐渐将宫廷画家和民间"画匠"钟爱的兽类题材推出文人所热衷题写、讨论的艺术主流品类之外。题画诗本身作为诗歌创作的产物，与文人集团有着天然的联系。换句话说，所谓题画诗，题的多为文人之画。题画诗集的整理出版，其意义大于文学场域上纯粹的文学活动，更是艺术场域的文人画的话语再生产。

《题画诗类》诗题分类一个引人注目的特点是对农业活动题材题画诗的热衷。全书与农业题材有关的门类有三个之多，分别为"渔樵"（159 首）、"耕织"（72 首）、"牧养"（76 首），如果加上有关农业活动的产物"禾麦蔬果"门（147 首），收诗总数达 454 首。这四门皆未见于《声画集》。此外，《题画诗类》不见《声画集》的"蛮夷"门（《宣和画谱》中亦列"蕃族"门），个中原因也不难理解：清代满汉身份的区隔，统治者对"蛮夷"标签的敏感，御定书籍的官方背景等多方面原因重叠起来，让"蛮夷"门的题画诗在《题画诗类》中消失。

孙绍远在自序中云："画有久近，诗有先后。其他参差不齐甚多，故不得而次第之。"可见编纂一部分类题画诗集并非易事。《声画集》的分类的确比较混乱，如仙女和神仙有所重叠交叉，人物和美人亦是。《四库全书总目提要》撰者批评道，题梅图诗不仅见于卷五"梅"门，亦见于卷六"花卉"门①。尽管《题画诗类》的分类不免有烦琐冗余之弊，但这种归类混乱的状况已得到很大改进。

目前尚不能肯定查慎行和海宁陈氏手中是否有一部《声画集》作为编书参考，或者说《题画诗类》的分类体系在多大程度上参考了《声画集》。在查慎行弟弟查嗣庭海宁老家查抄清册中，明确登记有《声画集》2 本②。此本是否为查慎行早年所有之物，尚不清楚，但可以肯定的是至少有一部《声画集》进入海宁查氏藏书。前文

---

① 《声画集·提要》，第 2 页上。
② 丁辉：《查氏"兄弟三翰林"藏书与刻书考述》，《图书馆学刊》2014 年第 5 期。

提到的由查慎行历经三十年编纂而成的《补注编年东坡诗》中，就有辑录自《声画集》的《题王维画》一诗，且据《声画集》将《题李白写真》诗分为二首①。"慎按：孙绍远《声画集》载东坡此诗自'西望太白空峨岷'以下另是一首，向来刻本合而为一者，讹僧洪觉范所着。禁胾谓先生此诗一韵七句方换韵，亦认以为一首也。今据《声画集》改正。"②无论如何，可以肯定的是，查慎行曾对诗歌分类有所关注。《东坡诗集注》三十二卷就以《画鱼歌》入"书画"为查慎行《东坡诗补注》所讥③。假如包括查慎行在内的《题画诗类》编纂者们曾亲见《声画集》，则或许他们能够以此为基础，对收集到的八千余首题画诗的分类进行设计。

第三节　小结

　　《题画诗类》所收题画诗和分类系统吸收了此前多种成果的部分做法，又有若干变通和发明，对后世题画诗集仍产生了深远的影响。几部近年来出版的题画诗集，如李德壎编《历代题画诗类编》（山东教育出版社，1987 年）、于风选注《古代题画诗分类选编》（岭南美术出版社，1991 年）、石理俊主编《中国古今题画诗词全璧》（河北教育出版社，1994 年）等，仍可见《题画诗类》题画诗分类方法的影子。

　　一直以来，文学经典地位似乎是不言自喻、不证自明的。然而越来越多的文学史研究和书籍史研究开始认识到，经典地位的形成是一个历史过程。对文学作品的评价和出版，常常能重新塑造作品的价值。在诗歌领域，除了一直发达的诗论传统，还有另一强有力的手段，即诗集的编纂。《题画诗类》以其"官修"的身份扮演了经典塑造者的角色，所选入的诗作获得了官方认定的地位。《御制序》中对题画诗"通于治"的阐发，为这种通常被视作娱乐之作的创作，增添了新的政治维度。

---

① 何泽棠：《查慎行〈补注东坡先生编年诗〉的文献考证》，《河北工业大学学报》（社会科学版）2013年 6 月。
② 查慎行注：《苏诗补注》卷三十六，文渊阁四库全书本，第 3 页上～下。
③ 《东坡诗集注·提要》，文渊阁四库全书本，第 1 页下。

第八章 《御定历代题画诗类》所收诗作来源

《题画诗类》没有注明所编选的 8971 首诗作究竟源自何处，甚至没有给出大致书目范围，这成为后世诟病此集重要的一点。不过，书前《御制序》中明确提到"历代各体题咏以万计，散置诸集，无以统纪。翰林陈邦彦裒辑汇钞得八千九百余首"①。《御制序》是距离《题画诗类》成书最近的一手资料，可信度较高。由此看来，《题画诗类》并非像我们容易望文生义以为的那样，是从"画卷"上搜集题画诗，它的主要来源是"诸集"，也就是文集。本章将顺着这条线索，追寻《题画诗类》所收录诗作的来源。

第一节 与"诸集"之关系

一 从陈元龙、陈邦彦所编之书来看

《御制序》显示，《题画诗类》的文本来源是前代文集，尤其是文人别集。而与《题画诗类》关系密切的三部清代诗文集，可帮助我们了解在当时编纂文学类书籍普遍会从哪些书中寻求文本。

第一部文集是陈邦彦的大伯陈元龙主导纂修的《历代赋汇》，此书正集一百四十卷，外集二十卷，逸句二卷，补遗二十二卷，收录宋至明代的赋作 3834 篇。前文提到，此书成于康熙四十五年，正值陈氏请假返回海宁侍养老父期间，与《题画诗类》基本同时编成，二书皆为集部书籍，且都进呈御前，更为重要的是陈元龙很可能直

---

① 《御定历代题画诗类·御制序》，康熙四十六年刊本，第 3 页上。

接参与了《题画诗类》最后的编定和刊刻工作。如此一来，《历代赋汇》与《题画诗类》的成书过程关联非常紧密，可相互参照。

《历代赋汇》也没有给出每篇赋的来源。不过书前凡例中，陈元龙比较概要地介绍了自己编纂所据之书："秦汉六朝及唐以前之赋，有梁《昭明文选》《汉魏百三家集》《修文御览》《文苑英华》《唐文萃》《赋苑》六中。书中所载甚多，咸为类次。其宋元只有《文鉴》《文类》二书。至明未有专书。即近时所刻《赋钞》《赋格》《赋楷》等书，殊未详备"①。从上述列举的文集情况来看，以历代总集、类书为主，同时也吸收了同时代人最新的编纂成果，如赵维烈的《历代赋钞》、陆葇的《历朝赋格》、王修玉的《历朝赋楷》等。另外，有学者认为《文苑英华》或是《历代赋汇》最主要的收录来源②。因《历代赋汇》所收文体与《题画诗类》完全不同，二书所直接参照的文集似乎交集不大。但《历代赋汇》搜求总集、类书的编纂方法和材料来源，对追溯《题画诗类》的文本来源具有参考价值。

第二部与《题画诗类》相关的文集是陈元龙私人编纂的《格致镜原》，同样也是其1703～1710年间乡居海宁赡养老父时所编，刊刻于1710年之后的广西巡抚任上，则此书亦与《历代赋汇》和《题画诗类》有"近亲"渊源。"格致"即理学所提倡的研究事物原理而获得知识。《格致镜原》收录古代典籍中有关各种事物和工艺知识，共一百卷，分干象、坤与、身体、冠服等30大类，1700多个子类，"每纪一物，必究其原委，详其名号，疏其体例，考其制作，以资实用"③。由此可见此书与《题画诗类》等不同，侧重实用，所以"于古来诗赋以及故事一概不录，以别于他类书"。《格致镜原》所引之书颇为广泛，以经、史为主，兼及"稗编丛书""俗说野乘"，种类颇为丰富④。值得注意的是，不同于《历代赋汇》和《题画诗类》，《格致镜原》有意识地详细标出了所引文字的来源出处。陈元龙在凡例中就赞赏"唐宋类书，援据古文，必系以原书出处，使人参考炳然"，又批评明代类书"多不载原书之名，攘古以自益。称余者，不知何人；称上者，不知何君；称本朝者，不知何代，

---

① 《历代赋汇·凡例》，康熙四十五年刊本，第1页上。
② 王京华：《〈历代赋汇〉唐赋文献研究》，河北师范大学硕士论文，2009年，第79～88页。
③ 陈元龙：《格致镜原·凡例》，文渊阁四库全书本，第1页上。
④ 关于《格致镜原》引书的特点，参见高振铎《〈格致镜原〉及其引书的特点》，《古籍整理研究学刊》1991年第5期。

最为闷涩，且安知非杜撰乎?"①因此，《格致镜原》"大而连篇，小而只句，必系书名。或偶忘其书，必系某人曰，所以征信也"。比如仅"葵"一条，就引用了《说原》《豳风》《说文》《周礼》《缪袭祭仪》《王祯农书》《本草》，潘岳《闲居赋》，崔寔《月令》，《齐民要术》《农桑同诀》《蔬谱》《博物志》《物类相感志》等书。

第三部与《题画诗类》有密切关系的书籍，是陈邦彦编纂，乾隆八年（1743年）年进呈高宗的《全唐文》稿本，这部稿本也是日后嘉庆年间编纂《钦定全唐文》所依据的底本。可惜今似已不存。陈邦彦在进呈《全唐文》奏折中，较为详细地叙述了自己搜求唐文的文献来源的方法和过程，其对我们了解《题画诗类》的编纂，有一定参考价值。陈氏云："臣家居多暇，就家中所有之书，并亲友借钞之帙，或据一家之专集，而考其阙漏；或录旧选之丛书，而缀其姓氏；或采从史册，或摭自稗官，或求之内典道书，或得之山经水志，或收之故老遗闻，或取之残碑断碣。"②则可见陈邦彦在编纂这部唐文集时，广泛搜求各类书籍，不拘于集部，兼及野史、释道、地理类图书，甚至兼及口传（故老遗闻）和碑板（残碑断碣），门类繁多。不过，对陈邦彦所依据的这些文本来源，嘉庆朝文人法式善（1753～1813年）有所批评，认为其版本不佳，并非善本，"仅就人所习见常行采掇为卷。唐人各集亦皆录从近代坊本"③。这恐怕是私人编纂文集时普遍会有的做法，不宜苛求。

《历代赋汇》《格致镜原》和《全唐文》三部书显示出清代内廷文臣编选大型集部书籍的普遍做法，就是以各总集别集为核心，兼及经史各部，甚至扩大到"故老遗闻""残碑断碣"等各种类型的文献。《题画诗类》的编纂方法，当与之类似。

二　从题画诗集的前人研究来看

如《御制序》所言不虚，则《题画诗类》的收诗来源，要从文集中去寻找。编纂题画诗集可能会使用哪些"诸集"呢？一些先行研究已经或直接或间接地涉及这

---

① 高振铎：《〈格致镜原〉及其引书的特点》，第1页上～下。

② 中国第一历史档案馆藏，陈邦彦奏为赏赐福字等物谢恩并恭进纂辑全唐文一部事折，档号：04-01-38-0023-016。

③ 法式善：《存素堂文续集》卷二，《清代诗文集汇编》第435册，影印嘉庆十二年程氏扬州刊行本补配钞本，上海古籍出版社，2010年，第407～408页。

个问题，这些研究的方法和结论可为本研究提供一些参考。

首先，南宋《声画集》编者孙绍远的序言明确说"入广之明年，因以所携前贤诗及借之同官，择其为画而作者，编成一集"①。足可见其成书，完全是基于文本的，与画无涉。台湾学者李栖曾专门分析过《声画集》收黄庭坚诗的情况，指出《声画集》收黄廷坚题画诗 71 题 87 首，黄庭坚的别集《山谷集》收题画诗 84 题 103 首，另一别集《山谷集诗注》收 67 题 84 首，而《题画诗类》仅收 61 题 74 首，数量最少。考四部文集收录不一致的 23 题 27 首诗，《题画诗类》和《声画集》保持一致（同收或同不收）的仅有 4 题 5 首，有 11 题 12 首见于《题画诗类》而不见于《声画集》。而对比《题画诗类》和《山谷集》，除 1 题 1 首《山谷集》未收而见于《题画诗类》之外，有 16 题 18 首二者保持一致（同收或同不收），6 题 8 首《山谷集》收而《题画诗类》不收②。从李栖的研究可以看出，《题画诗类》所收黄庭坚诗的来源应不是《声画集》，而可能是《山谷集》，在其基础上做了一定程度的裁汰删减，并通过其他途径少量增补了一些诗作。

其次，杨学是的《〈御定历代题画诗〉匡谬》一文认为，《题画诗类》所收唐代题画诗部分吸收了当时最新的编纂成果——成书于康熙四十五年的《全唐诗》，他还批评了这种跳过原始材料（即成书时间更早的唐人别集）而取二手文献（即《全唐诗》）的做法，导致《题画诗类》出现误辑、取舍失当等一系列问题③。但也间接说明了《题画诗类》对《全唐诗》等大型总集的吸收。

三 以《秋涧先生大全文集》为个案来看

我们可以反过来用《题画诗类》中收录个别诗人的诗作与该诗人的别集进行比对，进行个案研究。本节即以王恽的《秋涧先生大全文集》（以下简称《秋涧》）为例。王恽（1227～1304 年）是由金入元的文人官僚，字仲谋，号秋涧，卫州汲县（今河南卫辉）人，其仕宦大体顺要，是元世祖后期至元成宗时期的政坛的重要人

---

① 孙绍远《声画集序》，文渊阁四库全书本，第 1 页下。

② 李栖：《两宋题画诗论》，台北：学生书局，1994 年，第 273～274 页。

③ 杨学是：《〈御定历代题画诗〉匡谬》，《乐山师范学院学报》2002 年第 3 期。

物。他也是元初北方文化圈中的重要人物，问学于王盘、元好问，一生笔耕不辍，著述颇丰，王恽死后，他的赋、颂、诏、诰、诗、文赞等由长子王公孺编定为《秋涧》一百卷付梓，这部文集是后世编选王恽别集或元诗选集的主要书目之一①。

王恽在画史上并非重要的人物，不过他颇好题画，诗文作品中有相当一部分是题画诗。《题画诗类》中收录王恽的题画诗作 226 题 374 首，这是一个相当大的数量，不仅高居元代诗人之首，而且居于整部书之首。将《题画诗类》所收 226 题王恽题画诗与《秋涧》弘治刊本（《四部丛刊初编》影印江南图书馆藏明弘治刊本）加以对照可以发现，《题画诗类》中出现的王恽诗全部见于《秋涧》（表 8.1）②。

表 8.1 《题画诗类》所收王恽题画诗在《秋涧先生大全文集》出现位置

序号	诗题	《题画诗类》卷数（数量）	《秋涧先生大全文集》卷数（数量）
1	春风万里图	卷十一（1）	卷二十四（1）
2	范徽卿风雪和林图	卷十二（1）	卷二十三（1）
3	灞陵风雪图	卷十二（1）	卷三十三（1）
4	雪涨千山图	卷十二（1）	卷三十一（1）
5	关河形势图	卷十三（3）	卷三十（3）
6	秦山图	卷十三（1）	卷十一（1）
7	题米元晖楚江清晓图	卷十五（2）	卷三十一（2）
8	江山万里图	卷十六（2）	卷二十（2）
9	题长江万里图后	卷十六（2）	卷十一（1）
10	南宫老仙云山图	卷十九（1）	卷八（1）
11	题烟江叠嶂图	卷十（2）	卷二十六（2）
12	题杜莘老春融秀岭图	卷十七（1）	卷二十九（1）
13	关山秋霁图	卷十九（2）	卷二十五（2）

---

① 关于王恽的生平和师承，参见高桥幸吉《论王恽与元好问等人的师承关系》，《忻州师范学院学报》2017 年 6 月。

② 关于《秋涧》的版本和王恽著述情况，参见杨亮《王恽著述、诗文创作及学术成就价值重估》，《河南科技学院学报》2017 年 3 月；郭晓燕《王恽著述研究》，安徽大学博士论文，2012 年；关胜男《王恽交游览诗评注》，辽宁师范大学硕士论文，2016 年。

序号	诗题	《题画诗类》卷数（数量）	《秋涧先生大全文集》卷数（数量）
14	题红叶扇头	卷十九（3）	卷三十（3）
15	题香山寺画卷	卷二十一（1）	卷二十一（1）
16	马天章画庐山清晓图	卷二十一（1）	卷九（1）
17	岘山秋晚图	卷二十八（1）	卷二十六（1）
18	王右丞辋川图	卷三十（4）	卷二十五（4）
19	题西湖图	卷三十（1）	卷三十三（1）
20	题桃源图后	卷三十一（1）	卷九（1）
21	跋武陵图	卷三十一（1）	卷三十一（1）
22	桃源图	卷三十一（3）	卷三十（3）
23	东坡赤壁图	卷三十一（1）	卷三十三（1）
24	题杨息轩盘谷图	卷三十二（1）	卷二十五（1）
25	跋蓝关图	卷三十二（2）	卷三十（2）
26	尧民图	卷三十三（1）	卷三十（1）
27	巢父饮牛图	卷三十三（6）	卷三十（5） 卷三十一（1）
28	有虞鼓琴	卷三十三（1）	卷三十二（1）
29	大禹泣辜图	卷三十三（1）	卷二十九（1）
30	旅獒图	卷三十三（1）	卷三十四（1）
31	宁戚叩角图	卷三十三（1）	卷三十三（1）
32	子路问津图	卷三十三（1）	卷三十三（1）
33	跋范蠡归湖图	卷三十三（1）	卷二十六（1）
34	豫让邀襄子图	卷三十三（2）	卷三十一（2）
35	跋墙间图	卷三十三（1）	卷二十九（1）
36	曳龟图	卷三十三（1）	卷二十五（1）
37	孙阳相马图	卷三十三（1）	卷三十四（1）
38	屈原卜居图	卷三十三（2）	卷三十二（2）
39	鞭石图	卷三十四（1）	卷二十八（1）
40	沛公洗足见郦生图	卷三十四（5）	卷三十四（5）
41	四皓图	卷三十四（7）	卷二十六（3） 卷二十七（1） 卷三十二（3）

续表 8.1

序号	诗题	《题画诗类》卷数（数量）	《秋涧先生大全文集》卷数（数量）
42	伏生授书图	卷三十四（1）	卷三十（1）
43	高凤漂麦图	卷三十四（1）	卷二十五（1）
44	跋苏武持节图	卷三十五（3）	卷二十五（3）
45	丙相问牛图	卷三十五（2）	卷二十六（1） 卷三十三（1）
46	跋东门祖道图	卷三十五（2）	卷二十三（2）
47	汉成帝幸张禹第宅图	卷三十五（1）	卷二十八（1）
48	题袁安卧雪图	卷三十五（3）	卷二十五（3）
49	竹林七贤图	卷三十六（2）	卷二十七（2）
50	右军书扇图	卷三十六（1）	卷二十九（1）
51	右军观鹅图	卷三十六（1）	卷三十三（1）
52	谢太傅东山图	卷三十六（2）	卷二十六（2）
53	谢太傅弈棋图	卷三十六（1）	卷二十九（1）
54	题王武子相马图	卷三十六（2）	卷二十五（2）
55	题子猷回舟图	卷三十六（1）	卷八（1）
56	石勒问道图	卷三十六（1）	卷三十一（1）
57	归去来图	卷三十七（3）	卷二十五（3）
58	渊明漉酒图	卷三十七（6）	卷五（1） 卷三十（5）
59	渊明临流赋诗图	卷三十七（1）	卷三十三（1）
60	陶潜夏居图	卷三十七（3）	卷二十九（3）
61	三笑图	卷三十七（1）	卷三十三（1）
62	莲社图	卷三十七（4）	卷二十四（1） 卷二十八（3）
63	跋秦王擒窦建德图	卷三十八（1）	卷二十七（1）
64	五王避暑图	卷三十八（1）	卷二十五（1）
65	九龄忠谏图	卷三十八（1）	卷二十七（1）
66	明皇按乐图	卷三十九（3）	卷二十七（3）
67	明皇私语图	卷三十九（2）	卷二十八（2）
68	李白醉归图	卷四十（1）	卷二十八（1）

序号	诗题	《题画诗类》卷数（数量）	《秋涧先生大全文集》卷数（数量）
69	太白独钓图	卷四十（1）	卷三十二（1）
70	太白扪月图	卷四十（1）	卷二十八（1）
71	孟浩然灞桥图	卷四十（1）	卷二十五（1）
72	裴晋公绿野采梅图	卷四十（2）	卷二十五（1） 卷三十二（1）
73	风雪蓝关图	卷四十（2）	卷三十四（2）
74	石鼎联句图	卷四十（2）	卷三十四（2）
75	乐天不能忘情图	卷四十（2）	卷二十九（2）
76	庄宗横吹图	卷四十（2）	卷三十（2）
77	韩文靖重屏图	卷四十（2）	卷三十二（2）
78	宋太祖蹴鞠图	卷四十一（3）	卷三十二（3）
79	题耆英图	卷四十一（1）	卷十一（1）
80	跋司马温公燕处图	卷四十一（3）	卷二十四（3）
81	东坡汲乳泉图	卷四十一（2）	卷十九（2）
82	孟母三迁图卷	卷四十二（1）	卷三十三（1）
83	王昭君出塞图	卷四十二（2）	卷二十七（2）
84	题飞燕图	卷四十二（1）	卷三十二（1）
85	孟光捧案图	卷四十三（2）	卷二十六（2）
86	蔡琰归汉图	卷四十三（1）	卷二十八（1）
87	题胡笳十八拍图	卷四十三（5）	卷三十一（5）
88	二乔观史图	卷四十三（1）	卷三十四（1）
89	寿阳公主折梅图	卷四十三（2）	卷三十四（2）
90	题张丽华图	卷四十三（1）	卷三十二（1）
91	则天朝回图	卷四十三（1）	卷三十三（1）
92	周昉画杨妃禁齿图	卷四十四（1）	卷二十九（1）
93	题黄门飞鞚图	卷四十四（2）	卷三十（2）
94	题刘平妻胡氏杀虎图	卷四十四（1）	卷二十八（1）
95	再题胡烈妇杀虎图	卷四十四（3）	卷三十四（3）
96	跋龙阳松隐图	卷四十五（1）	卷二十五（1）
97	竹林幽隐图	卷四十五（6）	卷二十四（6）

续表 8.1

序号	诗题	《题画诗类》卷数（数量）	《秋涧先生大全文集》卷数（数量）
98	题秋江月夜摘阮图	卷四十七（2）	卷二十五（2）
99	秋涧著书图	卷四十七（1）	卷十（1）
100	周文矩勘书图	卷四十七（1）	卷二十九（1）
101	题山堂会琴图	卷四十八（2）	卷二十五（2）
102	跋运使张君会琴图	卷四十八（1）	卷十二（1）
103	倦书图	卷四十八（1）	卷三十二（1）
104	跋松风醉归图	卷四十九（2）	卷二十六（2）
105	秋山访友图	卷五十（2）	卷二十九（2）
106	江村访友图	卷五十（1）	卷二十七（1）
107	题梵隆古画雅集图	卷五十（1）	卷二十九（1）
108	题雪堂雅集图	卷五十（1）	卷十八（1）
109	玉堂闲适图	卷五十（1）	卷三十（1）
110	跋西蒲老人燕处图	卷五十（1）	卷十四（1）
111	题朝元宫刘道人秋声图	卷五十一（2）	卷三十三（2）
112	孤舟横笛	卷五十一（1）	卷三十二（1）
113	跋张龙丘簪花图	卷五十一（1）	卷二十七（1）
114	题宋画三教晤言图	卷五十三（5）	卷二十七（5）
115	题范文正公真像	卷五十三（1）	卷三十二（1）
116	题南塘居士宋公画像卷后	卷五十三（1）	卷二十三（1）
117	云溪先生画像	卷五十三（1）	卷二十六（1）
118	题温居士画像	卷五十四（2）	卷二十七（2）
119	韩生写真图后	卷五十四（1）	卷三十二（1）
120	自题写真	卷五十四（1）	卷三十三（1）
121	赠写真贾生	卷五十四（1）	卷二十六（1）
122	题李伯时画阳关图	卷五十五（2）	卷二十九（2）
123	跋雪谷早行图	卷五十五（1）	卷二十八（1）
124	武元直雪霁早行图	卷五十五（2）	卷二十八（2）
125	题雪谷早行图	卷五十五（1）	卷二十八（1）
126	题何侍御所藏雪霁江行图	卷五十六（3）	卷二十七（3）
127	跋提刑王副使航海图	卷五十六（2）	卷二十五（2）

序号	诗题	《题画诗类》卷数（数量）	《秋涧先生大全文集》卷数（数量）
128	江船晓发图	卷五十六（1）	卷三十三（1）
129	明皇骊山出猎图	卷五十七（1）	卷三十三（1）
130	解鞍图	卷五十七（3）	卷三十（3）
131	毳幕卓歇图	卷五十七（1）	卷二十七（1）
132	倚竹图	卷五十八（3）	卷二十九（1）卷三十（2）
133	楼居春望图	卷五十九（1）	卷二十九（1）
134	美人却扇图	卷五十九（2）	卷二十四（1）卷二十九（1）
135	碧桃青鸟图	卷六十一（1）	卷三十三（1）
136	题洛神赋画后	卷六十一（1）	卷三十二（1）
137	跋祁真人画像	卷六十二（1）	卷二十三（1）
138	题醉道士图	卷六十四（1）	卷二十九（1）
139	僧传古坐图	卷六十五（1）	卷七（1）
140	稠禅解虎图	卷六十五（2）	卷二十六（2）
141	跋船子和尚图	卷六十五（1）	卷二十七（1）
142	灵照度丹霞图	卷六十五（4）	卷三十一（4）
143	李营丘寒江晚捕图	卷六十七（1）	卷七（1）
144	跋醉渔父图	卷六十七（1）	卷二十九（1）
145	春江独钓图	卷六十八（1）	卷二十六（1）
146	题田使者玉泉垂钓图	卷六十八（1）	卷二十五（1）
147	渔樵闲话图	卷六十八（1）	卷二十七（1）
148	跋丰稔还乡图	卷六十九（1）	卷二十四（1）
149	题纺织图	卷六十九（1）	卷三十三（1）
150	牧牛图	卷七十（5）	卷三十一（5）
151	跋燕萧牧羊图	卷七十（2）	卷二十七（2）
152	泉石双松图	卷七十二（1）	卷十一（1）
153	山椒万松图	卷七十二（4）	卷二十七（4）
154	跋理宗题马骐画折枝木犀图	卷七十三（1）	卷二十九（1）
155	海岸古木图	卷七十三（1）	卷三十四（1）

序号	诗题	《题画诗类》卷数（数量）	《秋涧先生大全文集》卷数（数量）
156	宣和宝石图	卷七十四（1）	卷二十八（1）
157	李夫人画兰歌	卷七十五（1）	卷十一（1）
158	题醉隐墨竹	卷七十七（2）	卷三十（2）
159	墨竹歌	卷七十七（1）	卷六（1）
160	题金显宗墨竹	卷七十八（4）	卷二十六（2）卷三十二（2）
161	墨梅偶赋	卷八十三（1）	卷三十一（1）
162	题华光墨梅	卷八十四（2）	卷二十七（2）
163	题张梦卿双清图	卷八十六（3）	卷二十五（3）
164	宣和梅兰图	卷八十六（2）	卷二十七（2）
165	题钱舜举画梨花	卷八十七（1）	卷三十三（1）
166	题钱舜举牡丹折枝图	卷八十八（1）	卷三十三（1）
167	宋徽宗石榴图	卷八十八（1）	卷三十二（1）
168	异菊图	卷八十九（1）	卷二十二（1）
169	钱舜举折枝图	卷九十（1）	卷三十三（1）
170	济南录事参军解君瑞芝图	卷九十（2）	卷三十三（2）
171	题万知府瑞麦图	卷九十一（1）	卷二十三（1）
172	徐熙折枝果图	卷九十二（2）	卷二十九（2）
173	宣和珍禽图	卷九三（1）	卷二十八（1）
174	唐边鸾正面孔翠	卷九十三（1）	卷五（1）
175	题薛少保稷画鹤图	卷九十三（1）	卷七（1）
176	群鹊古柏图	卷九十四（1）	卷二十六（1）
177	固陵雪鸹图	卷九十四（1）	卷三十二（1）
178	跋米元章芦雁图	卷九十五（2）	卷二十六（2）
179	惠崇芦雁图	卷九十五（1）	卷二十八（1）
180	乐士宣䴏鹈图	卷九十七（1）	卷二十七（1）
181	枯木寒鸦	卷九十八（2）	卷三十三（2）
182	赵大年雪霁聚禽图	卷九十九（2）	卷二十九（2）
183	赵邈龊虎图行	卷一百（1）	卷七（1）
184	李龙眠二骏图	卷一百二（4）	卷二十四（2）卷二十七（2）

序号	诗题	《题画诗类》卷数（数量）	《秋涧先生大全文集》卷数（数量）
185	二马图	卷一百二（1）	卷二十七（1）
186	题韦偃十马图	卷一百二（2）	卷三十三（2）
187	题钱选临曹将军燕脂骢图	卷一百三（2）	卷三十三（2）
188	韩干画照夜白图	卷一百三（4）	卷二十七（4）
189	题李伯时所画开元御马	卷一百四（1）	卷二十五（1）
190	梦中又赋开元御马图	卷一百四（1）	卷二十五（1）
191	唐申王画马歌	卷一百四（1）	卷十（1）
192	跋唐申王画马图	卷一百四（1）	卷二十八（1）
193	题韩干画马图	卷一百四（1）	卷六（1）
194	跋徽宗画马图	卷一百五（1）	卷三十一（1）
195	徽宗临张萱宫骑图	卷一百五（2）	卷二十七（2）
196	题显宗承华殿墨戏	卷一百五（1）	卷二十五（1）
197	承华殿墨戏图	卷一百五（2）	卷二十五（2）
198	辊马图	卷一百六（1）	卷三十三（1）
199	题厩马图	卷一百六（1）	卷三十三（1）
200	御骠出厩图	卷一百六（1）	卷三（1）
201	李早蕃马图	卷一百六（1）	卷三十（1）
202	李潜宛马图	卷一百六（1）	卷二十六（1）
203	韩晋公画苍牸出水图	卷一百七（1）	卷五（1）
204	题水牸图	卷一百七（1）	卷二十九（1）
205	戴嵩画牛图	卷一百七（1）	卷七（1）
206	题东海徐白鱼	卷一百九（1）	卷二十五（1）
207	徽宗花鸟图	卷一百十（1）	卷三十三（1）
208	疏梅寒雀图	卷一百十（2）	卷三十三（2）
209	繁杏锦鸠图	卷一百十（1）	卷二十九（1）
210	钱舜举桃花黄莺图	卷一百十（1）	卷三十四（1）
211	莲鸟窥鱼图	卷一百十一（1）	卷二十五（1）
212	题刘大用画草虫手卷	卷一百十二（2）	卷二十八（2）

续表8.1

序号	诗题	《题画诗类》卷数（数量）	《秋涧先生大全文集》卷数（数量）
213	黄荃蜂蝶图	卷一百十二（2）	卷二十七（2）
214	滕王蚁蝶图	卷一百十二（2）	卷二十七（2）
215	徽宗画周灵台图	卷一百十三（2）	卷二十八（2）
216	汉宣帝幸池阳宫图	卷一百十三（1）	卷十（1）
217	王摩诘骊山宫图	卷一百十三（2）	卷二十七（2）
218	题任南麓画华清宫图后	卷一百十三（1）	卷十一（1）
219	跋兰昌宫图	卷一百十三（1）	卷二十六（1）
220	虎豹九关图	卷一百十三（1）	卷二十八（1）
221	野庄图	卷一百十四（3）	卷三十三（3）
222	题张季云先生山庄图	卷一百十五（3）	卷二十九（3）
223	题武教授峨眉山谿堂图	卷一百十五（1）	卷三十四（1）
224	周文矩雷剑化龙图	卷一百十六（2）	卷二十九（2）
225	荆氏周急图	卷一百十七（1）	卷二十七（1）
226	清白图为何掾舜举赋	卷一百十七（1）	卷三十三（1）

由上表可见，《题画诗类》中所收全部王恽题画诗都能在《秋涧》中找到，不过《题画诗类》也做了一定程度的整理，如分别位于《秋涧》卷二十六和三十二的《题金显宗墨竹》四首，被归并到《题画诗类》卷七十八兰竹类；位于《秋涧》卷二十六、二十七和三十二的七首题《四皓图》被归并到《题画诗类》卷三十四故实类。原书之所以题同一画之诗分属不同卷，原因是其体例上使用的是分体编录。此外，《秋涧》有一部分题画诗不见于《题画诗类》，如卷九《题文献公画鹿图》、卷十《东坡海南醉归图》、卷十六《题李鍊师崇圣宫图》、卷二十四《杜萃老荒山访友图》等。则《题画诗类》很可能是从《秋涧》中获取王恽题画诗作（当然使用的不一定是弘治刊本），且进行了一些筛选工作，挑选出一部分编入《题画诗类》。

乾隆时期的《钦定四库全书考证》（下文简称《考证》）正是使用各别集作为底

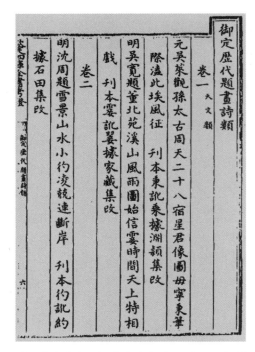

图 8.1   《四库全书考证》卷九十九关于《题画诗类》的部分

本，来对《题画诗类》进行校刊，共列出《题画诗类》108 处错讹①。《考证》共计使用书目 52 部，其中大部分是文人别集，如元好问的《遗山集》、倪瓒的《清閟阁集》《云林集》、沈周的《石田集》等，间或有一些选集、全集，如《元诗选》《全唐诗》《明诗综》等。比如《考证》对《题画诗类》中所收吴莱、吴宽的两首诗中的错字订正曰"刊本秉讹乘据渊颖集改""刊本霎讹曋据家藏集改"（图 8.1），而《渊颖集》《家藏集》分别是吴莱、吴宽二人的诗文别集。

当然，《考证》校订所使用的书籍并不一定与《题画诗类》编纂用书完全一致，但无论如何，它为我们了解《题画诗类》编纂思路以及可能使用的文集类型，提供了一个非常有价值的线索。《题画诗类》成书似乎颇仓促，仍留存了一些讹字、脱字等文字错误，甚至有将诗人张冠李戴的错误出现。从编书的角度来说，留有很多遗憾和不足。就编纂的文献来源方面，已经出版或已编纂的诗文集收录中的"题画诗"

---

① 王太岳等：《钦定四库全书考证》卷九十九，清内府写本，第 6 页上 ~21 页下。关于此书，参见张开《〈四库全书考证〉的成书及主要内容》，《史学研究》2011 年第 1 期。

应是其最主要的文本来源。

第二节　与存世画作的关系

　　除文集中的题画诗之外，《题画诗类》是否亦从内府所藏书画上题写的题画诗取材呢？陈氏家族同治年间的后人陈其元记载陈邦彦云其"入直南书房，书法特荷温旨褒嘉。纯庙御极，命缮写御制诗，内府书籍、秘殿珍藏，悉俾管钥"①。从陈邦彦日记来看，他在进入南书房后，的确有机会能接触到珍贵的宫廷书画藏品和外臣所进献的书画。此外，查慎行《人海记》一书中，亦有《内府书画》一条，记录了自己供奉内廷时所眼见的内府书画"尤妙者"三十五种，包括赵孟𫖯《鹊华秋色图》、张择端《清明上河图》、燕文贵《仿王摩诘关山雪霁图》等②。但问题在于，无论是陈邦彦还是查慎行，他们进入内廷的时间几乎是同时的，即康熙四十二年。其时查慎行的《历代分类题画诗》已经书成，则此书在成型的关键阶段与内府书画无涉。

　　那么很可能脱胎于《历代分类题画诗》的《题画诗类》，是否曾将画作上面的题写作为文本来源的一个次要补充呢？本文接下来以元画《秀野轩图》为一个例子，对比画后拖尾上的题诗与《题画诗类》中收录的《题秀野轩图》诗，来对这一问题进行回应。

　　《秀野轩图》仍存世，现藏故宫博物院，定为元代画家朱德润（1294～1365 年）真迹③。绘于元至正二十四年（1364 年），长卷、纸本，纵 28.3 厘米，横 210 厘米，水墨淡设色。画名中的"秀野轩"乃是朱德润的好友周驰（字景安）的住所，位处浙江余杭。《秀野轩图》拖尾题写文字颇长，可分为以下几个部分：

　　1. 朱德润本人自题《秀野轩记》；

　　2. 张监、朱斌、张吉、瞿庄、薛穆、高启、徐贲、张雨、余尧臣、王行、王彝、

① 陈其元：《庸闲斋笔记》卷一，同治十三年刊本，第 2 页上。

② 查慎行：《人海记》卷下，见《查慎行集》第 2 册，第 453 页。

③ 关于此卷的真伪参见朱省斋《朱德润秀野轩图》，《紫禁城》2010 年第 4 期；李天垠《遗忘的经典：故宫藏朱德润真伪作品考辨》，《紫禁城》2011 年第 7 期。关于朱德润生平和《秀野轩图》的简介参见刘世军《从〈浑沦图〉到〈秀野轩图〉——以朱德润为例兼谈元代画家艺术思想及其趣味变迁》，南京师范大学硕士论文，2007 年。

徐珪、虞堪、周世衡、徐达左、金觉、董远、寄翁、惠祯、张钧20人题诗；

3. 朱德润子朱吉诗跋各一，跋落款为"永乐庚寅（1410 年）二月望日"；

4. 清人高士奇二跋，落款分别为"康熙三十年（1691 年）十一月"和"竹窗年五十五"（1699 年）。

《秀野轩图》流传有序，因此著录颇多，见于明代《赵氏铁网珊瑚》《六研斋笔记》，清代《式古堂书画汇考》（约 1680 年代）、《江村销夏录》（1693 年序）、《大观录》（1712 年）、《佩文斋书画谱》《石渠宝笈》《墨缘汇观》（内有 1742 年志）等重要书画著录。对照可知，《秀野轩图》原本的题跋应远多于现存画卷上的题跋数目。据万历年间成书的《赵氏铁网珊瑚》记载，此卷有朱德润长题，拖尾题者有 43 人之多，分别是张监、朱武（斌）、张吉、瞿庄、薛穆、杨基、高启、徐贲、张羽、余尧臣、王行、王彝、徐珪、沈纯、张端、韩奕、高隅、吴樊圃、田畔、姜文震、金震、虞堪、周世衡、徐达左、金觉、董远、寄翁、陈朴、张德常、王希白、徐济、李至刚、王忱、朱复吉、虞本、惠祯、张筠、朱吉（诗跋各一）、王廷珪、梁用行、张肯、陈亢宗，题写时间跨度达 46 年以上①。由此可见，《秀野轩图》在明晚期的面貌与今日差距较大，应在流传过程中被裁掉了几十首题诗，清代时又增加了高士奇二跋②。

从明中期开始，书画著录逐步发展出以画作为中心，重视抄录整理画上文字题写的著录方法。《赵氏铁网珊瑚》即是典型的以时代为经、以画作为纬，来进行的内容编排。这种著录方法在清代进一步发展，将画作尺寸、印鉴皆纳入其中，以期尽可能完整地记录画作的面貌。而由于明代题画之风日炽，往往一幅之上都有多人题写，一些画上甚至有多达几十人的题跋。

与同时期的书画著录相比，《题画诗类》的内容则显得"碎片化"：大多为一画

---

① 赵琦美：《赵氏铁网珊瑚》卷五，1728 年年希尧本，第 55 页下 ~64 页下。

② 此外，书前有 1742 年序的清代书画著录《墨缘汇观》对此卷的记载已经与今日相同："后纸有京口张监、吴郡朱斌、张吉、瞿庄、薛穆、高启、徐贲、张羽、余尧臣、王行、王彝、徐珪、虞堪、周世衡、徐达左、金觉、董远、寄翁、惠祯、张均、朱吉，又朱吉诗跋凡二十有二，又高平湖一跋"（《墨缘汇观》卷三，粤雅堂丛书本，第 49 页上）。另，朱省斋 1952 年出版的《省斋读画记》（香港大公书局 1952 年初版）中《朱德润秀野轩图》一文中介绍的情况亦然。可见在 17 世纪末期之后，此卷的情况趋于稳定。

一题，或同一诗人的一画多题。这与书画著录从画上直接录来的文本面貌相去甚远。《题画诗类》卷一百十四收录的一组 13 首"题《秀野轩图》"诗，是为数不多的"一画多题"之作。题画诗作者分别为瞿庄、高启、杨基、徐贲、王彝、张端、田耕、姜文震、周世衡、董远、陈朴、张吉、朱斌。除瞿庄之作记为《秀野轩图》外，其余 12 首皆同题《题秀野轩图》①。于是，存世《秀野轩图》上各位诗人亲手题写的诗作，可以作为一个可靠的底本与《题画诗类》的 13 首诗进行比对。《题画诗类》所收"题《秀野轩图》诗"，看似是从画后拖尾上抄录了十余首收入诗集。但是诗题重合者仅朱斌、瞿庄、高启、徐贲、王彝、周世衡、董远 7 首（图 8.2～8.7），其余 6 首诗不见于画作。相重合的 7 首诗，在文字细节上亦有颇多不合。表 8.2 即以诗作在画卷上出现的顺序和文字内容为基准，与《赵氏铁网珊瑚》和《题画诗类》两部书里收录的题《秀野轩图》诗进行比对。

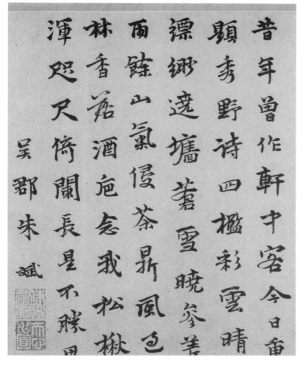

图 8.2　《秀野轩图》拖尾上的朱斌题诗

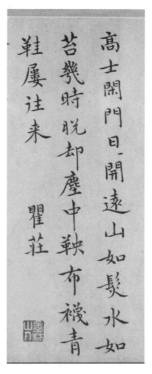

图 8.3　《秀野轩图》拖尾上的瞿庄题诗

---

① 《御定历代题画诗类》卷一百十四，第 5 页上～7 页下。

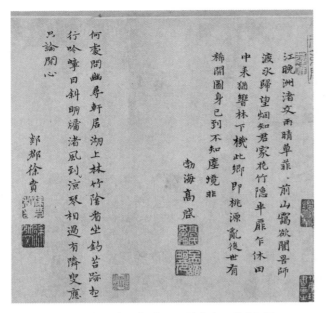

图8.4　《秀野轩图》拖尾上的高启、徐贲题诗

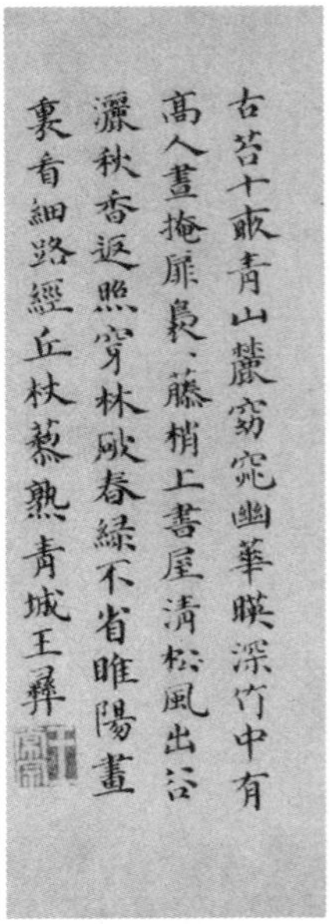

图8.5　《秀野轩图》拖尾上的王彝题诗

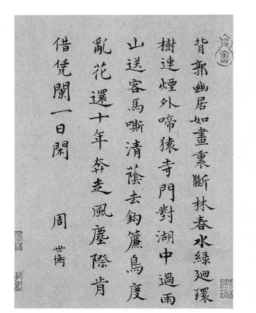

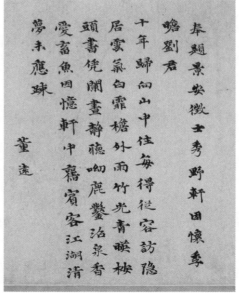

图8.6　《秀野轩图》拖尾上的周世衡题诗

图8.7　《秀野轩图》拖尾上的董远题诗

表 8.2 存世《秀野轩图》上题诗与各文献著录中该图题画诗文本比对

作者	《秀野轩图》画上题诗	《赵氏铁网珊瑚》（《文渊阁四库全书》本卷十五，70页上~72页上）	《六研斋三笔》（《文渊阁四库全书》本卷三，8页下~11页下）	《式古堂书画汇考》（《文渊阁四库全书》本卷四十九，35页上~39页上）	《题画诗类》收录诗文
朱斌	昔年曾作軒中客 今日重題秀野詩 四檻彩雲晴縹緲 遶墻蒼雪曉參差 雨餘山氣侵茶鼎 風過林香落酒巵 念我松楸渾咫尺 倚闌長是不勝思 吳郡朱斌	昔年曾作軒中客 今日重題秀野詩 回檻彩雲晴縹緲 遶墻蒼雪曉參差 雨餘山氣侵茶鼎 風過林香落酒巵 念我松楸渾咫尺 倚闌長是不勝思 吳郡朱斌	昔年曾作軒中客 今日重題秀野詩 四檻彩雲晴縹緲 遶墻蒼雪曉參差 雨餘山氣侵茶鼎 風過林香落酒巵 念我松楸渾咫尺 倚闌長是不勝思 吳郡朱斌	昔年曾作軒中客 今日重題秀野詩 四檻彩雲晴縹緲 遶墻蒼雪曉參差 雨餘山氣侵茶鼎 風過 林香落酒巵 念我松楸渾咫尺 倚口長是不勝思 吳郡朱斌	昔年曾作軒中客 今日重題秀野詩 回檻彩雲晴縹緲 遶墻蒼雪曉參差 雨餘山氣侵茶鼎 風過松香落酒巵 念我松楸渾咫尺 倚闌長是不勝思
瞿庄	高士閑門日日開 遙山如髮水如苔 幾時脫却塵中軼 布襪青鞋屢住來 瞿莊	高士閑門日日開 遙山如髮水如苔 幾時脫却塵中軼 布襪青鞋屢住來 瞿莊	无	高士閑門日日開 遙山如髮水如苔 幾時脫却塵中軼 布襪青鞋屢住來 瞿莊	高士閑門日日開 遙山如髮水如苔 幾時脫却塵中軼 布襪青鞋任來
高启	江晚洲渚交 雨晴草菲菲 前山靄欲闇	江晚洲渚交 雨晴草菲菲 前山靄欲闇	江晚洲渚交 雨晴草菲菲 前山靄欲闇	江晚洲渚交 雨晴草菲菲 前山靄欲闇	江晚洲渚交 雨晴草霏霏 前山靄欲暗

续表 8.2

作者	《秀野轩图》画上题诗	《赵氏铁网珊瑚》（《文渊阁四库全书》本卷十五，70页上~72页上）	《六研斋三笔》（《文渊阁四库全书》本卷三，8页下~11页下）	《式古堂书画汇考》（《文渊阁四库全书》本卷四十九，35页上~39页上）	《题画诗类》收录诗文
高启	呂師渡水歸 望烟知君家 花竹隐半扉 午休田中耒 猶響林下機 此鄉即桃源 亂後世有稀 開圖身已到 不知塵境非 渤海高啟	呂師渡水歸 望烟知君家 花竹隐半扉 午休田中耒 猶響林下機 此鄉即桃源 亂後世有稀 開圖身已到 不知塵境非 渤海高啟	呂師渡水歸 望烟知君家 花竹隐半扉 午休田中耒 猶響林下機 此鄉即桃源 亂後世有稀 開圖身已到 不知塵境非 渤海高啟	呂師渡水歸 望烟知君家 花竹隐半扉 午休田中耒 猶響林下機 此鄉即桃源 亂後世有稀 開圖身已到 不知塵境非 渤海高啟	呂師渡水歸 望烟知君家 花竹隐半扉 **半休田中耒** **猶響林下機** 此鄉即桃源 亂後世有稀 開圖身已到 不知塵境非
徐贲	何處問幽尋 軒居湖上林 竹陰看坐釣 苔跡想行吟 嶂月斜明牖 渚風凉到琴 相過有鄰叟 應只論閒心 鄱郡徐賁	何處問幽尋 軒居湖上林 竹陰看坐釣 苔跡想行吟 嶂月斜明牖 **渚風凉到琴** 相過有鄰叟 應只論閒心 鄱郡徐賁	何處問幽尋 軒居湖上林 竹陰看坐釣 苔跡想行吟 嶂月斜明牖 渚風凉到琴 相過有鄰叟 應只論閒心 鄱郡徐賁	何處問幽尋 軒居湖上林 竹陰看坐釣 苔跡想行吟 嶂月斜明牖 渚風凉到琴 相過有鄰叟 應只論閒心 鄱郡徐賁	何處問幽尋 軒居湖上林 竹陰看坐釣 苔跡想行吟 嶂月斜明牖 **渚風凉到琴** 相過有鄰叟 應只論閒心

续表 8.2

作者	《秀野轩图》画上题诗	《赵氏铁网珊瑚》（《文渊阁四库全书》本卷十五，70 页上～72 页上）	《六研斋三笔》（《文渊阁四库全书》本卷三，8 页下～11 页下）	《式古堂书画汇考》（《文渊阁四库全书》本卷四十九，35 页上～39 页上）	《题画诗类》收录诗文
王彝	古苔十畝青山麓 窈窕幽華映深竹 中有高人畫掩扉 裊裊藤梢上書屋 清松風出谷灑秋香 返照穿林破春綠 不省睡陽畫裏春 細路經丘杖藜熟 青城王彝	古苔十畝青山麓 窈窕幽華映深竹 中有高人畫掩扉 裊裊藤梢上書屋 清松風出谷灑秋香 返照穿林破春綠 不省睡陽畫裏春 細路經丘杖藜熟 王彝	古苔十畝青闇映深竹 窈窕幽闇映深竹 中有高人畫掩扉 裊裊藤梢上書屋 清風出谷灑秋香 返照穿林破春綠 不省睡陽畫裏春 細路經丘杖藜熟 青城王彝	古苔十畝青山麓 窈窕幽華映深竹 中有高人畫掩扉 裊裊藤梢上書屋 清風出谷灑秋香 返照穿林破春綠 不省睡陽畫裏春 細路經丘杖藜熟 青城王彝	古苔十畝青山麓 窈窕幽華映深竹 中有高人畫掩扉 裊裊藤梢上書屋 清風出谷灑秋香 返照穿林破春綠 不省睡陽畫裏春 細路經丘杖藜熟
周世衡	背郭幽居如畫裏 斷林春水綠迴環 樹連煙外唶猿寺 門對湖中過雨山 送客馬嘶晴陰去 鈎簾鳥度亂花還 十年走走風塵際 肯借凭闌一日閑 周世衡	背郭幽居如畫裏 斷林春水綠迴環 樹連煙外唶猿寺 門對湖中過雨山 送客馬嘶晴陰去 鈎簾鳥度亂花還 十年走走風塵際 肯借凭闌一日閑 周世衡	无	背郭幽居如畫裏 斷林春水綠迴環 樹連煙外唶猿寺 門對湖中過雨山 送客馬嘶晴陰去 鈎簾鳥度亂花還 十年走走風塵際 肯借凭闌一日閑 周世衡	背郭幽居如畫裏 斷林春水綠迴環 樹連煙外唶猿寺 門對湖中過雨山 送客馬嘶晴陰去 鈎簾鳥度亂花還 十年走走風塵際 肯借凭闌一日閑

续表 8.2

作者	《秀野轩图》画上题诗	《赵氏铁网珊瑚》（《文渊阁四库全书》本卷十五，70页上~72页上）	《六研斋三笔》（《文渊阁四库全书》本卷三，8页下~11页下）	《武古堂书画汇考》（《文渊阁四库全书》本卷四十九，35页上~39页上）	《题画诗类》收录诗文
董远	奉題景安徽士秀野軒因 懷季瞻劉君 十年歸向山中住 每得從容訪隱居 雲氣白霏簷外雨 竹光青映案頭書 憑闌晝靜聽呦鹿 鑿沼泉香愛蓄魚 因憶軒中舊賓客 江湖清夢未應踈 重遠	奉題景安徽士秀野軒因 懷季瞻劉君 十年歸向山中住 每得從容訪隱居 雲氣白霏簷外雨 竹光青映案頭書 憑闌晝靜聽呦鹿 鑿沼泉香愛蓄魚 因憶軒中舊賓客 江湖清夢未應踈 重遠	无	奉題景安徽士秀野軒因 懷季瞻劉君 十年歸向山中住 每得從容訪隱居 雲氣白霏簷外雨 竹光青映案頭書 憑闌晝靜聽呦鹿 鑿沼泉香愛蓄魚 因憶軒中舊賓客 江湖清夢未應踈 重遠	十年歸向山中住 每憶從容訪隱居 雲氣白霏簷外雨 竹光晴映案頭書 憑闌晝靜聽呦鹿 鑿沼泉香愛蓄魚 因憶軒中舊賓客 江湖清夢未應踈

从上表可以看出，这几处文本有诸多不同之处，其中《赵氏铁网珊瑚》与《题画诗类》相似度较高。这些不同又可以大致分为五种情况。

第一，大部分异文属常见的异体字替换。如遶—繞，咫—只，閒—閑，鞋—鞵，烟—煙，廻—迴，畖—畂，華—花，檐—簷，桉—案等。异体字的差别并不会造成语义改变，仅能反映不同文本书写者的用字习惯。

第二，有一部分异文纯属讹误。其中有《赵氏铁网珊瑚》和《题画诗类》同错的。比如朱斌诗中的"四檻"二本皆误作"回檻"，徐贲诗中的"到凉琴"皆误作"凉到琴"，周世衡诗中的"湖中"皆误作"湘中"，"肯借凭闌"皆误作"肯信凭闌"，董远诗中的"每得"皆误作"每憶"。这些讹误除字形相近导致的抄写错误之外，也有"凉到琴"这样的字序颠倒。

第三，有的异文仅出现在《题画诗类》中，即《赵氏铁网珊瑚》无误而《题画诗类》有误。高启诗"乍休"《题画诗类》篡为"半休"。周世衡诗"樹連煙外啼猿寺"《题画诗类》篡为"樹連煙水猨啼寺"，而末句"一日閑"《题画诗类》误作"一日間"。董远诗的诗题也为《题画诗类》所失。

第四，有三处文字《赵氏铁网珊瑚》有误而《题画诗类》无误。其一，是朱斌之名，前者误识为朱武。其二，高启诗"林下機"为前者误作"林下磯"。其三，王彝诗的"细路经丘"前者误作"细路经行"。

第五，有原画上题诗有误，而两处文集加以改订之处，即王彝七言诗"清松風出谷灑秋香"一行衍一字，二集皆删掉了"松"字。

《题画诗类》中保存的题《秀野轩图》诗异文迭出。异文最集中的周世衡七言律诗，56 字中就有 5 处计 7 字异文。如果说其他诗出现的"煙水猨啼寺""每憶從容訪隐居"这样的异文，在文义上尚能自圆其说，那么"凉到琴""半休田中來"这样的文句，不仅破坏了格律诗的对仗，甚至连文义都不通，如此严重的错误，稍通诗律的人就能发现其中的问题。

这 7 首诗在《秀野轩图》上皆为正楷题写，笔迹清晰，无墨渍、破损等影响阅读的障碍。《题画诗类》如果从画上直接抄录，很难出现如此严重的错误。更为可能的情况是《题画诗类》的编纂者从另一个本子收集到了这些诗，并编入文集中，而那个底本本身存在很多讹误，转抄过程也难免出现新的错误。至于此底本是不是

《赵氏铁网珊瑚》，现有的证据并不能下结论。尽管大部分文字舛误《题画诗类》与《赵氏铁网珊瑚》保持一致，但如上文所言，也存在三个《赵氏铁网珊瑚》有误而《题画诗类》无误之处。《题画诗类》所依据底本的问题仍有待更多的文本比对来阐明。但无论如何，从《题画诗类》的内容编排方法来看，至少不以直接从画卷上抄录题画诗为主。题《秀野轩图》的例子，也为《题画诗类》中其他几组看上去抄自画作的题画组诗的来源打上了问号。

这就引出该如何认识《题画诗类》为代表的题画诗集与画上题诗关系的问题。北京古籍出版社版《题画诗类》的编者在前言中说道："本书也有它的不足之处。如所选各诗未必都是真正的题画诗，个别诗很可能是从说部中摘出来的，历史上未必确有其画。"①编者所引的例子是卷五十四唐玄宗《题梅妃画真》，并提到自己起初读此诗以为唐人为梅妃所立诗传，颇可证史，但后来发现是抄自唐代曹邺的《梅妃传》，此非信史，早有学者怀疑它不是唐人之作，于是大为失望。从这个例子可延伸到，对于何为"真正的题画诗"，主流标准是要"题于画上"，以至于文集中保存的题画诗堕入"假"题画诗的尴尬境地。与第二章对研究现状的评述相呼应，究其原因，是今人对古代编纂题画诗文集的路数和默认范围已比较陌生，从"题画诗"字面意思去"顾名思义"，就会形成题画诗必须题于画上的认知。由此引申开来，也涉及学术界对题画诗概念界定一种左右摇摆的问题。所谓狭义题画诗是题在画上，广义题画诗是画上画外皆有等说法，其实还是没有厘清，画外的题画诗从何而来，因何而作，又为何保存至今。它们是起初被题于画上，后来抄入文集，而画已不存，但诗随文集传世？本章的讨论显示，这当然是其中一种情形，但仅就《题画诗类》这样专门编纂的题画诗集而言，恐怕其搜求的题画诗来源，本身就是以文集为主导的，形成了从文集来到文集去的一条文本传播路径。理解了这样一条路径，也就能接受一部分题画诗本身就题于画外，和咏画诗的界限并不分明的事实②。也正因题画诗这样的特性，使得它保存的画史信息，能够代代流传，这也是研究题画诗的价值之一③。

---

① 陈邦彦选编：《历代题画诗》上卷，北京：北京古籍出版社，1996 年，第 4 页。

② 也有研究者认为应更严格地区分咏画诗与题画诗，以便更好地调和研究者和画家之间关注时代的分歧，也是一种思路。参见李从芹：《论题画诗研究中存在的误区》，《国画家》2002 年 6 月，第 67～68 页。

③ 傅怡静：《论中国首部题画诗集〈声画集〉的画史价值》，《美术学报》2009 年第 2 期。

第三节　集部与子部、全集与类书之争

对题画诗集的性质，自南宋《声画集》成书开始，就存在不同的意见。《声画集》最早著录于南宋尤袤（1127～1194年）《遂初堂书目》，尤袤此书著录《声画集》两次，一次考其内集众人之诗录入"总集类"，一次考其集诗主题乃画作，录入"杂艺类"①，似乎对其性质也并不确定。至此开始了对题画诗集究竟根据诗集内容（即收录诗作）而划归文学门类，抑或根据所收诗作内容（即有关画作）而划归艺术门类的分歧。

明清书目著录亦可见此分歧。杨士奇（1366～1444年）《文渊阁书目》将之归为"诗词类"②。明代晁瑮（1507～1560年）《晁氏宝文堂书目》和清初傅维鳞（1608～1666年）《明书》承袭了杨士奇的分类③。但清代徐乾学《传是楼书目》将其列入"画录类"。而钱曾（1629～1701年）《读书敏求记》则继续将其列入文学"总集类"。四库全书编目、嵇璜（1711～1794年）《续文献通考》、范邦甸（生卒年不详）《天一阁书目》、丁立中（1866～1920年）《八千卷楼书目》，以至余绍宋（1882～1949年）《书画书录解题》亦编入总集类。可见历史上对《声画集》的归类意见，"总集派"占据了上风。

与《声画集》类似，围绕《题画诗类》也存在着相似的分歧，基本上亦是"总集派"占优，这与《四库全书》官方定性的影响力或许有着很大关系。不过民国初年书肆刊印的售书目录中，不乏将售卖流散在书籍市场的《题画诗类》编入"子部·艺术类"的情况。此外2004年的《国家图书馆藏古籍艺术类编》也将《题画诗类》纳入，且划分为"画学·题识"的细类。

《题画诗类》较之《声画集》情况则更为复杂的是，这部书更加强了"分类"的概念。其实查慎行编纂的稿本《历代分类题画诗》，其标题已经包含了"历代"和

---

① 尤袤：《遂初堂书目》，北京：中华书局，1985年，第23、33页。

② 杨士奇：《文渊阁书目》，北京：商务印书馆，1937年，第129页。

③ 晁瑮、徐氏：《晁氏宝文堂书目徐氏红雨楼书目》，上海：古典文学出版社，1957年，第82页。

"分类"两大要素，历代则历朝历代，侧重"全"；分类则分门别类，侧重"类"。《题画诗类》对这两大要素予以保留。这就导致后世对《题画诗类》的性质的认识，除"集部·总集""子部·艺术"的分歧外，又增加"类书"这一门类。如余绍宋的《书画书录解题》即将《题画诗类》归为"类书"一门，显然看重其分类的特性。今人傅怡静《宋代题画诗集与画谱研究》一文也将其定性为"题画诗类书"①。

不过总的来说，对《题画诗类》为"总集"的看法仍占优势，但这也引申出新的问题。对《题画诗类》为五代题画诗全录之看法不绝如缕，所谓"清代康熙年间陈邦彦编选的《御定历代题画诗类》，收诗近九千首"，"刊成集大成者"云云②。称《题画诗类》为"集大成"，一方面当然源自其120卷之规模，为前代题画诗集所不能比肩。另一方面，也出自对清代，特别康熙朝热衷编纂集大成式的诗文集的印象。这一时期官方偏好编纂带有文化总结意义的大型丛书、类书，以《古今图书集成》为最高峰。甚至私人书家亦然，如鲍廷博的《知不足斋丛书》、卢文昭的《抱经堂丛书》、吴骞的《拜经楼丛书》等，陆续涌现③。此外，"集大成"之说恐怕也与《题画诗类》"御定"的官方背景带来的心理暗示不无关系——皇帝御定、官方编刻，自可以组织大量人力投入编纂，乃私人刻书所不能及。

然而前文已经讨论过，《题画诗类》乃官员承刻本，其实恰恰是动用私人力量（无论是查慎行还是海宁陈氏）进行编刻的。于是，顶着"全集"帽子的《题画诗类》又招致"不全""不备"的批评。杨学是的研究认为其"最为严重的问题"是漏辑，而李栖亦将"采诗不全"列为一大不足。其实这类批评在康熙朝所编纂的总集类书身上，在所不少，连陈元龙都讥诮此前一些赋的选集采录不周。然而他所大力编纂的《历代赋汇》也遗漏不少，于是遭到后人指摘，认为此书粗疏，所收并赋作不完备，一些很容易找到的名家文集也有所遗漏④。而就《题画诗类》而言，此书尽管追求规模，但并不竭尽纳入历代全部题画诗。从其书名便可知，其主旨一在于"历代"，即展现出历朝历代发展之源流；二在于"诗类"，即分门别类按类编排。御

---

① 傅怡静：《宋代题画诗集与画谱研究》，第82页。但她后来认为此书兼有总集和类书的性质，参见傅怡静《论中国首部题画诗集〈声画集〉的画史价值》。

② 王充闾：《充闾文集：艺文说荟》，沈阳：万卷出版公司，2016年，第165页。

③ 杨艳琪：《清代前中期出版思想述略》，《北京印刷学院学报》2009年第3期。

④ 马积高：《〈历代赋汇〉评议》，《学术研究》1990年第1期。

制序和凡例亦并无表现出特别着力于"全"。

其实只要稍微翻阅《题画诗类》,不难得出《题画诗类》非求全之作的结论。如前文提到的文徵明等享有盛名的明代文人画家,在《题画诗类》中收录比例非常低,而文徵明的《莆田集》在清初是存世的,不难获得。对比《题画诗类》与《秋涧》也不难发现,《题画诗类》未完全收录《秋涧》中的题画诗,如果一意求全,那么全部抄录可谓是举手之劳。但未收入的诗作数量非一二首,恐怕是粗心遗漏所不能解释的。再比如《题画诗类》收明代题画诗 3822 首,然而刘继才先生统计了杨士奇、刘嵩、李东阳、吴宽、刘基、王世贞、高启等 24 名明代文人的别集,其中题画之作有 4000 余首①。《题画诗类》中所收明代题画诗作,恐怕尚且不足十一。但即便如此,它仍是古代题画诗集体量最大的一部,因此称之为"集大成",也有一定的道理。因此不难理解《四库全书荟要》的提要中,夸耀此书"所收之诗几九千首,可云极博矣",并认为前代所编与之相比"拟于是书奚啻爝火之于曜灵哉"!

有时有标准地选诗与求全求美之间,难以两全。《题画诗类》一方面受到漏辑的责备,一方面又因其"大而全"的表象令后人对它的艺术标准过低颇有微词。1935年执教于苏州美术专科学校的黄颂尧(1878~1934 年)编定的《清人题画诗选》,在其书序中对《题画诗类》如是说:

> 前清康熙时纂《历代题画诗类》一书,至明而止,体不分今古,词不辨优劣,盖以备为贵也。而有清一朝,诗人项背相望,题画诗之见于各家别集者,浩如烟海,尚无有继前哲,搜罗而荟萃之者。……兹为诸生便于诵习仿效计,故于清人别集中,悉心抉择。其用事僻奥者,有专指者及率率应酬而少精彩者,皆摒不录。凡二十六家,得诗一千二百余首。②

黄颂尧先生认为《题画诗类》编书"以备为贵",表示出对《题画诗类》选诗标准和编纂体例的不满,认为其不辨优劣,不分题材。有趣的是,普遍被认为是优点的"全",在这里却显示出"劣"的一面。黄氏的看法当然带有误解,但也与《题画诗类》选诗的标准不甚突出不无关系。而黄颂尧在编纂清代题画诗时的思路,

---

① 刘继才:《中国题画诗发展史》,沈阳:辽宁人民出版社,2010 年,第 323 页。

② 黄颂尧:《清人题画诗选》,上海:大华书局,1935 年。

也是悉心搜寻清人"各家别集"中"浩如烟海"的题画诗。这种思路与清初编选《题画诗类》的做法，其实路数是一样的。

第四节　小结

《题画诗类》所收诗作，绝大部分来源于各类文集，其中既有内容已比较定型的前代文集，也有编纂成书不久的最新成果。这种从文集中抽取题画诗单独成书的做法有其渊源，是历史上长期以来将题画诗与画作剥离开来进行理解、整理和传播的延续。今天所存唐人所谓"题画诗"，恐怕有相当一部分是在另纸上题下，而非真正题在画上。12 世纪中叶出现的《声画集》，就是对这些脱离画作的题画诗的一次整理。而 18 世纪初成书的《题画诗类》是这类题画诗的又一次整合，它标志着由唐至明历代文人别集中保存的大量题画诗第一次进入官方的视野，这当然也是题画诗发展不断演进和积累的成果。尽管《题画诗类》并非刻意求全，但其规模仍使得它成为中国古代题画诗集的集大成之作。它也影响了后世《清人题画诗选》等诸多题画诗文集的编选。

第九章　《御定历代题画诗类》的陈设与流布

《题画诗类》一书在康熙四十六年刊成进呈之后，便跻身于官修之列。事实上，清廷刻书的主要目的之一就是满足宫中陈设和存藏的需求。当代学者朱赛虹曾撰文讨论清宫内府藏书的地点以及藏书逐步雄厚的过程，文中提到其时在外朝、内廷、景山、西苑以及清漪园、圆明园等皇家园囿和行宫的诸多位置都有书籍陈列布置，用以满足皇帝所到之处能随时阅览图书和清廷永续珍藏的需求①。那么像《题画诗类》这样的官员承刻本是否像其他官修书籍一样，在宫中多处陈设收藏并发挥它的作用呢？如果有的话，具体情况如何。除陈设之外，它的流传情况又如何？这些问题是本章要探讨的重点。

第一节　《御定历代题画诗类》在宫廷的陈设

一　内廷陈设康熙四十六年本情况

在清代，内务府每年对所辖各处殿堂陈设物品进行清点，记录了各殿物品的陈放实况，将包括书籍在内的各类物品一一登记在册，因此有大量陈设清册留存至今，是今人了解清宫陈设史实的一手资料②。经查阅发现，《题画诗类》在内廷各处有广泛的陈设，所陈设的皆为康熙四十六年刊本。表9.1 兹以陈设地点为线索，将状况进

---

① 朱赛虹：《全面依赖与掌控——清宫书籍事业视域内朝廷与地方的互动》，《法国汉学第17辑：权力与占卜》，北京：中华书局，2016年，第102~104页。

② 李福敏：《故宫博物院藏清内务府陈设档》，《历史档案》2004年第3期。

行了统计。不同时期陈设档对同一地点同一陈设的记录，也一并列入，以"同上"字样标记。

表9.1 内务府陈设档所载清代内廷陈设《题画诗类》情况

陈设位置	记录详情	文献来源
建福宫	御定历代题画诗类一部计四套	延春阁建福宫现设陈设（光绪二年立）
	（同上）历代题画诗类一部四套	乾清宫等处书目（光绪年内府钞本）
	（同上）历代题画诗类四套	咸福宫等处书目（道光年内府钞本）
延春阁	东次间面北楠木书格一堆 西格头层二层设 御定历代题画诗类一部四套	延春阁现设陈设档（道光十九年六月立）
静怡轩	御定历代题画诗类一部计二十四本	静怡轩木器钟表书籍路设陈设账（"宣统七年"六月立）
重华宫	御定历代题画诗类一部计四套	重华宫各殿新书账（同治二年六月立）
宁寿宫	光绪三十一年十二月十九日（买）殿板历代题画诗类一部 计四套	宁寿宫书目（光绪年内府钞本）
	光绪三十二年十一月初八日（买）殿板御定题画诗一部四套 殿板御定题画诗一部四套	宁寿宫书目（光绪年内府钞本）
养性殿	御定历代题画诗一部计四套	养性殿书目（清内府钞本）
	历代题画诗类一部计四套	
	殿板题画诗一部计四套	
符望阁	（现设）御制历代题画诗类一部 三套	符望阁陈设（清钞本，年代不详）
倦勤斋	南间随墙格内第一层 御制历代题画诗类一部一套	倦勤斋陈设册（清钞本，年代不详）
古董房	第六格 御定历代题画诗类十二部 每部四套	古董房并抄产库存书籍（同治七年立）
	第七格 御定历代题画诗类一部 二套	

续表 9.1

陈设位置	记录详情	文献来源
景阳宫	御书房殿内明间 第八格 御定历代题画诗类一部二十四 （黄色浮签："宣统八年"七月二十五日 上要去 安 养心殿）	景阳宫静观斋御书房古舰斋书目（上函）（光绪年内府钞本）
景阳宫	景阳宫殿内 北间第一格 御定题画诗类十二部 每部各四套 御定题画诗类一部二套	景阳宫静观斋御书房古舰斋书目（下函）（清内府钞本）
景阳宫	南间 第三格 御定题画诗类一部四套 （黄色浮签："宣统十一年"四月二十五日 上要去 安 毓庆宫）	景阳宫静观斋御书房古舰斋书目（下函）（清内府钞本）
景阳宫	景阳宫正殿 御定历代题画诗二十四册无函	景阳宫清查书籍册（光绪二十年甲午七月）
长春宫	钦定历代题画诗类二夹板	长春宫书目（清末内府钞本）
长春宫	（同上）钦定历代题画诗类二夹板	长春宫书目（宣统末年内府钞本）
怡情书史	西次间第二格 历代题画诗类二夹板	怡情书史书目（民国年钞本）
昭仁殿	昭仁殿内 东立格 御定历代题画诗类 二夹板	昭仁殿书目录（宣统年内府钞本）

此外，《懋勤殿书目》还记载，在北里间地下北格第三格第三层有"历代题画诗类一部一套"，与《御选唐宋文醇》《佩文斋书画谱》放置在一起①。不难看出，在清代内廷有多处地点陈列或曾经陈列过《题画诗类》（图 9.1），每个地点所陈列的《题画诗类》大多仅一部，有两个例外：内东路的景阳宫和古董房分别藏有十五部和

---

① 《懋勤殿书目》卷一，清东武刘氏味经书屋钞本，陈红彦主编《国家图书馆藏稀见书目书志丛刊》第 20 册，北京：国家图书馆出版社，2017 年，第 367 页。

十三部之多。景阳宫在清代已成为收贮图书之地①，古董房则是存储古玩器皿等物品场所，亦收贮图书，所以这两个地点的多部《题画诗类》乃是贮存之用，而非陈列架上供随时阅览。

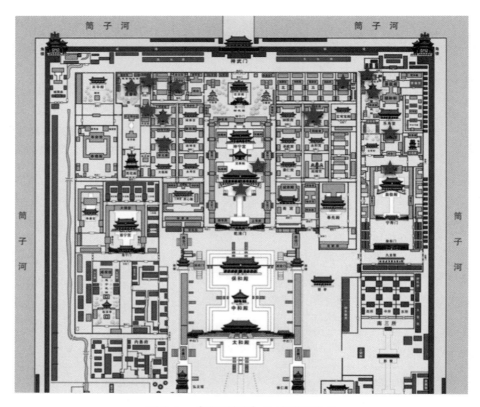

图9.1　《题画诗类》内廷陈设地点

1924年清室被逐出紫禁城后，由民国执政府组织的清室善后委员会对故宫各殿留存物品进行了大规模清点，陆续完成了《故宫物品点查报告》。涉及《题画诗类》的点查工作，基本在民国十四年至十五年完成。这份珍贵的报告保留了1924年清朝末代皇帝溥仪（1906～1967年）离开紫禁城后《题画诗类》在大内分布的珍贵信息，据此能够对20世纪初期《题画诗类》在紫禁城内最后的陈列踪迹进行比较有效的复原。兹整理如下（表9.2）。

―――――――――――

① 章唐容辑：《清宫述闻》卷五，《近代中国史料丛刊》第一编，台北：文海出版社，1966年，第418页。

表9.2 《故宫物品点查报告》中所载民国初年《题画诗类》陈列情况

位置	描述	来源
昭仁殿	24 御制历代题画诗类 （二夹二十四本 康熙殿本）	故宫物品点查报告 第一编·第三册·卷一
位育斋	303 历代题画诗类 （四函二十四册）	故宫物品点查报告 第一编·第五册·卷四
位育斋	354 殿板历代题画诗 四函 （二十四本）	故宫物品点查报告 第一编·第五册·卷四
位育斋	716 钦定历代题画诗 四函 （二十四本殿版）	故宫物品点查报告 第一编·第五册·卷四
古鉴斋	7 题画诗类 四部 （每部四函 各二十四本 殿本）	故宫物品点查报告 第二编·第五册·卷三
古鉴斋	8 题画诗类 二函 （十二本殿本）	故宫物品点查报告 第二编·第五册·卷三
古鉴斋	28 御定题画诗类二部 （一部三十本 一部三十本）	故宫物品点查报告 第二编·第五册·卷三
古鉴斋	63 御定题画诗类五部 （各二十四本）	故宫物品点查报告 第二编·第五册·卷三
景阳宫·后院东北角小库 前院东厢及西厢等处	45 御定历代题画诗类 （二九本）	故宫物品点查报告 第二编·第五册·卷四
景阳宫·后院东北角小库 前院东厢及西厢等处	50 历代题画诗类 （一本）	故宫物品点查报告 第二编·第五册·卷四
惇本殿	67 历代题画诗类四函 （二三本 以上西配房北屋）	故宫物品点查报告 第二编·第七册·卷一
体顺堂及各厢房附补号	2176 殿版御定历代题画诗 （廿四册）	故宫物品点查报告 第三编·第四册·卷三
萃赏楼	592 钦定历代题画诗类 （三函三十本）	故宫物品点查报告 第四编·第一册·卷五
南三所	617 题画诗类六函二十四本 （潮湿）	故宫物品点查报告 第四编·第三册·卷五
寿康宫	71 历代题画诗类 （二本）	故宫物品点查报告 第五编·第一册·卷一

《故宫物品点查报告》有一定的承前启后性。承前即上呈清宫陈设档，启后即可与后来故宫博物院文物登记系统里的信息进行比对。《故宫物品点查报告》登记在册的民国初期紫禁城所遗存《题画诗类》数量，少于表 9.1 所整理的清宫《题画诗类》之陈设数量。但它与现今故宫博物院文物系统中所遗存的"旧藏景阳宫""旧藏位育斋"等情形相吻合。《故宫物品点查报告》所列《题画诗类》数量减少也许与书籍流失和散佚有关，关于这个问题将在下一节进行讨论。此外，引人注意的是体顺堂的那部《题画诗类》。体顺堂位处养心殿后殿东侧，是溥仪的起居活动区域，这部《题画诗类》应当与 1916 年从武英殿移至养心殿的那部是同一部。它与《英文话匣本》《伊索寓言》《家庭黑幕大观》等新式休闲娱乐读物并置，显示出溥仪对题画诗的个人阅读兴趣。

二 皇家园囿、行宫等处陈设康熙四十六年本情况

清宫陈设图书并不囿于内廷，而是遍及皇帝所到之处，特别是较固定的园囿行宫。除内廷外，《题画诗类》刻成后也进入各主要皇家园囿的藏书陈设，本小节就将整理其情况。

（一）京内苑囿

第一个已知的陈设地点是距离大内不远的西苑三海一带。同治八年（1869 年）《瀛台陈设档》记载，在中南海瀛台东里间宝座面西紫檀边波罗漆心炕桌上设"《御定历代题画诗类》一部（四卷）"①。同治十三年（1874 年）《承光殿陈设档》则记载，北海团城的承光殿敬跻堂，其书格东间第五格第一层设"《历代题画诗类》一部（四套）"②。

第二个地点是静明园，即玉泉山，位于北京西山东麓、颐和园西侧的玉泉山脚下。清康熙十九年（1680 年）将玉泉山辟为行宫，名"澄心园"，三十一年（1692 年）改名为"静明园"。乾隆十五年（1750 年）再次大加修葺，增建了玉峰塔等景观。清代静明园藏书至少有百余部，其中界湖楼陈设有一部《题画诗类》。笔者搜寻到最早的陈设档记录产生于嘉庆十七年（1812 年）：楼下明间面南设宝座床三张，床

---

① 铁源、李国荣编：《清宫瓷器档案》卷三十五，北京：中国画报出版社，2008 年，第 267 页。

② 铁源、李国荣编：《清宫瓷器档案》卷三十七，第 18 页。

上两边安紫檀炕案一对，左案设白凤盘、玻璃炉瓶盒、扁方瓶，右案则设《御定历代题画诗类》一部四套，两案下设《御制古稀说》一部，清字《御制盛京赋》一部等①。不晚于道光十六年（1836年），静明园新陈设一部《题画诗类》于十六景之一的溪田课耕（图9.2），此处靠东墙地安紫檀案一张，上设乙纹樽、三足炉、梅瓶等物，以及《御定历代题画诗类》一部四套②。

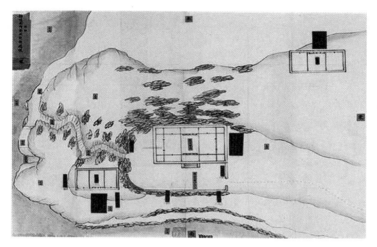

图9.2 《静明园内溪田课耕图样》（中国国家图书馆馆藏样式雷图，纵65、横49.5厘米）

第三个地点是静宜园，即香山，清代北京西郊皇家园林之一。清圣祖曾临香山行宫等处，并有题额。乾隆十年（1745年）始，即在旧行宫之基址上，廓香山之围墙，成为后来的规模。据不完全统计，清代静宜园藏书约200部左右，其中有《题画诗类》一部在森玉笏西北侧的晞阳阿，此处"北间格顶上安雕花梨木柜格一对，上设《钦定新疆识略》二部四函，《皇清开国方略》一部四函；南间罩外靠北墙设《全唐诗录》一部；靠方窗地安紫檀琴桌一张，上设《御定历代题画诗类》一部四函，《钦定春秋传说汇纂》一部四函"③。

第四个地点是清漪园，即颐和园的前身，坐落在北京西北郊，是现存最大最完

---

① 中国第一历史档案馆编：《清代皇家陈设秘档：静明园》卷一，北京：文物出版社，2016年，第174页。

② 同上，第1830页。

③ 引自朱赛虹：《清代皇家苑囿藏书寻踪：静宜园》，《中国典籍与文化》2000年第2期。

整的古典皇家园林。清乾隆十五年（1750 年）开始建造，二十九年竣工，历时 15 年。咸丰十年（1860 年）被英法侵略军焚毁。光绪十二年（1886 年），慈禧太后挪用海军军费 8000 多万两重修万寿山前山，并更名为颐和园。全园占地 4350 亩，由山（万寿山）、湖（昆明湖）和宫殿区三部分组成。颐和园收藏书籍近 200 部，包括《题画诗类》多部。

嘉庆十二年（1807 年）《内务府堂清册·畅观堂等处陈设清册》记录睒佳榭面西楠柏木包镶床三张，左边紫檀炕案"上设《御定历代题画诗类》一部四套（二十四本)"①。这一部道光十六年（1836 年）仍在原处②。

同年《写秋轩陈设清册》记载万寿山东坡圆朗斋明间面南安填漆案一对，左案夹当设"《御定历代题画诗类》一部四套"，右案设"《大清会典》一部四套、《大清会典则例》一部二十套"③。嘉庆十七年（1812 年）仍在④。嘉庆十二年的这两笔记录也是颐和园陈设《题画诗类》最早的记录。

道光十六年（1836 年）《养云轩陈设清册》则记载养云轩明间罩内东墙紫檀边黑彩漆心琴桌上放置"《御定历代题画诗类》一部四套"⑤。至咸丰九年（1859 年）养云轩陈设的这部《题画诗类》仍在原处⑥。

道光二十三年（1843 年）《勤政殿等处库贮陈设清册》记勤政殿北库有"《御定历代题画诗类》一部八套"⑦。至道光二十九年（1849 年）仍在北库⑧。

道光二十四年（1844 年）《鉴远堂等处陈设清册》记鉴远堂寝宫罩内东墙安花梨琴桌一张，上设"《历代题画诗类》一部四套"⑨。晚至咸丰七年（1857 年）此书

① 中国第一历史档案馆、北京颐和园管理处编：《清宫颐和园档案》陈设档收藏卷二，北京：中华书局，2017 年，第 608 页。
② 中国第一历史档案馆、北京颐和园管理处编：《清宫颐和园档案》陈设档收藏卷九，第 3822 页。
③ 中国第一历史档案馆、北京颐和园管理处编：《清宫颐和园档案》陈设档收藏卷三，第 1009 页。
④ 铁源、李国荣编：《清宫瓷器档案》卷二十九，第 376 页；参见朱赛虹：《清代皇家苑囿藏书寻踪：清漪园》，《中国典籍与文化》1999 年第 4 期。
⑤ 中国第一历史档案馆、北京颐和园管理处编：《清宫颐和园档案》陈设档收藏卷七，第 3298 页。
⑥ 中国第一历史档案馆、北京颐和园管理处编：《清宫颐和园档案》陈设档收藏卷十七，第 7632 页。
⑦ 中国第一历史档案馆、北京颐和园管理处编：《清宫颐和园档案》陈设档收藏卷十，第 4535 页。
⑧ 中国第一历史档案馆、北京颐和园管理处编：《清宫颐和园档案》陈设档收藏卷十四，第 4691 页。
⑨ 中国第一历史档案馆、北京颐和园管理处编：《清宫颐和园档案》陈设档收藏卷十，第 4623 页。

未曾被移动①。

除以上京城西北郊的四处皇家行宫外，还有京城北郊今昌平小汤山的汤泉行宫。乾隆三十八年（1773 年）《汤泉行宫后宫各所陈设铺垫等项物什清册》记瞻睐烟云殿明间戏台上影木几腿案一张（裂），上放置"题画诗类一部四套（二套各七本二套各八本）"②。这是已知关于《题画诗类》最早的陈设档记录。汤泉行宫主要供皇帝及其随行泡汤洗浴，这里的图书陈设显示出他们在泡温泉之余，也会进行阅读、学习活动③。从以上多笔陈设档和前人研究整理情况可见，《题画诗类》曾一度广泛陈设于清宫在京内的皇家园囿之中，以资装点宫室，随时取阅之，且一旦放置其中，便不会再有大规模移动。这也是清宫园林园囿陈设图书的普遍做法。

（二）京外行宫

陈设《题画诗类》的京外"重镇"是热河行宫，即避暑山庄，它是清代最大的离宫型苑囿，距北京约 250 公里，是康熙帝北巡围猎时，在沿途中修建的行宫之一。初建时为 36 景，乾隆时又扩建、改建，增加 36 景，称 72 景。避暑山庄作为清代帝王活动的中心之一，也是图书陈设的重点。

民国二十三年（1934 年）三月出版的《图书馆学季刊》第八卷第一期上发表了《清热河避暑山庄各殿宇陈设书籍目录》，此目录是清光绪二十年（1894 年）点查文津阁四库全书时一并点查的，原奏云凡七万一千七百三十八卷。在这份目录中，记录了书名、部数、卷数、著者或刊刻者，有的兼记版本、纸张，但不录原藏地点，版本亦有不详者。确切地说，它是一份点查各殿书籍的总清单。据此无法确知它们曾经陈设在哪个殿宇之中④。关于《御定历代题画诗类》的具体典藏地点，经查找《清宫避暑山庄档案》和《清宫瓷器档案》发现，有关《题画诗类》的陈设档集中嘉庆和光绪两朝。其中嘉庆朝有如下五笔记载：

1. 嘉庆四年十二月《含青斋分下创得斋斾檀林等处陈设铺垫漆木器皿等项清档》记录，斾檀林殿五间之北次间西墙紫檀案上，置"高宗御定历代题画诗类一部

---

① 中国第一历史档案馆、北京颐和园管理处编：《清宫颐和园档案》陈设档收藏卷十六，第 7377 页。

② 同上，卷十三，第 38 页。

③ 李国荣、覃波：《清代内务府陈设档的编纂出版及其珍贵价值》，《历史档案》2014 年第 2 期。

④ 朱赛虹：《清代皇家苑囿藏书寻踪：热河行宫》，《中国典籍与文化》2000 年第 4 期。

四套";

2. 嘉庆五年十二月《如意洲分下无暑清凉法林寺等处陈设铺垫漆木器皿等项清档》记东寝宫内铁梨厢榆木翘头案上置"高宗御定历代题画诗类一部四套",二殿五间之明次间靠北窗设榆木几腿案一张,上置"高宗御定历代题画诗类一部四套";

3. 嘉庆十三年十二月《月色江声等处陈设铺垫漆木等项清档》记载月色江声头层殿东次间北格设"《历代题画诗类》四套";

4. 嘉庆十四年十二月《含青斋分下□□□等处陈设铺垫漆木器皿等项清档》记敞晴斋楼二间之楼下东间东墙靠墙有填漆炕案一对,右案上置"高宗《御定历代题画诗类》一部四套";

5. 嘉庆十九年十二月设《□□等处陈设铺垫漆木器皿等项清档》记秀起堂一静含太古山房一带的不遮山楼,南稍间罩内面西宝座床右洋漆楇上,置"高宗《御定历代题画诗类》一部计四套(书有迹藏)"。

而光绪年间的记载如下:

1. 光绪十一年(1885 年)十二月《含青斋分下广元宫陈设铺垫等项清档》记载含青斋分下广元宫楼下东间填漆炕案,右案设"高宗钦定《历代题画诗类》一部四套"[1];

2. 光绪十一年(1885 年)十二月《含青斋分下旃檀林陈设铺垫等项清档》记含青斋分下旃檀林北次间西墙紫檀琴桌上,设"高宗钦定《历代题画诗类》一部四套"[2];

3. 光绪二十四年(1898 年),含青斋广元宫楼下东间填漆炕案,右案设"圣祖钦定历代题画诗类一部四套"[3];

4. 光绪三十年(1904 年)十二月《含青斋分下创得斋陈设铺垫等项清档》记敞晴斋楼二间之楼下东间填漆炕案一对,上置"圣祖仁皇帝钦定《历代题画诗类》一部"。

由上可见,热河行宫一度陈设有至少五部《题画诗类》,是除紫禁城外陈设《题

---

[1]　铁源、李国荣编:《清宫瓷器档案》卷四十,第 220 页。

[2]　同上,卷四十,第 418 页。

[3]　同上,卷四十五,第 374 页。

画诗类》数量最多的地点。其中莎檀林、含青斋、不遮山楼位处西北部山区，而如意洲（图9.3）、月色江声（图9.4）则在湖区，范围跨度很大。光绪二十五年（1899年）五月二十六日热河总管世纲、副总管英麟《园内各殿宇陈设书籍书目清单》开列"圣祖钦定《历代题画诗类》五部（各一百二十卷 陈邦彦敬刊）""《御定历代题画诗类》一百二十卷"。这个数字与嘉庆年间陈设档记载热河行宫有五部《题画诗类》也比较接近，可相互印证。

图9.3 《热河行宫全图》中描绘的如意洲（美国国会图书馆藏）

图9.4 《热河行宫全图》中描绘的月色江声（美国国会图书馆藏）

　　清大内和园囿行宫等处的陈设，自康熙时已开始布局，之后各代有所增减。《题画诗类》自康熙四十六年刻成起陆续入藏，其陈设位置比较固定，尤其是在园囿中的陈设，基本未曾移动，直至清末均未撤回。这些陈设用《题画诗类》不仅方便皇帝及其家庭成员随四处移动而翻阅，也为皇室起居环境增添了文化气氛。

（三）寺庙、王府

　　除上述京内皇家园囿和京外皇家行宫之外，在京城的皇家寺庙和王府也曾于清代收藏或陈列《题画诗类》，根据相关陈设档案兹整理如下（表9.3）。

表 9.3　皇家寺庙与王府藏贮《题画诗类》情况

地点	文献来源	记录详情
雍和宫	海棠院清晖娱人高云情殿座陈设清册（嘉庆五年十月钞本）	题画诗类一部 四套计二十四本　套微有虫蛀
雍和宫	海棠院清晖娱人高云情殿座陈设清册（道光二十四年钞本）	题画诗类一部 四套计二十四本　虫蛀
多福轩	多福轩格架书目（光绪年钞本）	多福轩格架　第四格 御定历代题画诗一部一匣
多福轩	多福轩格架书目（光绪年钞本）	多福轩格架　第九格 御定历代题画诗类一部四函
乐道堂	乐道堂书目（光绪年钞本）	（另粘红签） 历代题画诗类
庆宜堂	乐道堂书目（光绪年钞本）	御定历代题画诗一部四函

　　雍和宫的《题画诗类》陈设在东书院清晖娱人殿，殿内有鸂鶒木椅子一张，左右设面南书格六架，《题画诗类》在左三格中。此陈设自嘉庆五年至道光二十四年（1800～1844年）保持不变。雍和宫原本为胤禛府邸，乾隆年间改为喇嘛庙，但东书院还保留着雍亲王府时代的器物。东书院又称东花园，在雍和宫东墙外，早在雍正三年（1725年）就进行了全面修葺，乾隆年间又进行了扩建，形成了以大和斋、五福堂为中心的园林建筑①。大和斋西面的花园称为"海棠院"，有二殿，即清晖室和

---

① 　对雍和宫东书房的修缮和使用情况参见赖惠敏《清乾隆时代的雍和宫》，"文献足征——第二届清代档案国际学术研讨会"会议论文。

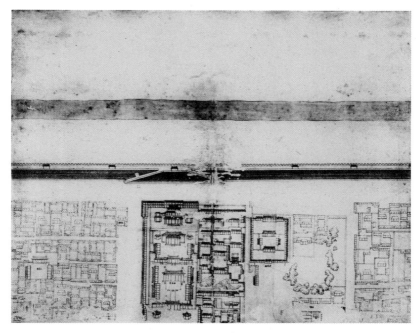

图 9.5　《乾隆京城全图》中所绘雍和宫平面图可见东书房建筑群（NII "Digital Silk Road"）

赏心斋（图 9.5）①。乾隆时，清晖室改称"清晖娱人"。东书院区域在雍正后成为皇帝在雍和宫、地坛等地举行仪式之后休息的区域，陈设于此《题画诗类》也可作闲暇之余的读物，供临时翻阅。

　　"多福轩""乐道堂"和"庆宜堂"则位于恭王府内。近年来对恭王府复原研究表明，"多福轩"位于恭王府府邸东路第三进院落，前方正对二宫门，推测为恭亲王奕䜣（1833～1898 年）会客与接见下属之用。多福轩后进院落主殿为面阔五间、进深六间、两卷勾连搭硬山卷棚顶"乐道堂"，为恭亲王日常居所②。同治四年（1865年）制作的"样式雷"显示，正殿北壁隔扇门两侧前有木架结构，为通壁书架。据1937 年测量，书架高 345 厘米，深 38 厘米，宽 180 厘米，内分 5 格，板厚 6.5～7 厘米。

----

① 关于"清晖室"的记载参见鄂尔泰、张廷玉等编纂《国朝宫史》卷十五；于敏中《钦定日下旧闻考》卷二十《国朝宫室·雍和宫》；震均《天咫偶闻》卷三。

② 常洁：《恭王府"多福轩"室内陈设复原研究》，《清代王府及王府文化国际学术会议论文集》，北京：文化艺术出版社，2006 年，第 87 页。

因恭王府自乾隆晚期开始至咸丰年间的百年间，历经和珅、和孝公主、庆亲王、恭亲王等多人之手，《题画诗类》进入王府的年代难以断定。《乐道堂书目》《多福轩书目》为恭亲王奕䜣整理自己藏书而成，《题画诗类》为恭亲王奕䜣所有的可能性为高。可以肯定，至少有一部《题画诗类》在 19 世纪中晚期进入了恭王府，陈列于主人日常起居的乐道堂和多福轩。

以上系统整理了已知清代陈列、存贮康熙四十六年刊《题画诗类》的情况，但上述宫廷陈列档成非一时，囿于文献资料的匮乏，很难建立起一个比较精细的历史档案，去精确定位每一部《题画诗类》在何年何月何日被陈列于某地，中间有无抽取、挪动、转移。当然有些记录的形成时间对我们确定《题画诗类》陈列的大致时间范围会有帮助，比如重华宫是乾隆初年由乾西二所改建，那么《题画诗类》被安放其间，必定要在重华宫落成之后了。此外，由于陈设档在历朝被反复记录、制作，在资料充足的情况下，将不同时期对同一个地点的陈设档对比来看，也可看出陈设有无更改、移动。比如就《题画诗类》在静明园的陈设而言，综合历年静明园陈设档，可以发现两部《题画诗类》皆未曾挪动。然而至光绪十一年（1885 年）制作的《静明园现存陈设什物印册》，就仅存一部于含晖堂了①。这一部《题画诗类》光绪二十一年（1895 年）仍在，此后去向不明。

皇家园囿、行宫等处陈设档显示出《题画诗类》自刻成之后被大量陈设放置于皇家宫殿、园囿、行宫等起居之所，甚至遍及皇家寺庙和宗室王府，与武英殿刻书和官员承刻本书并置，并无区分，《题画诗类》以此获得了与内府刻书同等的地位。这一过程也显示，清宫对宫廷直接管控的刻书系统所刻之书与大臣输资承刻之书，在地位和功能上并没有加以区分。

三　装帧、修缮

前人学者对武英殿修书处刻书的研究提到，官员承刻本、陈设本、颁赏本和通行本在纸墨和装潢上往往标准不同，官员承刻本最为考究②。《题画诗类》这样的官

---

① 中国第一历史档案馆编：《清代皇家陈设秘档：静明园》卷十六，第 9999 页。

② 参见杨玉良：《清内府书籍、经卷装潢艺术杂识》，《故宫博物院院刊》1987 年第 2 期。

员承刻进呈书籍在规制上是否有如此多的层级，尚未可知。道光二十年《武英殿造办处写刻刷印工价并颜料纸张定例开后》的"书作定例"留下了当时对《题画诗类》定下的装帧规格：与《古文渊鉴》《恭和诗》《满汉合璧四书》《朱子全书》《月令辑要》《资治通鉴纲目》《子史精华》《绎史》《骈字类编》等书一样，"每套锦、绢、绫俱行一尺三寸，布行二尺六寸、里缝绢、绫二寸，每三套用六十层合背二块。每本绢、绫俱行六寸，每十二页用纸一张。每连四纸副页六篇用纸一张，竹纸副页二篇用纸一张。每签十条绢、绫俱行六寸，每七十条用纸一张"①。查故宫博物院文物系统对院内藏《题画诗类》的描述，有 2 部有"原配撒（洒）金纸函套"，则内廷陈设的《题画诗类》部分曾配有洒金纸函套。就笔者寓目过的康熙四十六年刊《题画诗类》而言，书封有米色、瓷青色两种，皆为纸质，部分有半透明绵纸包裹的封面页，函套则为后配，仅就书封装潢和刷印质量来看，的确有所区别，推测较精良的是陈设专用。

　　《题画诗类》陈设于宫廷的上百年间，势必会有老化与破损。对《题画诗类》的修复维护，1917 年 7 月 26 日内务府呈稿《上交修书处〈御定历代题画诗〉等照样换皮包角等项事由单》记载：

　　　　上交《御定历代题画诗》一部、《篆文六经四书》一部、《草圣汇辨》一套、《草韵辨体》一套、《钦定同文韵统》一套，着修书处照样换皮、包角、串线，粘补虫蛀整齐，安面、签，划写，安挂签成，做樟木夹板七分，中间刻字，填绿挖槽，串黄带子。急，速要得。莫误。②

　　这次修补，很可能与溥仪对《题画诗类》浓厚的阅读需求有关，这则档案可与上一节谈到的 1916 年、1919 年两次移动殿内陈设《题画诗类》相互印证。

四　四库全书本的贮藏情况

　　上文整理了康熙四十六年本《题画诗类》的陈列、装帧和修缮情况，本小节则将探

---

①　中国第一历史档案馆、故宫博物院编：《清宫武英殿修书处档案》第二册，北京：故宫出版社，2014年，第 799 页。

②　中国第一历史档案馆藏："上交修书处《御定历代题画诗》等照样换皮包角等项事由单"，档号 05 – 08 – 033 – 000035 – 0041。

讨四库全书本《题画诗类》在清代的陈设情况。当然，《题画诗类》作为《四库全书》的组成部分，其陈设其实也就是《四库全书》的陈设。关于《四库全书》的研究已有很多，下文仅简要加以概括，以勾勒出《题画诗类》随四库全书的庋藏而分布各地的面貌。

第四章已经提到，乾隆四十七年《四库全书》告成后，先在北方建文渊、文溯、文源、文津四阁庋藏，又命再缮写三部，即所谓的"南三阁"。另有大内的摛藻堂和圆明园的味腴书屋两处各存放有两套《四库全书荟要》。七阁两荟要饱经沧桑，命运不同。京郊圆明园的文源阁毁于1860年英法联军之役，镇江金山寺文宗阁和扬州大观堂文汇阁皆毁于咸丰三年太平军战火，此三阁阁书遭毁①。杭州文澜阁情况最为特殊，下文将单独介绍。最终只有文渊阁、文津阁和文溯阁《四库全书》和摛藻堂《荟要》较为完整地保存下来。因文渊阁、文津阁和摛藻堂本皆已全文影印整理出版，情况比较明朗，可以确定《题画诗类》曾作为这三套抄本的组成部分，一度庋藏于大内和热河行宫（图9.6）。

原藏盛京的文溯阁本虽未见出版，但据清光绪三十三年（1907年）十月初八日《奉天行省总督徐世昌为抄送内务府恭存陈设等项清单事札内务府档房》查验盛京内务府存陈设件数，"文溯阁恭存书籍"一栏集部开列"自第四千一百三十三函起至第六千一百四十五函，共一千二百六十五种，内四千八百九

图9.6　钦定四库全书荟要排架图《题画诗类》的排布（故宫博物院本，书00006314号，内页30）

① 原本学界普遍认为文源阁书片纸不留，但近年来海内外陆续发现了零星散本。参见高夕果、王宝兰：《文源阁散佚之〈四库全书〉考》，《文物天地》2016年；刘玉才：《日藏〈四库全书〉散本杂考》，《文献》2006年第4期。

十二函缺四卷，四千九百函缺一卷"①。则时至清末，文溯阁四库本仍比较完整，《题画诗类》当作为文溯阁四库书的一部分，庋藏在盛京。

对于其他几阁《题画诗类》的情况，只能通过一些间接的证据来推测。首先是镇江文宗阁和扬州文汇阁。嘉庆年间造册有《文宗阁四库全书装函清册》（中国国家图书馆藏，索书号12915）②，此为清代抄本不分卷，无界栏、版心，册中即开列"《御定历代题画诗类》六函"。因此可以肯定，文宗阁四库书架上藏有《题画诗类》。

镇江文宗阁和扬州文汇阁普遍认为彻底毁于太平天国战火，片纸不存。不过，其时似乎一度有传言曰二阁有幸存之书。同治四年（1865年）五月十四日，学者莫友芝（1811～1871年）上书曾国藩云："比至泰州，遇金训导长福，则谓扬州库书，虽与阁俱焚，而借录未归与拾诸煨烬者，尚不无百一之存。长福曾于甘泰间三四处见之，问其人，皆远出，仓卒无从究诘。以推金山库书，亦必有一二悬存者。"③但迄今为止尚未发现这两阁四库书的沧海遗珠，也更无从讨论残本中是否有《题画诗类》的吉光片羽了。

其次是杭州文澜阁书，命运则更加曲折坎坷。杭州圣因寺旧有藏经阁贮藏《钦定古今图书集成》一部，四库书成后藏经阁改建为文澜阁，收入完整的一部四库书共36271册（含总目、考证227册）④。排架仿北京文渊阁，其中第三层藏集部，共二十八架，二千十六函，《题画诗类》当位列其间。道光四年（1824年）杭州商人金裕新查造《文澜阁四库全书书目清册》（中国国家图书馆藏，索书号t5018）明确记载，文澜阁四库书集部有《题画诗类》三十八册⑤。

咸丰十年（1860年）二月，杭州城被太平军攻下，三月退兵，次年十一月又再次破城，至同治三年（1864年）才克复。期间文澜阁书虽未遭火劫，但阁圮书散。太平天国战火平息后清点，所藏《四库全书》仅余8140册⑥。不过早在同治元年

---

① 杨丰陌、赵焕林、佟悦主编：《盛京皇宫和关外三陵档案》，沈阳：辽宁民族出版社，2003年，第87页。

② 关于这部清册的造册时间、内容和价值，参见琚小飞、王昱淇《嘉庆朝〈文宗阁四库全书装函清册〉考》，《历史档案》2017年第3期。影印本收入陈红彦编《国家图书馆藏稀见书目书志丛刊》第15册，第426页。

③ 张崟：《文澜阁四库全书史稿》，王国平主编《西湖文献集成》第十辑，杭州出版社，2004年，第159页。

④ 数据见张宗祥《补抄文澜阁四库全书史实》，见王国平主编《西湖文献集成》第十辑，第380页。一作35990册（《两浙盐法志》），又一作36484册（《光绪间旧档册数》）。

⑤ 金裕新：《文澜阁〈四库全书〉书目》第二册，清抄本，无页码。

⑥ 张崟：《文澜阁四库全书史稿》，第176页。

（1862 年），杭州丁丙、丁申二兄弟即已开始为恢复文澜阁本《四库全书》四处奔走。起初他们的精力主要在搜集四库残本，光绪六年（1880 年）年后，随着复建文澜阁提上日程，又有补抄阁书之议。自光绪七年至光绪十四年，七年间丁氏补写成书二百余种，虽未最终完成，但已补齐文澜阁本的 70% 以上①。1911 年，浙江公立图书馆建成，将阁书移至馆中。1915 年（乙卯），图书馆馆长钱恂先生合公款及捐款 6000 余元，补抄缺书缺卷 250 种，是为"乙卯补抄"。1923 年（癸亥），浙江教育厅长张宗祥又发起抄写未补竟之书，由堵福诜监理，往来京杭之间，是为"癸亥补抄"。文澜阁四库书根据不同底本补抄，有的底本优于早年编纂四库全书所用底本，使得当前存续的文澜阁四库书有别于保存比较完整的文渊阁、文津阁和文溯阁本，具有独特的面貌。

根据《文澜阁四库全书燹后原钞表二——奇零残缺者》一表，文澜阁内原有《题画诗类》120 卷 38 册已在太平天国战乱期间尽散。丁氏发起的第一次大规模补抄，抄得《题画诗类》卷 1 ~ 60 和 103 ~ 120，共计 78 卷 25 册，但并未抄完②。余下的 13 册在 1923 ~ 1925 年"癸亥补抄"中才得以补齐③。民国十八年（1929 年）顾颉刚序《文澜阁目索引》记录当时的文澜阁四库本《题画诗类》④。

卷数	册数	类别	部别	厨数	号数	备考
120	38	总集	集	26	1083	丁氏补抄者计十三册

因此，目前文澜阁四库中的《题画诗类》，是前后两次补抄之后的全本，已非原帙。可惜的是文澜阁四库书眼下难得一见，无从得知其面貌，更无法探究两次补抄《题画诗类》选用的底本是文渊阁本抑或其他版本。

第二节　《御定历代题画诗类》的流布

清代前叶的图书流通渠道多种多样，大致可分为官方渠道和民间渠道，前者包

---

① 过程见堵福诜《丁氏补抄文澜阁四库全书缺简记》，见王国平主编《西湖文献集成》第十辑，第 176 ~ 179 页。

② 张鉴：《文澜阁四库全书史稿》，王国平主编《西湖文献集成》第十辑，杭州出版社，2004 年，第 303 页。

③ 具体过程见张宗祥《补抄文澜阁四库全书史实》，第 379 ~ 394 页。

④ 杨立诚编：《文澜阁目索引》，杭州：浙江省立图书馆，1929 年铅印本，第 248 页。

括赏赐颁发、征订、寄销等，后者则有书摊、店铺、书船、图书租赁等形式①。本节即将探讨《题画诗类》经由这两条渠道的流传散布情况。

一　赏赐、颁行

内府刻书的一个重要功能就是满足皇室赏赐之用，以宣示皇权。一般来说，赏赐对象包括皇族成员、大臣、外国使节等。《题画诗类》属广义内府刻书系统，也承担了此项功能。《题画诗类》甫一书成递至北京，陈邦彦首先进呈皇帝，两日后又进呈皇太子胤礽四十部。根据陈氏日记记载，皇太子收下二十部自用，又专门收五部作赏赐他人用：

> （四十六年十月三十日）进东宫《题画诗类》四十部，收廿部，又收五部赏人。（I－p334）

可惜这二十部的下落已无从追究，赏人的五部可能很快流出宫外。除胤礽外，也有其他皇子设法获取《题画诗类》。康熙五十六年四月初七日，陈邦彦日记记皇四子"来求《题画诗》四部去"（II－p204）。皇四子胤禛此举，或是为了赏赐他人，或许也可能为了满足自己的藏书需求。此时距离《题画诗类》刻成已有十年时间，而皇子仍然在向陈邦彦这位承刻者索求《题画诗类》，这说明在皇帝之外的其他宗室成员要获得官员私人承刻的御制书籍，特别要获取数量较大的副本时，通常会以承刻人为首要获得来源。

《题画诗类》的颁赏在康熙朝之后仍在继续。嘉庆十九年（1814 年）九月初五日上谕档《拟赏各种书籍清单》记录，赏赐庆郡王永璘"《圣祖仁皇帝御制诗三集》二部、《万寿盛典》一部、《历代题画诗类》一部、《佩文斋咏物诗选》一部、《日知荟说》一部、《性理大全》一部，共计书一百四十本"。此次赐书除庆郡王之外，也有其他多名宗室成员和军机处、南书房、内务府大臣获赐。从所赐书的种类来看，基本都是御制书。可想而知，这种颁赏行为也有加强宗室成员身份认同，不忘前代文治的意

---

① 朱赛虹等：《中国出版通史·清代卷》（上），第 264～284 页；孙文杰：《清代图书流通传播渠道论略》，《图书与情报》2012 年第 6 期。

味在其中。

内府修书编印完成后，除宫中陈设、赏赐和留存一定数量之外，有时也会刊刻若干通行本颁发到地方①。如康熙五十二年（1713 年）《御纂朱子全书》即颁发两京及直隶，两年后又颁发了《御纂周易折中》。地方上的县学、州学、府学等各级教育机构会贮藏中央颁发的书籍作为"钦定"的权威版本用于教学。不过，《题画诗类》起初很可能并不在颁行地方之御制书的行列，一方面是由于其属于集部的文学类书籍，比起经史类"正统"书籍，显得较为次要。另一方面，《题画诗类》官员承刻本的身份更限制了向外通行。关于这一点，乾隆三十九年（1774 年）五月《履郡王永瑆等奏酌拟存留武英殿修书处库贮各种书籍折》中明确提到："又有自康熙年来臣工陆续奏进之书，向例不在通行之列。如《佩文韵府》，现存一千九十余部，此即外进之一种。其他《性理精义》《御选唐诗》《朱子全书》等类，现存六七百部至一二百部不等。充溢库内，不特书籍繁多，日久存贮为难，且安放多年，将来保无霉蠹。"②可见康熙年间的部分官员承刻本一直堆积在皇家书库中不见天日，直至乾隆年间，已达数十年之久。于是永瑆等建议："臣等公同商酌，请将前项书籍，无分外进内刊，凡数至一千部以上者，拟留二百部；一百五十部以上至六七百部者，拟留一百部；其一百五十部以下者，拟留五十部。此各种书籍，俱系原板初印，纸墨较通行者尤善。臣等仰体我皇上嘉惠士林有加无已之至意，合无请照通行书籍之例，概予通行，俾海内有志购书之人，咸得善本，必皆踊跃鼓舞，益感我皇上右文惠士之恩于无既矣。"③

其实在此之前，已经成立了武英殿通行书籍售卖处，这也标志着清代制度化售卖殿本书籍的主要机构，但售卖对象以武英殿刻书为主④。永瑆此折，将官员承刻本刻书纳入了售卖对象。然而仅就目前的文献记载，尚不能肯定这次"疏解"堆积如山的康熙官员承刻本行动是否涉及《题画诗类》。周启荣先生曾引用上折论证武英殿刻书不考虑市场需求，刷印过量，且不重视销售的效率，在库房中积压，但他没有

① 朱赛虹等：《全面依赖与掌控——清宫书籍事业视域内朝廷与地方的互动》，第 98 页。
② 中国第一历史档案馆编：《纂修四库全书档案》上册，第 206 ~ 207 页。
③ 同上，第 207 页。
④ 关于殿本书售卖的情形，参见杨玉良《清代中央官纂图书发行浅析》，《故宫博物院院刊》1993 年第 4 期。

注意到的是，原折所谈的是官员承刻本的问题，而非武英殿刻书。无论如何，这封奏折显示出进呈本刻书的流通性恐怕要低于普通宫廷刻书。

二 流散

《题画诗类》在清代已流布于江南地区。乾隆时期宁波藏书大家卢址（1725～1794年）的《抱经楼书目》即登记有"历代题画诗类 二十四本"①。至晚清，丁氏兄弟补全文澜阁四库的动议中，列举了一部分"就此习见""不难觅购"之书，其中也包括《题画诗类》②。目前难以肯定的是抱经楼所收以及丁氏兄弟所见到的书籍市场上的《题画诗类》究竟是何种形态，但从中至少可以一窥《题画诗类》在江南地区之流传。

本章第一节关于陈设的部分提到，《宁寿宫书目》记载"光绪三十二年十一月初八日，买殿板《御定题画诗》一部四套"，似乎当时宫中所存《题画诗类》数量应已经不多，反而需要从宫外购买。此外，故宫博物院现藏嘉庆二十二年本《题画诗类》一部，是否为后期买入，有待考察原书。无论如何，《宁寿宫书目》内多有"买""进""上交"等字眼，说明到了清末，包括《题画诗类》在内的清前中期内府刻书，其流动的方向已不再是宫内向宫外赏赐、颁行，而是反了过来，由宫廷向宫外采买或索求。由此也能够看出晚清时期宫廷与宫外在书籍的复杂互动。

清代统治终结后，民国时期的民间商业书市涌现出一大批康熙四十六年本《题画诗类》。书商基于每本的具体情况，以不同的价格出售。四川人吴虞（1872～1949年）《宜隐堂日记·壬申第一册》就记录了1932年在四川地区的书市上发现的几部《题画诗类》：

> 四月二十五日 星期一 五月三十号 晴
> ……在吴草庐书屋取回殿本《历代题画诗类》四十册，康熙刻早印，康千里书也。富晋书社定价四百六十元，八折（二十年目），直隶书局定价一百五十元（十九年目）。吴估索价五十元，大约四十元可买也。

① 卢址：《抱经楼书目》卷四，清抄本，陈红彦编《国家图书馆藏稀见书目书志丛刊》第15册，第40页。
② 丁午：《文澜阁购补遗书续议》，见王国平编《西湖文献集成》第十辑，第63页。

四月二十六日 星期二 五月三十一号 晴

……有泸州学生交《历代题画诗类》一册，欲求售，开化纸也。即富晋书
社所售四百六十元者，全书尚在泸州，予将此册携归。直隶书局所售一百五十
元者，乃竹纸也……

五月初三日 星期一 六月六号 晴

……老吴送康熙四十六年殿本，陈邦彦校刊《历代题画诗类》一部来，竹
纸，初印四十册，书根写好。北京直隶书价一百二十元，无折。沈靖卿云，此
后难得，劝予买之。至开化纸印者，沈靖卿云，当五六元一册矣。因与老吴讲
定三十五元，付价而去。此书遂为予有矣。有康千里印，其子所卖出也。①

吴虞日记共提到三部《题画诗类》皆为康熙四十六年刊本。一部竹纸刊印，为
康千里旧物，后被其子卖给草庐书屋店主老吴，又由老吴卖与吴虞，开价五十元，
成交价三十五元。一部在泸州，开化纸，价格高昂，富晋书社开价四百六十元。还
有一部为直隶书局所售，竹纸，开价一百五十元（又一百二十元）。可见 20 世纪 30
年代，在四川、北京书籍市场上有多部康熙四十六年本《题画诗类》被营销售卖，
且价格因用纸不同而差异悬殊。这一时期，《题画诗类》以其御制书的身份和精良的
制作获得了前所未有的商业价值，且随着电话、电报等新型通信工具以及完善的邮
政网络引入书籍交易，图书流动速度加快。

根据《吴虞日记》的记载，1932 年的成都物价，购买粗布二匹需一元六角，老
山洋参须一盒二元，餐馆虾仁一份一元六角半，脆皮鱼一份八角半，海椒鸡丝一份
六角半。吴虞在四川大学的月薪为二百二十元，他二月份全家的花销是一百九十四
元四角二仙。在当时来说，身为大学教员的吴虞收入是比较高的。他花费三十五元
购买的竹纸康熙四十六年版《题画诗类》，根据他的信息搜集，价格当属比较低廉实
惠，尚不足泸州开化纸版的十分之一。若要横向对比书价的话，吴虞日记中还提到
1930 年他从老吴处购得《雍熙乐府》三十册（有三册严重损坏），成交价十三元
（p490）。在书局买得《四库全书总目提要》，"连四纸印，五函四十二册"，花费二
十元（p563），此《提要》似后印本。又提到广州有《全唐文》售卖，"毫洋六十二

---

① 吴虞：《吴虞日记》第 2 册，成都：四川人民出版社，1986 年，第 626～628 页。

元"（p538）。后又云及广州本《全唐文》初印本，二十函一百元，"粤局单订本"八十元（p598）。由此也足可见富晋书社那部开价四百余元的《题画诗类》价格之高昂，无怪乎吴虞并没有出手购买。

查1933年北京《富晋书社旧书目录》（北平杨梅竹斜街青云阁），其中开列《御定历代题画诗》百廿卷，"康熙四十六年陈邦彦奉敕撰，殿版开花纸，最初印三十本，四套四百六十元"①。富晋书社出售的这部《题画诗类》应当就是《吴虞日记》所提到的那部。而几乎同时，1934年《上海富晋书社目》（上海汉口路云南路口）亦出售《题画诗类》一部，一百二十卷，为"康熙朝武英殿本竹纸 三十二本二函"，"原价六十六元，廉（价）三十六元"②。价格相差十倍有余。北京富晋书社所售《题画诗类》价格高企的原因，想必就在于"最初印"和"开花（化）纸"这两个因素上面。

三 迁移

探讨《题画诗类》的流散，另一条可行的路径是从存世康熙四十六年《题画诗类》上所留藏书家印记推测其收藏、传播的情况。

比如东京国立博物馆的藏本，钤有一系列"大云山房"印鉴，则此书原本的藏家或为该印鉴主人，清代文人恽敬（1757～1817年）。恽敬字子居，号简堂，江苏阳湖县（今常州市境）人，乾隆举人，官吴城同知。自幼喜爱骈文，后致力于古文，与张惠言同为"阳湖派"创始人。著作有《三代因格论》《大云山房文稿》等。恽敬以何种契机获得《题画诗类》，现已无从考证，但东京国立博物馆的这部藏本印证了乾隆时期《题画诗类》已经在江南一带的传播。

由藏书印看《题画诗类》流动的例子，再比如现藏于山东大学图书馆并进入第一批山东省珍贵古籍名录（编号3582）的一本《题画诗类》，上钤"陈印希濂"印记。陈希濂，字秉衡，号漷水，钱塘（今浙江杭州）人，嘉庆三年（1798年）举人，与翁方纲有交③。年五十谒选县令，殁于京邸。陈希濂雅好书画，精于鉴赏，现

---

① 《富晋书社旧书目录》上册，《民国旧书店售书目录》第六卷，哈佛燕京图书馆藏，第17页上。

② 《上海富晋书社目》上册，《民国旧书店售书目录》第八卷，第156页。

③ 李放纂辑：《皇清书史》卷八，第83～270页。

在存世的一些书画作品，如明徐渭的《水墨葡萄图轴》（现藏故宫博物院）上，即留有其印鉴。陈希濂的同乡，著名篆刻家陈豫钟（1762～1806年）曾在18世纪末至19世纪初多次为陈希濂冶印，比较有名的是刻有长篇边款的"希濂之印"。"陈印希濂"应也刻于这段时间，则可以肯定的是陈希濂曾收藏一部《题画诗类》，但尚不能肯定是在他家居杭州还是客居北京期间获得此书。

晚清《题画诗类》的流动，多与时局动荡，人员迁徙避难有关。香港大学所藏一本即是一例。"劬学斋藏"主人黄慕韩，又名黄裔（约1883～?），广东南海人。斋堂名为劬学斋、绮霞艹堂。家当收藏，典籍书画拓本罗列斋中，典籍中不少为孤本。好诗，曾遍游日本及国内名山大川，皆有吟咏。抗日战争爆发后，广州沦陷，他全家迁居香港避难，其家藏文物、图书等亦随之运往香港。黄慕韩藏书后多为香港大学冯平山图书馆购买，《题画诗类》即位列其中。

西南大学图书馆藏《题画诗类》钤有"少衡""白岩草菴主人窓滔氏周浩印"印，也是比较晚近的一个例子。印章的主人周浩（1881～1939年），字少衡，贵州遵义人，青年时期曾留学日本早稻田大学，后加入"同盟会"，1907年受孙中山命回国，谋划东三省起义，后被捕入狱。1911年任黄兴军总司令部参赞，1913年参加"二次革命"讨伐袁世凯。周浩一生适逢晚清大变革时期，颠沛流离，他是在何种情况下获得了这部《题画诗类》，令人寻味。从此书进入西南大学图书收藏来看，或许在1923年至1927年他任涪陵县知事之际。周浩一直对古书收藏颇有热情，近年曾有其求购《全唐诗》的书札流出，"厂肆搜求不得，惆怅无极"云云[①]。可见乱世之中，书籍市场未完全冻结，但《题画诗类》等清代御制书籍在其时颇显珍贵。

当然，能够显示《题画诗类》传播动力和路线的例证，更要关注此书流散海外的情形。对此，本书将在最后一章专文加以讨论。

四　民国图书市场上的康熙四十六年本《题画诗类》

周浩和吴虞的例子已经显示出，晚清至民国时期，《题画诗类》的流布呈现出从

---

① 此书札在北京海王村2017年秋季书刊资料文物拍卖会上进行了拍卖。https：//auction. artron. net/paimai‐art0070151231/，2021年8月1日获取。

宫廷收藏向民间加速流动的趋势，书籍市场在其中发挥了重要作用。除北京、上海的富晋书社外，20世纪二三十年代，有多部康熙四十六年本《题画诗类》在全国各地书肆出售，以下列举了笔者所整理的一些情况：

（1）民国十八年《邃雅斋书目》（北平琉璃厂）：

历代题画诗 殿本初印 竹纸二十四册 洋六十元①

（2）民国二十四年《邃雅斋书目》（北平琉璃厂）：

历代题画诗类一百二十卷 清陈邦彦 殿板初印 开花纸原装三十册（书品宽大）三百元②

（3）民国二十六年《邃雅斋书目》（北平琉璃厂）：

历代题画诗类一百二十卷 清陈邦彦 殿本初印 竹纸二十四册 九十元③

（4）民国二十年春季《直隶书局书目》（北平琉璃厂）：

历代题画诗类 殿板 初印 竹纸二十四册 洋一百元

历代题画诗类 殿板 竹纸十八册 洋四十元④

（5）民国二十四年《苏州来青阁书庄书目》（苏州护龙街嘉余坊巷口）：

历代题画诗类 康熙承刻 存二十余本⑤

（6）民国二十五年九月《松筠阁书目》（北平琉璃厂）：

历代题画诗类一百二十卷 清陈邦彦 殿板 开花榜纸 三十册（洁净初印）三百六十元⑥

（7）民国二十六年重订《文奎堂书目》（北平隆福寺街）：

御定历代题画诗类百二十卷 殿板 开花纸三十本 四百元⑦

这些散布在民国时期图书市场上《题画诗类》皆为康熙四十六年刻本，它们从何而来，仍待进一步考察，但其中大部分出现北京书肆的本子，与内廷、皇家园囿、寺

---

① 《邃雅斋书目》，《民国旧书店售书目录》第三十一卷，第48页。

② 《邃雅斋书目》，《民国旧书店售书目录》第三十二卷，第208页。

③ 窦水勇编：《北京琉璃厂旧书店古书价格》第3册，北京：线装书局，2004年，第2159页。

④ 窦水勇编：《北京琉璃厂旧书店古书价格》第1册，第204页。

⑤ 《苏州来青阁书庄书目》下册，《民国旧书店售书目录》第十一卷，第50页。

⑥ 窦水勇编：《北京琉璃厂旧书店古书价格》第2册，第1063页。

⑦ 窦水勇编：《北京琉璃厂旧书店古书价格》第3册，第2881页。

庙、王府等地藏书的大量流散恐怕有直接的关系。值得注意的是，绝大多数书目都将此书描述为"殿板"，一方面这是书肆售书的卖点，另一方面也呼应了本书第二章所谈到的，大小著录对此书实际刊刻地点以讹传讹，其渊源至少可上溯至民国初期。

除这些漂泊在书籍市场上的康熙四十六年本《题画诗类》之外，也有一些进入了民国公立图书馆，如南京的国民政府文官处图书馆即庋藏一部①，天津图书馆亦藏一部②。浙江公立图书馆"暂定观览类书目"亦有"清康熙四十六年陈邦彦奉敕编原刻本 五十六本"《历代题画诗类》一部③。而 1949 年部分图书文物迁台过程中，故宫博物院庋藏的部分图书也被迁运至台湾，其中亦包括数部《题画诗类》。1982 年对这批故宫善本旧籍整理普查编目而成的《台北故宫博物院善本旧籍总目》中著录康熙四十六年本《题画诗类》三部，分别为三十册、二十册和三十册④，即今日台北故宫博物院图书文献处所藏三部（排架号：927、527、846），这批《题画诗类》渡海迁台，映射出故宫书籍近百年来聚散的轨迹，它们与目前海内外一百余部存世《题画诗类》的流布背后，是更加宏大的社会、文化变迁。

第三节　小结

本章讨论了《题画诗类》一书各个版本在清宫的陈设、庋藏情况，以及此书在宫廷范围之外的流布。可以看出，《题画诗类》在有清一代发挥了与武英殿刻书无二的陈设功能，且通过陈设于内廷、皇家园囿、行宫，以及寺庙和王府，这部官员承刻本刻书也借此获得了某种正统地位。但宫禁森严，这些陈设本书的读者群应极其有限，除南三阁四库抄本之外，其余各本的读者恐怕仅限于皇帝及其亲眷，且就现有资料来看，只能确定末代皇帝溥仪曾翻阅过此书，不仅将两部《题画诗类》调换过存放地点，还曾命令修缮。另一方面，《题画诗类》在宫廷之外获得了流通与传

---

① 《国民政府文官处图书馆图书目录》，《明清以来公藏书目汇刊》第 9 册，第 317 页。
② 《天津图书馆书目》卷三十，《明清以来公藏书目汇刊》第 18 册，第 667 页。
③ 《浙江公立图书馆年报》，民国五年（1916 年）第 2 期，第 71 页。
④ 台北故宫博物院编：《台北故宫博物院善本旧籍总目》（下），台北故宫博物院，1983 年，第 1223 ~ 1224 页。

播，又有宫内从宫外买入的现象。到了 20 世纪二三十年代，北京、上海、成都等地的书籍市场上流通着为数不少的所谓殿板《题画诗类》，即康熙四十六年刻本，甚至有一些流传到了海外。从流通的广泛性看，这部具有私撰官修双重标签的《题画诗类》具有"多渠道"广泛传播的优势。而下一章就将专门讨论《题画诗类》在域外的传播情况。

第十章 《御定历代题画诗类》海外传播与影响

受法国年鉴学派影响，从 20 世纪 50 年代起，书籍史研究在西方开始兴起。近年来书籍史更加侧重书籍作为商品的面向，包括书籍在书籍市场中的可获得性、定价、流通渠道、消费等等，以及书籍如何被消费和阅读。此外，学界也开始摆脱纯粹的印刷技术和物质的研究视角，用文化史、社会史等学科的方法，研究书籍在人类的知识和观念如何通过书籍得到传播和交流。近年来，中国研究领域也出现越来越多书籍史研究成果，讨论涉及中国本土书籍的阅读史和消费情况，以及对身份建构、权利建构、知识体系等侧重社会学、人类学议题的思考等[1]。

本章将从书籍史的视角关注《题画诗类》在历史上的海外流传，这一议题属书籍交流史的部分，具体而言，就是汉籍在东亚地区的传播、阅读与影响，这一议题在东亚地区已经有大量学术成果问世。《题画诗类》的海外流传，就目前所掌握的资料来看，主要是在朝鲜、日本等东北亚邻国，其流动路径背后是汉文典籍在汉文化圈超越国别和地区的流动，以及汉文学与艺术之交流所构成的网络。

《题画诗类》在 18 世纪中晚期实现了向东亚周边国家的外传，目前笔者所掌握的资料主要包括朝鲜、日本两国。本章将探讨《题画诗类》在朝鲜、日本的传播情

---

[1] 这方面的学术综述参见 Cynthia J. Brokaw, "On the History of the Book in China." In Cynthia J. Brokaw and Kai – wing Chow eds., *Printing and Book Culture in Late Imperial China* (Berkeley, Calif: University of California Press, 2005), pp. 6 – 7; Tobie Meyer – Fong, "The Printed World: Books, Publishing Culture, and Society in Late Imperial China," *The Journal of Asian Studies*, 66 (3), pp. 787 – 817。关于海外中国书籍史研究，可参见涂丰恩《明清书籍史的研究回顾》，《新史学》2009 年第 20 卷；王一樵《近二十年明清书籍、印刷与出版文化相关研究成果述评》，《明代研究》2016 年第 26 期。

况，其中又以日本为重。《题画诗类》外传的情形如何？在外有无翻刻？如果有翻刻本，是在怎样的出版文化背景下产生？外传原刊本与翻刻版的出版者与读者群体是怎样的？又可以管窥 18、19 世纪中外书籍交流史的哪些问题？以上这些均为本章尝试探讨的问题。

第一节　流入朝鲜的《御定历代题画诗类》原书

《题画诗类》向东亚邻国扩散，首当其冲是清代与中国有比较密切沟通往来的朝鲜。清代中朝贸易有国境地带的边市和使行贸易两种形式，而书籍贸易主要仰赖后者。其时，朝鲜定期向清室所在地北京派出使臣，即所谓的访燕使。这些使者除常规的政治活动外，往往也会着意搜求汉籍，京城书肆集中的琉璃厂一带成为他们频繁出入的场所，朝鲜《燕行录》中有大量对于琉璃厂的记载①。朝鲜使者在琉璃厂或采购汉籍，或获取书籍情报，或交往中土士人。随着朝鲜使者携书归国，就形成了一个从中国的江南到北京，再到朝鲜的汉籍与知识的流动网络。

藏于中国首都图书馆的一本《题画诗类》，很可能一度由朝鲜使者携归。此本上所钤"古芸书屋"印记，主人乃朝鲜学者柳得恭（1748～1807 年），字惠风，号泠斋②。清乾隆五十五年（1790 年），柳得恭曾作为副使从官，来北京朝贺乾隆帝八十大寿，嘉庆六年（1801 年）又再度入燕。柳得恭的访燕经历都被记录在其《燕台再游录》一书中，期间他结交了翁方纲、阮元（1764～1849 年）等多位中国学者③。柳得恭访燕亦有购书的用意，中国首都图书馆的这部《题画诗类》，或许就是他在北京琉璃厂获得带回朝鲜，后又回流中国。

---

① 参见王振忠：《朝鲜燕行使者所见十八世纪之盛清社会——以李德懋的〈入燕记〉为例》（下），《韩国研究论丛》2012 年第 1 期。

② 哈佛燕京所藏柳得恭诗集《泠斋集》钞本，每页左下角都有"古芸书屋"字样。参见王振忠：《朝鲜柳得恭笔下清乾嘉时代的中国社会——以哈佛燕京图书馆所藏抄本〈泠斋诗集〉为中心》，《中华文史论丛》2008 年第 2 期。

③ 参见韦旭升：《中朝文士之间的交游——读柳得恭燕台再游录》，《国外文学》1991 年第 3 期；陈东辉：《阮元在中朝关系史上的若干事迹考述》，《湖南大学学报》（社会科学版）2006 年第 2 期。

韩国高丽大学图书馆所藏一本《题画诗类》，上钤"秋史珍藏"印（图 10.1）。此印主属另一位著名朝鲜学者金正喜（1786～1856 年）。金正喜，字符春，号秋史，出身朝鲜两班贵族，与当时摄政的贞纯王后有亲戚关系，其父因此官运亨通。金正喜得以在清嘉庆十四年（1809 年）随团出访北京，在中国留驻近六个月①。在此期间，他与翁方纲、阮元、徐松等人有交。他本人还效仿当时的中国文人，创作题画诗。我们无法得知这本《题画诗类》究竟是金正喜本人直接得自北京之行，还是日后他的弟子李尚迪（1804～1865 年）所赠：李尚迪作为译员，经常有机会前去北京，曾从北京带回诸多书籍寄给金正喜。而从藏书印来看，此书在 19、20 世纪之交又一度为李朝末年的天道教领袖吴膺善所收藏。

图 10.1　高丽大学藏《题画诗类》有
　　　　金正喜"秋史珍藏"印鉴

柳得恭、金正喜这些 18 世纪造访中国北京的朝鲜官员，相互之间有着密切的学术与私人交往，他们在朝鲜国内形成推崇"北学中原"主张的"北学派"，他们的移动路径也成为清代中期《题画诗类》向朝鲜流散的渠道。值得一提的是这些访燕使者与中国藏书家之间的往来。比如柳得恭就在访燕期间结交了陈鳣（1753～1817 年）、黄丕烈（1763～1825 年）等藏书家。陈鳣乃浙江海宁人，后移籍苏州，与柳氏初次见面就在琉璃厂一书肆中②。更为令人瞩目的是中国商业书肆发挥的中介作用。比如另一位朝鲜藏书家朴齐家（1750～1805 年），他是金正喜

① 　关于金正喜的生平，参见普林斯顿大学 Benjamin Elman 教授《朝鲜鸿儒金正喜与清朝乾嘉学术》一文，https：//www. princeton. edu/~ elman/documents/World% 20Sinology% 20Article% 20 - ﹣% 20January% 202015% 20 - ﹣% 20Kim% 20Chong﹣hui，2019 年 11 月 20 日获取。此方面的研究另外参见文炳赞《朝鲜时代的韩国以及清儒学术交流——以阮堂金正喜为主》，《船山学刊》2011 年第 1 期。
② 　谢正光：《嘉庆初年京师之学人与学风——读柳得恭〈燕台再游录〉》，《九州学林》2005 年第 3 卷第 3 期。

的老师，曾和柳得恭一起在北京琉璃厂寻书。朴氏第一次燕行，就结识了琉璃厂书商陶正祥。陶正祥（1732~1797 年），字庭学，原籍浙江湖州乌程，后移籍姑苏①。陶氏在琉璃厂开设的书铺"五柳居"是朝鲜人在北京求访汉籍的重要据点，他也为朴齐家结识汉地文人学者积极牵线搭桥②。陶正祥的书籍生意，基于从江南将书籍运至北京③。以他为代表的湖估在江南地区搜求书籍，再贩运至北京售卖，加速了书籍的流动，事实上促进了文化资源的异地配置④。对琉璃厂作为中国和朝鲜物质文化交流关键场所的研究，也是学界正在开展的热点⑤。

目前由于缺少文献记载，且笔者尚未寓目韩国所藏的几本《题画诗类》，对《题画诗类》向朝鲜传播的确切路径，仍不清楚。访燕使者在琉璃厂书肆中购入携归，是这条传播路线上可能性最高的一种方式。至于 18 世纪后半期琉璃厂书籍市场上的图书的情况，据廖振旺的研究，有旧书、新书和内府刻书三大种，其中旧书的来源可分为江南贩运、京城收购、奴婢偷窃等⑥。内府刻书则来自官方颁发的通行本和民间自行刷印本。具体到《题画诗类》，则相当难以判断。由于《题画诗类》刊刻时间较早，且并无向民间颁发售卖的余本，则朝鲜学者能够接触到的市面上的《题画诗类》，不排除有零星从内廷散出的可能，但当以来自廖文所提到的几个"旧书"渠道居多。当然，朝鲜官方所留意搜求的书籍，主要集中于经史部，特别是朱子书⑦。至于《题画诗类》这样的集部书，当属于较为次要的搜求对象，或多或少是基于使者的私人兴趣才携返母国。但可以肯定的是，有一部《题画诗类》最终进入了朝鲜王室藏书，这就是现藏于首尔大学韩国研究所的一部（书号"奎中 5239"），其上有

---

① 陶正祥的生平参见徐雁平《清代环太湖地区的书估、书船与书籍的流动》，《学术研究》2013 年第 10 期。

② "五柳居"的情况散见于叶德清《书林清话》卷九。

③ 据清李文藻《琉璃厂书肆记》："五柳居陶氏在路北。近来始开，而旧书颇多。与文粹堂皆每年购书于苏州，载船而来。五柳多璜川吴氏藏书。"

④ 参见徐雁平：《清代环太湖地区的书估、书船与书籍的流动》。

⑤ 对这方面研究进展的阶段总结参见裴英姬《〈燕行录〉的研究史回顾（1933~2008）》，《台湾大学历史学报》2009 年 6 月第 43 期。

⑥ 参见廖振旺：《初论乾隆期北京城书籍市场的分布与货源——以李文藻〈琉璃厂书肆记〉为中心的探讨》，《台湾师大历史学报》2006 年第 36 期。

⑦ 参见梁泰镇：《〈朝鲜王朝实录〉所见明清时代图书传入论考》，《今世韩国》1998 年第 1 期。

"帝国图书之章"的印记，说明这部书曾经属于朝鲜正祖 1776 年登基后设立的收藏书籍等物品的奎章阁。1908 年，朝鲜高宗为了将王室图书统一管理，将奎章阁与其他宫殿的藏书命名为"帝国图书"，而首尔大学中央图书馆藏的那部也很可能属同样情况。本上又有"京城帝国大学"的印记。日本殖民韩国期间，废止奎章阁，1923 年设立京城帝国大学后将奎章阁图书转移到大学附属图书馆，这部《题画诗类》应当也经历了这一系列转移过程。

第二节　流入日本的《御定历代题画诗类》原书

　　《题画诗类》清代在日本得到一定规模的传播，且传播方式可分为原本直接流入和日本本土翻刻两种方式。本节就将对此展开讨论。

一　背景

　　《题画诗类》原本流入日本，首先涉及的问题是 18 世纪及之后的中日书籍贸易，在此简单对背景情况加以简介。

　　日本江户时代（1603～1867 年）将军幕府自 1715 年正德新令开始，正式实行锁国政策，禁止本国人外渡，与外国的通商基本断绝，仅保留长崎港作为唯一的对外开放港口，允许中国、荷兰两国持有信牌的贸易船只驶入。中国每年到访长崎的船只数量会因国际局势和政府政策有所增减。清康熙十二年（1673 年）郑经降伏后，中国沿海到日本的商船数量明显擢升，从 1683 年的 24 艘到 1699 年的 193 艘①。但这个数字之后又逐渐下降，在 1715 年有 30 艘，1717 年 40 艘，1720 年 30 艘，18 世纪 40 年代后下降到 10 余艘②。渡日唐船主要来自中国江浙、福建、广东和台湾，17 世纪末之后江浙船只，尤其是南京、宁波船只，占有绝对的优势。唐船携带货物来到

---

① 大庭修：《汉籍输入の文化史——圣德太子から吉宗へ》，东京：研文出版，1997 年，第 120～121 页。
② 松浦章著，孔颖译：《清代帆船对东亚、东南亚区域物流与人口流动的贡献》，《人海相依：中国人的海洋世界》，上海古籍出版社，2014 年，第 120 页。

长崎，开展贸易，交易的货物也包括书籍（图10.2）。

图10.2　满载货物的渡日唐船《唐船荷扬之图》（江户时代后期，纸本木版色折，23.5 ×
35.7 厘米）

于是，即使在日本锁国期间，中国汉籍也一直源源不断地输入，这些书被称为
"持渡书"。据学者估计，1714～1855 年间（清康熙五十三年至咸丰五年），共有约
6163 种、57204 册汉籍由长崎输入日本①。由于德川幕府对外来思想特别是西洋宗教
思想的警惕，持渡书需要通过日本方面的书籍检查官员仔细审核，筛选掉违禁书目，
才能进口。这项"海关"工作留下了大量文字账目，包括"书籍元账""直组账"
"落札账"等等，本文下面将会对这些名词进行详细解释。此外，日本方面还对部分
书籍制作了内容提要，这就是"大意书"。简单来说，"海关"账目侧重书籍交易过
程，而"大意书"侧重书籍内容。得益于这些第一手的持渡书文献，学界能够对18、
19 世纪中日书籍贸易进行较为深入的研究。

商人们持渡书籍漂洋过海，为的是商业利润。保留下来的持渡书目显示出商人
们对贩卖哪些书籍可以获利的预期。复旦大学周振鹤教授对《戌番外船持渡书》的

———————————

① 大庭修："书籍持渡量船表"，《江户时代における中国文化受容の研究》，京都：同朋舍，1984 年，
第52～53 页。

研究指出，在戌番外船（即"南京漂船"，下文将详细解释此船来历）持渡的总计441 种书中，集部书有 210 种左右，所占比例最高，是经、子两部的两倍以上，史部的三倍以上。当然，本身四部书籍就以集部为多，但持渡书的集部比例明显偏高。可见江户时代的日本读者对中国诗文类著作需求非常旺盛①。而《题画诗类》就是在此种情境下被作为商品贩运到日本。当然，除官方发给信牌的长崎口岸之外，唐船也通过萨摩藩和琉球进行半公开的走私，这条通道也是汉籍输入日本的渠道。但由于这方面没有文献记录，本书暂不进行讨论。

　　对江户时期的中日书籍贸易以及持渡书资料，已有相当多的先行研究。日本作为文献资料保存地，加上学术发展历史长，对此开展研究较早，在 20 世纪 70 年代已有一批非常关键的成果问世。其中大庭修教授的一系列研究成果具有开辟性意义，包括《江户时代における唐船持渡书の研究》（1967）、《江户时代における中国文化受容の研究》（1984）、《汉籍输入の文化史：圣德太子から吉宗へ》（1997）等。大庭修教授认为，对汉籍渡日有几个考察角度：1. 书籍传入的路线；2. 书籍传入的方法；3. 传入了什么书籍；4. 传入书籍的书志学意义；5. 从日本古典作品中具体引用的书籍，或者从其与古典文本有明显的相似之处，推导出撰写这些古典作品时必定参照过的书籍，再来确定哪些书籍已经传入。但他也指出，输入的汉籍除了最后收入内阁文库与宫内厅书陵部的书籍，其他书籍传布的情形不易得知②。

　　在日本以外，中国学者对于长崎图书贸易和舶载文字资料的研究也陆续有一系列成果。如王勇教授自 20 世纪 90 年代以来一系列编著③。前文提到的周振鹤先生对《戌番外船持渡书》的研究（2007）亦是一例，但较为侧重明版书。而关于清宫刻书渡日，故宫博物院章宏伟研究员的《长崎贸易中的清宫刻书——以〈舶载书目〉为

① 　周振鹤：《持渡书在中日书籍史上的意义——以〈戌番外船持渡书大意书〉为说》，《复旦学报》2007年第 3 期。

② 　参见中山步：《和刻本清人著述研究》，第 12 ~ 16 页。

③ 　陆坚、王勇主编：《中国典籍在日本的流传与影响》，杭州大学出版社，1990 年；王勇、大庭修主编：《中日文化交流史大系 9（典籍卷）》，杭州：浙江人民出版社，1996 年；王勇等：《中日〈书籍之路〉研究》，北京图书馆出版社，2003 年；王勇：《书物の中日交流史》，东京：国际文化工房，2005 年；王勇主编：《书籍之路与文化交流》，上海辞书出版社，2009 年；王勇主编：《东亚坐标中的书籍之路研究》，北京：中国书籍出版社，2012 年。

中心》一文，专门搜集整理了宫内厅书陵部藏《舶载书目》中内府刻书输入日本的记录，其中列出多部康熙集部刻书，如《全唐诗》《佩文斋咏物诗选》《御选历代诗余》等，但并未提到《题画诗类》①。

二 关于持渡书的文献记录

现存唐船持渡书文献中，可查到十余部《题画诗类》传入日本的记录，经搜集整理，按所载文献之类目分类开列如下②。

（一）大意书

宝历四年（1754 年）舶来书籍大意书 戌番外船

《御定历代题画诗类》壹部四套三十本 但 脱纸无シ

右ハ清ノ陈邦彦力辑汇セシヲ钦命アリテ镂梓スル所ニテ唐ヨリ明ニ迄ルマテノ题画诸体ノ诗诸书ニ散在スル者八千九百七十余首ヲ辑天文地理宫室名胜人事器用仙佛树石亲手杂题等三十门ヲ分テ类从仕リ候フ康熙四十六年ノ刊ニテ御座候（p323~324）

1754 年的戌番外船大意书是已知最早的《题画诗类》渡日记录，距离《题画诗类》初次刊刻已过去近半个世纪。此册大意书卷末署名"亥八月向井元仲"，向井乃第五代长崎书物改役（书籍审查官），此职务为向井氏代代袭职。此大意书是为宝历三年八丈岛南京漂船上所携书籍所制作，共解题四百四十一种，四百九十五部，一千四百七十六套，一万二千八百八十二本及法帖十种，不分新旧，一概书其大意③。此船经历颇为曲折，船主为高山辉和程剑南，使用南京人余德辉的信牌，起初于宝历二年十一月二十一日从中国浙江乍浦出海，十二月二十七日到达广南，三年七月八日驶离广南前往长崎，因逆风，于同月二十八日进入普陀停泊，十一月初七于普陀出

---

① 章宏伟：《长崎贸易中的清宫刻书——以〈舶载书目〉为中心》，《中国出版史研究》2015 年第 1 期。

② 本小节每则条目后所注页码均引自大庭修《〈舶载书目〉关西大学东西学术研究所资料集刊》第 7 集，大阪：关西大学出版部，1972 年。

③ 大庭修著，戚印平、王勇等译：《江户时代中国典籍流播日本之研究》，杭州大学出版社，1998 年，第 112 页。

海，十八日遇大风，十二月十日漂到八丈岛，日本方面称之为"南京漂船"。经八丈岛上居民施救后，漂民于宝历四年四月二十九日被接往下田港。七月六日又从下田出发，八月十七日到达长崎，入住唐人屋敷，货物作为戌番外船进行交易，此后陆续乘坐唐船回国①。据称在海上风浪中损失货物八百余包，剩下的货物中有书籍二十一箱，但大意书似只记录了十九箱，其余二箱情况不明。

大意书的主要制作依据是原书的序文和凡例。戌番外船大意书对《题画诗类》的解题不算详尽，但已含书名、部数、几套几册、有无缺页（为商卖做准备）、作者名、成书缘由、内容大旨、刊刻年份等重要信息，是比较完整、全面的目录学著录，只是没有进行得失评判。考虑到大意书乃书籍检查工作的产物，时间仓促，没有这方面的内容也无可厚非。此大意书成于 1754 年（即清乾隆十九年），时间甚至早于《四库全书总目提要》几十年，可见当时长崎的书物改役汉学水平是比较高的。

大意书制作完成后，要由书物改役提交长崎奉行，再由奉行进呈江户幕府老中。因此，大意书不仅是违碍内容的检查报告，更具有商品目录的性质，所以对《题画诗类》的解题中提到"脱纸无シ"，即"没有缺页"，这是对渡来书籍作为商品的记录。

（二）《商舶载来书目》

宝历四年甲戌年《御定历代题画诗类》一部四套（p717）

《商舶载来书名》为抄本，共五册，文化元年（1804 年）八月由向井富编成。向井富，字符仲，则此本与戌番外船大意书出自同一人之手。不过现存本经数人所钞，恐非原本。

此本所记亦是宝历四年漂流戌番外船渡日事，是一次事件的两份记录，所以《商舶载来书目》应与戌番外船大意书对照来看。周振鹤先生认为此次持渡之 441 种书中，有 423 种为再渡②。他并未指明根据，但恐怕是基于大意书中对十一种书注明

---

① 关于"南京漂船"的原始资料参见日本关西大学东西学术研究所编纂的《江户时代漂着唐船资料集》第一册《宝历三年八丈岛着南京船资料》，大阪：关西大学出版社，1985 年。对这艘船漂流经过的研究可参见梁佳丽《宝历三年八丈岛南京漂船笔谈研究——以〈巡海录〉与〈宝历三年八丈岛漂着南京人之译书〉为中心》，浙江工商大学硕士论文，2016 年。

② 周振鹤：《持渡书在中日书籍史上的意义——以〈戌番外船持渡书大意书〉为说》，第 32 页。

"此先年或已渡来，然旧记不载书目"，对七种注明"此乃此次新渡之书，无犯禁之情节也"。以此看来，《题画诗类》似非初次渡日。但实际上宝历六年之前的大意书都"不问持渡书之新旧"，一律书其大意。实际上并不能根据书名有无向井氏的旁注来判断《题画诗类》是否为再渡之书。《商舶载来书目》凡例明确提到"此编据家藏旧记而辑录，凡起元禄癸酉年（1693 年）至享和癸亥年（1803 年）新来书目若干种"。由此观之，《题画诗类》似为新渡。本文以为在没有更新材料支持的前提下，应暂时将 1754 年视为《题画诗类》新渡的年份，或者说《题画诗类》新渡当不晚于该年。

（三）长崎会所交易记录

中国商船入日本长崎港后，唐商要向长崎奉行所官员提交货物账，当日奉行所通事就开始进行翻译工作。由于书籍是特殊的货物，还需由中国商人提交书目。第二天会进行卸货工作，将货物送入仓库。第三天开始对货物的品类、数量进行确认。大庭修教授认为这个过程中会制作成"书籍元账"，而后书籍实物会被送往圣堂的书籍审查官那里进行检查。接下来，长崎奉行会审核货物样品，下达允许交易的命令，让投标商人参观货物。由于书籍尚在检查过程中，与商人见面的时间会较其他商品为晚。展示商品时，投标商人将书籍名称、数量、特色和好坏情况一一记录，留下的文字即所谓"见账"。继而会在元方会所进行估价，估价结束后进行投标。开标后，唱标人宣读前三名的商品名称、投标中姓名和标价。确定头标后，由长崎会所计算支出银两，记入"落札账"。这几种"长崎会所交易记录"的账目记录中，也有《题画诗类》渡日的身影。

1. 书籍元账

（1）（巳式番割）弘化二岁（1845 年）巳五月 辰四番五番六番七番船并辰岁新渡（朱）书籍元账 附巳年新渡书籍之分书籍挂（长崎县立长崎图书馆藏）

五拾五匁 六拾式匁 富屋善五郎

百五十六 一《钦定题画诗》一部四套（p478）

（2）嘉永三年（1850 年）戌五月 酉五番船同六番船同七番船天草难船书籍元账 商法挂（长崎县立长崎图书馆藏）

五拾目

一《钦定题画诗》〇一部四包（p549）

（3）嘉永六年（1853 年）丑四月 子二番船同三番船书籍元账（长崎县立长崎图书馆藏）

四十三匁

一《历代题画诗》○一部四套（p570）

书籍元账是由"商法挂"（长崎会所属下负责售卖的官员）制作的，记录所有通过书籍检查送至长崎会所的书籍情况的文书，一般会明确记录书籍所属为某年某番船。船只的编号由当年的干支和入港番号组成，如（1）的制作时间是 1845 年乙巳年，所记录的内容为前一年——甲辰年——入港的四、五、六、七号船所载书籍。此 4 艘船共携带 196 种 428 部书籍入港①。而上文提到的戌番外船，就是漂船情形特殊，属戌年"番外"（编外）。则 1844、1849、1852 共有三部《题画诗类》渡日。

书籍元账的内容如上所示，包括书目、部数、套数（或包数），一部分书籍元账还记录有书籍最终售价和投标商人姓名，如（1）弘化二年的"富屋善五郎"。制作书籍元账之后，就会在指定日期进行投标。

2. 见账

（1）天保十四年（1843 年）卯临时拂 会所请込物书籍见账（宫本又次氏藏村上文书の内）

《钦定题画诗》壹部 井ヤリ、利メ

四套廿册中本新し詩対アリ 中小文しニメ薄判阿し イルセン迄

百三十六匁八分　今村

百二十五匁九分　三國ヤ

百匁　　　　　　永井ヤ（p589）

（2）天保十五年（1844 年）辰六番割 会所请込物书籍见账残（宫本又次氏藏村上文书の内）

《钦定题画诗》五部各四套

□包各六本文しよしメルセンヤセルン（朱）　ヤセ、卯メ

---

① 大庭修：《江户时代中国典籍流播日本之研究》，第 51 页。

八十五匁三分　安田ヤ

六十匁　　　　永見ヤ

五十九匁　　　エサキ（p597）

　　见账与书籍元账制作时间基本平行，但制作者身份不同。简单来说，书籍元账是长崎官员制作，见账是商人制作。以上两种见账都保存在宫本又次氏的村上文书中。根据大庭修教授，村上文书指的是日本昭和十年（1935 年）于长崎市被出售的江户投标商村上家的文书①。这类文书是长崎会所属下垄断进出口贸易的某一家或某一批竞标商人，在参观货物时制作的记录书籍特点的文书。所谓"临时拂"的"拂"指的是"拂看板"，意思是会所的投标公告。

　　见账记录书题之后的文字似为商人看货时的原始笔记，原文有文字颇为怪异之处。下方的三行文字或为投标结果前三标的记录②。如日本天保十四年竞拍本《题画诗类》，前三标为今村屋、三国屋、永井屋，最终今村屋以一百三十六两八分的价格拍得原书。这些记录对我们了解《题画诗类》在日本的销售价格非常重要。

　　3. 落札账（九州大学九州文化史研究所藏）

　　（1）天保十四年（1843 年）卯临时拂 会所请込 十月六日七日荷见直二看板十月八日入札濟

　　ヤヤ、《钦定题画诗》壹部四包　□廿册

　　百三十六匁九分　今村

　　百廿五匁九分　　三國ヤ

　　百匁　　　　　　永井ヤ（p601）

　　（2）天保十五年（1844 年）辰 弐番割 会所请込 五月廿三日辰下刻□入札

　　《钦定题画诗》壹部四堂各六册

　　百廿五匁　　　田原屋

　　八十六匁九分　□

　　八十壹匁三分　大坂や（p608）

────────

① 大庭修：《江户时代中国典籍流播日本之研究》，第 136 页。

② 同上，第 137～138 页。

（3）天保十五年（1844年）辰 四番割红毛船込 ワキ物

《钦定题画诸（诗）》五部各四包六本入

八十五匁三分　安田や

六十匁　　　　永見や

五十九匁　　　□（p616）①

（4）弘化二年（1845年）巳 贰番割

《钦定题画诗》壹部

六十八匁　　　富や

五十八匁八分　菱や

五十五匁六分　永見や（p628）

（5）安政六年（1859年）未 六月廿五日六月荷見七于会所未壹番船三番船书籍 六月晦日□七月朔日运入札济

《历代题画》式部

百二十六匁　　纸屋

六十七匁　　　书物屋

六十四匁七分　本屋（p648）

　　落札账的制作时间比书籍元账和见账都晚，是投标时书写的。九州大学所藏的这份落札账属于私人文书。记录格式与见账类似，包括书名、部数、套数和竞标前三名的姓名和价格，但去掉了见账中记录货物特色的部分②。

　　总的来说，不同种类的舶载书籍文献记载，相互有所重复，如第一种（大意书）与第三种（商舶载来书目）所载日本宝历四年运抵一部《题画诗类》即同一事，落札账中日本天保十四、十五年部分与部分见账重复，日本弘化二年与书籍元账重复。剔除重复记载后，可整理出十四部东渡日本之《题画诗类》的记录，传入时间依次为日本宝历四年（1754年）、天保十四年（1843年）、天保十五年（1844年）、弘化

---

① 此船还有《题画诗》三部各四套渡日，竞标前三名为"六十八匁六分　安田や，六十七匁七分　永見や，六十四匁五分　長ヲカ"（p622），因不能确定此书是否为《题画诗类》，仅列此作为参考。

② 大庭修：《江户时代中国典籍流播日本之研究》，第140～141页。

二年（1845 年）、嘉永三年（1850 年）、嘉永六年（1853 年）、安政六年（1859 年）。起讫时间上至 1754 年，下至 1859 年，以日本江户幕府的时间计，为德川家重至德川庆喜时期，即江户中后期。需要注意的是，这些时间分布恐怕不能反映《题画诗类》传入的频次，因为舶载文字资料本身的保留就不完整，以幕府末期的资料为多。不过，这些记录与目前日本藏十八部清康熙四十六年本《题画诗类》和三部清嘉庆二十二年本《题画诗类》的总量大致相当。

以上贸易文书，以第一种（大意书）最为准确翔实，正确记录了《题画诗类》的原书名。而第二、第三种文书中，多将《题画诗类》书名简化为《钦定题画诗》、《历代题画》等加以记录。

这些文献资料的重要意义，首先在于显示晚至 19 世纪 50 年代末，即《题画诗类》初次刊刻一百五十年后，东南沿海的书商仍能在市场上获得《题画诗类》刊本，将其行销东洋。这是《题画诗类》在中国东南地区作为可流动的商品最为直接的证据。

其次，通过整理这些舶载书籍资料，尤其是见账和落札账，对书价的记录，我们可以整理得出日本书商获得《题画诗类》的成本价。

弘化二年，1 部，63 两/68 两（两处记载略有差异）

嘉永三年，1 部，50 两

嘉永六年，1 部，43 两

天保十四年，1 部，136 两 8 分/136 两 9 分（两处记载略有差异）

天保十五年，1 部，125 两

天保十五年，5 部，85 两 3 分

安政六年，3 部，126 两

这里比较奇怪的是，尽管年份接近，但《题画诗类》的价格差异非常悬殊，平均每部最低的约 17 两，最贵的则高达 136 两。价格的差异，或许是由于版本不同导致的，比如清康熙四十六年初印本和后印本的区别，或者清康熙四十六年本和嘉庆二十二年翻印本的区别。

无论如何，"长崎会所交易记录"为《题画诗类》原书在日本的售价提供了参考资料——中标商人再次在日本书籍市场售卖时，价格当高于竞标价。《题画诗类》

在中国本土的销售价格并不明朗，《武英殿颁发通行目录》《清同治光绪间武英殿卖书底簿》① 等档案中没有《题画诗类》的身影。在中国方面尚无可靠的关于清代《题画诗类》发售价格记录的情况下，长崎会所交易记录中保留的《题画诗类》竞标价格就显得尤为重要。但另一方面，根据大庭修教授的意见，舶载图书渡日的唐船船主并不精通图书行情，他们运输的图书往往是书店里现有的存货。因此很大部分汉籍恐怕是在偶然的机会被运到了日本②。尽管存在幕府将军和官员向船主订购图书的情况，但目前并没有发现此种情形出现在《题画诗类》身上。所以以上这些舶载《题画诗类》，至少一部分的东渡具有偶然的色彩。这些《题画诗类》输入长崎之后的命运如何，根据现有的文献很难加以精确描述。事实上，江户时期东渡日本的汉籍除了最终收入内阁文库和宫内厅书陵部的书籍，其他的传播情况均缺少文献记载③。此外像东洋文库收藏的《题画诗类》，因文库乃 1917 年三菱的岩崎久弥氏收购其时中华民国总统府顾问莫利逊氏的藏书而得以建立，其渡日时间恐怕要晚至 20 世纪初。

第三节　和刻本《御定历代题画诗类》数种

日本汉籍版本目录专家长泽规矩也（1902 ~ 1980 年）所著《和刻本汉籍分类目录》（日本昭和五十一年，汲古书院）一书，系统整理了 20 世纪 70 年代和刻汉籍在日本的存世情况。此书到现在仍是研究和刻本汉籍最权威的参考书④。《和刻本汉籍分类目录》⑤ 按照书名、卷数、编著者名、刊印年、发行者、判型、册数进行著录，书中开列三种和刻《题画诗类》：

① 此底簿抄本现存中国国家图书馆，影印本参见故宫博物院、中国第一历史档案馆编《清宫武英殿修书处档案》，北京：故宫出版社，2014 年。
② 大庭修：《江户时代における中国文化受容の研究》，第 470 ~ 480 页。
③ 大庭修：《江户时代における中国文化受容の研究》，第 227 ~ 314 页。
④ 关于长泽规矩也的生平和研究，参见中山步《和刻本清人著述研究》，复旦大学博士论文，2008 年，第 8 ~ 12 页。
⑤ 长泽规矩也：《和刻本汉籍分类目录》，东京：汲古书院，1976 年，第 210 ~ 211 页。

（1）历代题画诗类绝句抄 二卷 清陈邦彦奉敕编 西岛长孙（兰溪）选 文化一〇刊（堀野屋仪助）小一

（2）同 同 文化十四印（堀野屋仪助等）小一

（3）（康熙御定）历代题画诗类四函 清陈邦彦奉敕编 卷大任（菱湖）校 天保九刊（英大助等）横四

关于"和刻本"这一概念的界定，学界仍有讨论①。从书籍内容来讲，和刻本可分为汉籍、和书和准汉籍，其中准汉籍指的是日本人用汉文撰写的书籍。而单说"和刻本"，往往是"和刻本汉籍"的简称。长泽氏曾尝试区分"和刻本汉籍"和"翻刻本汉籍"，认为前者指在日本刊刻出版的汉籍，可以是对中国本土汉籍的忠实翻刻，也可以是中国所无而在日本刊刻的中国人的著述。但长泽氏的区分过于复杂，且驳杂不清。无论如何，可以肯定的是本节接下来要讨论的数部《题画诗类》属"和刻本汉籍"的范畴（而非准汉籍）。在长泽氏《和刻本汉籍分类目录》所整理的三种和刻本《题画诗类》的基础上，笔者遍查日本各藏书机构和在线数据库，整理出现今存世各版本和刻《题画诗类》，粗分五类，介绍如下。

一 日本文化十年刊《历代题画诗类绝句抄》

1 册 2 卷。西岛兰溪选，雁屿校，文化十年（清嘉庆十八年，1813 年）江户宝翰堂堀野屋仪助刊印。此本即长泽规矩也所开列和刻《题画诗类》之第一种。以下介绍有代表性的几则图书馆著录。

（一）中国国家图书馆藏本（索书号 19250）

1 册 2 卷，白口单鱼尾，左右双边。八行十五字。巾箱本，开本高 16.3 厘米，宽 11.5 厘米，版框高 11.5 厘米，宽 8.9 厘米。见返（封面后之扉页，但不单独成页，与封面粘在一起）正中题书名"佩文斋御定历题画诗类抄"，左题"江户书房宝翰堂梓"，右题"兰溪先生抄选，雁屿先生校字，五七言绝句二册"，上方题"文化

---

① 参见周振鹤：《和刻本汉籍与准汉籍的文化史意义》，《中国典籍与文化》2012 年第 1 期；中山步：《"和刻本"的定义及其特点》，《图书馆杂志》2009 年第 9 期。

壬申开雕"。版心上端题"题画诗类",下端题页码。开篇有清康熙皇帝御制序,文末款"文化壬申秋九月　河三亥书"(图10.3)。

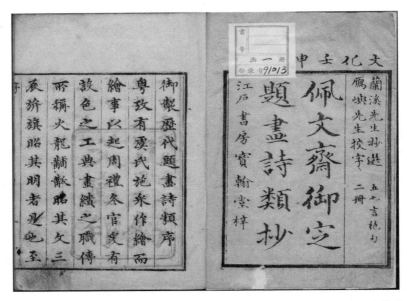

图10.3　日本文化十年宝翰堂刊《历代题画诗类绝句抄》(中国国家图书馆藏)

笔者寓目此本,录例言全文如下:

> 余向得洛人某《题画诗选》,私美其举,而憾其卷册仅仅具体而微。后得宋孙绍远《声画集》,喜其裒辑颇博,而又憾金元以降不可得见矣。既而得清陈邦彦《题画诗类》,无论唐宋,虽金元明苟涉题画者,搜罗无遗。乃向之所以为憾者,一旦消释,意实如得一珍珠船。因欲板行而惠同志,卷帙浩大,不易下手矣。遂抄刻绝句八百余首,以公于世。若夫遗漏为补遗一卷,他日当授剞劂氏。
>
> 就连作中抄一二首者,当于题下注曰:原几首,今节几首,而不注者,琐琐册子,厌其烦芜也,或就四时诗等,抄其一二者,不得于题下,不曰节几首,故详焉。诗题中有次序,如山水有四时,如故实有古今,故其次。作者宋而唐明而元,错杂不一。要从诗题之次序,不拘世代之升降云。兰溪西岛长孙识

此书从中国原书所分30类题画诗中,各挑选出若干诗作。各卷次收录诗作数量情况如下。卷一:天文(16)、地理(9)、山水(210)、名胜(11)、古迹(12)、故实(67)、闲适(41),合计367首;卷二:古像(10)、写真(7)、行旅(12)、

羽猎（4）、仕女（33）、仙佛（16）、神鬼（1）、渔樵（14）、耕织（7）、牧养（9）、树石（12）、兰竹（84）、花卉（102）、禾麦蔬果（15）、禽（41）、兽（32）、鳞介（7）、花鸟合景（14）、草虫（8）、宫室（30）、器用（9）、人事（4）、杂题（6），合计477首。

卷末有一长跋：

> 诗画一也。诗而无声者谓之画，画而无声者谓之诗。然则胸中无诗者不可制画，胸中无画者不可赋诗。诗画之相，须如是哉。陈氏《题画诗类》若干卷，辑以无声之诗，而为有声之画者，亦可谓诗中有画，画中有诗矣。与之画者，则一个好粉本也。与之诗家，又是一个好诗料也。舐丹吮墨之徒，夫岂可欠乎。公元龄就本篇抄绝句二卷，将上梨枣，其意欲使人知诗画相，须一而不二也。余喜其举，为校雠一遍，并为之跋。

> 文化壬申蜡月　雁屿渔人题于云烟家　江户书房　堀野屋仪助

跋文次页有版刻"云烟家藏"标记，最末页为书肆广告和版权页。

（二）佛教大学图书馆本

左右双边有界栏，四孔装订。见返题记："文化壬申开雕/兰溪先生抄选/雁屿先生校字/五七言绝句/二册/佩文斋御定题画诗类抄/江户书房宝翰堂梓。"后有"御制历代题画诗类序"，署款河三亥书（文化壬申）。目录尾题"历代题画诗类抄"。

（三）御茶水女子大学图书馆本

左右双边有界栏，8行15字双行。内版框11.4×8.1厘米，白口单鱼尾。内衬页字样："文化壬申开雕/兰溪先生抄选/雁屿先生校字/五七言绝句/二册/佩文斋御定题画诗类抄/江户书房宝翰堂梓"（正下方有出版商堂号印"宝翰堂记"）。跋文末有"云烟家藏"字样，刊记（在书籍末尾，类似今天的版权页）落款"文化十年癸酉春日发行/江户书房/堀野屋仪助"，该刊记内提供宝翰堂堀野屋仪助之藏版目录及出版商堂号印①。印记："赖"。书中有训点、送假名、朱笔句读和傍点。

---

① 日本江户时期刻书的"刊记"一般在书的最后一页，主要内容为出版年月、出版地点、出版人姓名、地址等。

（四）早稻田大学图书馆藏二本

一本（索书号イ1803385）17 厘米，印记："有道""春城清玩"，市岛春城旧藏。另一本（索书号イ2100678）16 厘米，卷末墨书"杉浦氏用"，会津八一手书题签。印记："云烟家藏"（黑印）、"会津朔印""浑斋"。为安西云烟、会津八一旧藏。

日本文化十年宝翰堂本存世数量较多，亦见藏于以下图书馆：东京大学图书馆[①]、大阪天满宫御文库、关西大学图书馆、山口大学附属图书馆栖息堂文库（159 页，17 厘米，目录编号 M919.5 N22 A1／A2）、金泽市立玉川图书馆苍龙馆文库（史料番号 20.9 - 226）、石川县立图书馆川口文库、萩市立图书馆和汉古书藏书（目录编号 3 甲 4 - 139）、内藤纪念医学博物馆大同药室文库、秋田县立图书馆等。

此版值得注意的特点是书名误将"佩文斋"与"御定题画诗类"杂糅在一起。然从清康熙四十六年本来看，原书题实与"佩文斋"无涉，应为东渡后的误传。另一特点则是仅辑录绝句之作，原因可能是日本文士相比篇幅较大的律诗，对绝句这种短小精悍的格律诗体较为热衷。

二　日本文化十四年续刊《历代题画诗类绝句抄》

西岛兰溪选，文化十四年（1817 年）由堀野屋仪助与河内屋喜兵卫、敦贺屋九兵卫、浪速屋政五郎联合出版，仍沿用文化十年版书名，续编 2 卷，卷次顺延为卷 3、卷 4。内容即文化十年前编《历代题画诗类绝句抄》（收录诗 800 余首）之补遗，从中国原版《御定历代题画诗类》中辑出唐宋元明诸家题画绝句 662 首。形制上仍为巾箱本。

书前有目录以及文化十四年二月"因是同人葛质"序（墨丹居士春梅直书）。序中提到："陈翰林所哀辑八千九百余首，亦不出此数法而已。西岛兰溪曩抄刻绝句八百余首，今嗣刻补遗六百余首，以此数法读之，历朝作家命意雅俗手法高低，一目可窥渊底。"卷末有藏版目录一页[②]。封底内侧有出版商刊记："文化十四年丁丑五月

---

① 东京大学总合图书馆编：《东京大学总合图书馆汉籍目录》，东京堂出版，1995 年，第 320 页。

② "宝翰堂藏板书目／怀素千字文 二帖／玉照堂法帖 二帖〈米元章〉／十纸说 一帖〈米元章〉／御服碑 一帖〈赵子昂〉／尊円亲王江州帖 一册／尊円亲王いろは帖 一册／すまのかひさし 千荫大人书／任槐帖 莲池堂书／毛诗名物图说 四册／历代题画诗类抄 二册／同 二集 二册／清人铁舟同人画兰竹石折 六枚／同草行书石折 六枚／〈右书画十二枚ニ而高四尺五寸位之屏风ニ仕立／候ニ宜敷御座候〉"

端午发/大坂书房〈心斋桥筋〉河内屋喜兵卫/敦贺屋九兵卫/江户书房〈神田锅町〉浪速屋政五郎/〈同〉堀野屋仪助"。

此本即长泽规矩也所开列和刻《题画诗类》之第二种。值得注意的是，文化十四年，堀野屋仪助还与庆元堂和泉屋庄次郎翻印了文化十三年江户昌平坂学问所刊印的南宋孙绍远《声画集》八卷①，所据底本为楝亭藏书十二种本。可见这家书肆对题画文字颇为热忱。这或许也反映出当时江户书籍市场对中国题画诗的需求热情较高，以至于昌平坂学问所这样的官方学校都出版了官板题画诗集。

此版现有以下主要存世本。

1. 西尾市岩濑文库本：共 132 页。素纸封面，薄纸（薄样），左右双边有界栏，8 行 15 字。加训点。印记："雁栖姑是""无间堂"。

2. 关西大学图书馆：1 册 2 卷，16 厘米。封面书名"佩文斋御定题画诗类抄"，卷末书名"历代题画诗类"。封面有"文化壬申开雕/兰溪先生抄选/雁屿先生校字/五七言绝句/二册"字样。

3. 关西大学图书馆：2 册 2 卷，16 厘米。题签、卷末书目为"历代题画诗类抄"。内容为卷 3～4，内衬页有"江户瑞奎廛宝翰堂梓"字样。

文化十四年版还见藏于日本国立国会图书馆（共两部，其中一部属鹗轩文库）、县立长野图书馆、山口大学附属图书馆栖息堂文库（126 叶，目录编号 M919.5 N22 A3/A4）、岛根县立图书馆、天竜市立内山真龙资料馆琴诗亭文库、刈谷市立中央图书馆村上文库、日本福祉大学附属图书馆草鹿家文库、堺市立图书馆等藏书机构。

三　日本文化十四年刊《历代题画诗类抄》之翻印

文化十四年《历代题画诗类抄》另有若干种翻印本，其情况比较庞杂，这是因为江户时期，特别是中后期，书肆经常直接买卖板片，买进板片的书肆将原有刊记

---

① 现存国文研鹈饲文库（书志 ID200019060）。此外，东京大学藏有一部朝鲜钞本《声画集抄》不分卷（目录号 A00－4569 一阿），情况有待探明，参见东京大学总合图书馆编《东京大学总合图书馆汉籍目录》，第 317 页。晚清方功惠（1829～1897 年）的碧琳琅馆藏书亦有一部《声画集》钞本，八本一函，此本与佐伯藩主毛利氏藏书是否有关尚未可知。

剜去，增加自己的刊记，即成新本。比如山城屋佐兵卫即于文政七年（1824 年）翻印了文化十四年版，2 卷，16 厘米，见返页题书名："佩文斋御定题画诗类抄"，版心处书名："题画诗类·卷一、卷二"。前有葛质文化十四年二月序。此本存世数量稍多。

1. 九州大学图书馆藏本：2 卷，封套题笺书名"题画诗类·前后编"，封套内侧墨书"明治廿五年十月"。卷 1 收录 367 首诗作，卷 2 收录 477 首。

2. 早稻田大学图书馆会津文库藏本：题签"会津八一书"，为会津八一旧藏。印记："福印""梦藏""季福之印""梦藏""□斋""会津朔印""浑斋"。

此本另藏于金泽市立玉川图书馆苍龙馆文库（史料番号：20.9 – 227）[①]。

第二种翻印本为江户青云堂本，应为文化十四年本之翻印。此本存世数量较少，翻印时间不明。目前仅知天理图书馆藏本，2 册，15.4 × 11.2 厘米。版心书名：（上册）"题画诗类 卷三"，（下册）"题画诗类 卷四"。卷头书"历代题画诗类绝句抄"，题签左肩双边"历代题画诗类抄（上）（下）册"，内衬页四周双边有界，题"文化丁丑新镌［栏上横书］/西岛兰溪先生选 五六七言绝句之部/历代题画诗类抄 下谷御成道 英文藏板"。卷末有药物"登龙丸"之广告（2 页），广告末尾有"东叡山御用/御书物所/江户下谷御成道/青云堂英文藏制"字样。印记："杦村藏书""赤井"。

第三种翻印本为浪华（大阪）嵩山堂本，亦为文化十四年本之翻印。此本笔者寓目了中国国家图书馆藏本（索书号 19249，图 10.4）：开本高 15.1 厘米，宽 10.7 厘米，框高 11.4 厘米，宽 8.8 厘米。八行十五字，左右双边，单鱼尾。有训点。见返页正中题"历代题画诗类钞"，右题"西岛兰溪先生选"，左题"浪华 嵩山堂梓"。开篇有一长序，兹录如下：

> 河图洛书，圣人取则六十四卦，伏羲神农所制之图也，众象诸辞，文王周公所题之诗也。题画之诗，原非同聊尔也。君子学识，寄兴存道，上可与周易众象方轨也。诗人轻薄，杜撰涂抹，下将与初午灯笼同伍也。唐宋金元明诸家，命意雅俗，手法高低，区别各殊。姑举其略。有认之作画者，有认之作真者，

---

① 参见金泽市立玉川图书馆近世史料馆所藏文书，http：//jmapps. ne. jp/amhr/det. html? data_id = 26295，2019 年 11 月 10 日获取。

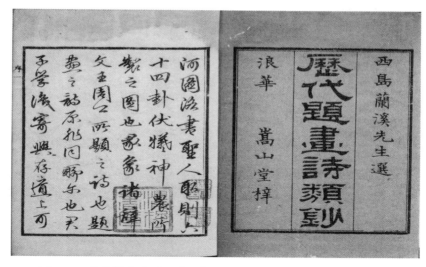

图 10.4　浪华嵩山堂刷印《历代题画诗类抄》（中国国家图书馆藏）

有板实者，有嶙峋者。写其景物而只管其景物者有之，写其景物而寄托自己者有之，写其景物而讥讽时世者亦有之。陈翰林所裒集八千九百余首，亦不出此数法而已。西岛兰溪曩抄刻绝句八百余首，今翻刻补遗六百余首，以此数法读之，历朝作家命意雅俗，手法高低，一目可窥渊底。题画之诗终非同聊尔也。

文化十四年二月十八日 因是道人葛质序 墨舟居士春鋆书

书尾广告页题"和汉洋书书籍发兑处/东京帝国大学 京都帝国大学/高等师范学校第一高等学校/学习院帝国图书馆/御用书肆"。后接刊记："发行印刷者 大阪市东区博劳町四丁目廿七番邸 青木横三郎/制本发卖所 东京市日本桥通壹丁目 青木嵩山堂/同 大阪市心斋桥筋博劳町 青木嵩山堂/卖捌所 势州四日市港竖町 嵩山堂支店"。由于京都帝国大学创建于 1897 年，则此本的刷印当不早于此年。

四　日本天保九年刊《康熙御定历代题画诗类》

此本与前三种属不同系统，为康熙四十六年本之翻刻，加日文训点。1 册 4 卷。248 页，约 7.7×17.3 厘米，为巾箱本。见返正中篆书"康熙御定题画诗类"，右题"菱湖先生校"，左题"金花堂藏"。版心下方题"万笈堂梓"。书末附"金花堂藏板目录"（须原屋佐助）。出版者：冈田屋嘉七、西宫弥兵卫、小林新兵卫、山城屋佐兵卫、须原屋茂兵卫、须原屋佐助、须原屋伊八、英大助。此本即长泽规矩也提到的和刻《题画诗类》之第三种。以下介绍有代表性的几处收藏。

1. 早稻田大学图书馆，藏 2 部。一部属逍遥文库，印记："永井氏家藏图书之印""山下雄印""逍遥书屋"。一部属会津文库，印记："中山氏藏书之记"，为中山久四郎、会津八一旧藏。

2. 人间文化研究机构·国文学研究资料馆鹈饲文库（图 10.5）。印记："瑾玉楼藏柜书"、（墨书）"安冈氏藏"。鹈饲家箱番号：石川彦左卫门氏寄赠其二。

3. 山口大学附属图书馆栖息堂文库，藏 2 部。目录编号分别为 M921 C95 A1 - A4、M921 C95 A1 - A4①。

4. 一桥大学图书馆明治文库。似为残本，仅 57 页。

5. 早稻田大学图书馆。索书号へ1802532。

此本另存于东京大学图书馆（目录编号 F30 - 281 二）②、庆应义塾大学图书馆（4 册）、关西大学图书馆（印记："馆氏石香斋珍藏图书记"）、广岛市立中央图书馆（存第 2、3 函）、宝镜寺百百御所文库、石川县立图书馆等机构。

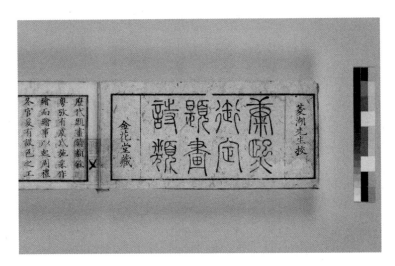

图 10.5　日本天保九年刊《康熙御定历代题画诗类》（国文学研究资料馆鹈饲文库藏）

---

①　山口大学附属图书馆编：《山口大学附属图书馆所藏栖息堂文库目录》，山口大学附属图书馆，1986年，第 123 页。

②　东京大学总合图书馆编：《东京大学总合图书馆汉籍目录》，第 320 页。

五　其他版本

1. 写本《题画诗类绝句抄》（收藏单位：关西大学图书馆），1 册 3 卷，14 × 19 厘米，根据图书馆著录，为西岛兰溪先生自笔，日本享和至文化年间抄成。此本为目前存世数量很少和刻本的手抄本，值得关注，其究竟是日本文化十年刊本的底本，抑或刊本的钞本，有待具体查访。

2. 写本《历代诗类绝句抄》（收藏单位：竹田市立图书馆冈藩由学馆），1 册 4 卷，亦为一江户写本，上有印记"私立竹田文库"，情况不详。

3. 《历代题画诗类绝句抄》（收藏单位：萩市立图书馆，目录编号 919 – レ 15）①，1 册，文化七年（1810 年）刊。此本刊刻时间早于目前大量存世的文化十年本。鉴于该馆另藏有一部文化十年宝翰堂刊本，馆方对两本所作系年应有依据，具体情况仍待考察。

4. 《历代题画诗类抄》（收藏单位：石川县立历史博物馆大锯文库），日本天保十五年（1845 年）刊本，2 册（存卷 3 ~ 4），内容为五六七言绝句部。

总体来看，和刻本《题画诗类》共三个主要版本系统，即文化十年刊《历代题画诗类绝句抄》、文化十四年续刊《历代题画诗类绝句抄》和天保九年刊《康熙御定历代题画诗》。除此之外还有其他出版商基于这三个本子，挖改见返刷印的若干衍生刊本，以及个别写本。和刻本《题画诗类》的形制和内容呈现出几个鲜明的特点：首先，尺寸小巧，便于读者携带，可随时随地从怀中取阅，对于出版者而言，则能够节约物料，降低成本；其次，和刻本并非原原本本地翻印原刊本，仅节选原书中的几百首诗，且前两个本子只选绝句。相比律诗，绝句篇幅短小，朗朗上口，易于日本读者理解、诵记。天保九年本还有"返点"，更加方便于本土人士的阅读。这些都是日本江户时代的出版商为了迎合本土读者的阅读习惯做出的改变，而这些改变也有助于本书在日本的传布。和刻本《题画诗类》的反复编辑与刷印，显示出日本读者对题画汉诗的阅读需求，以及题画诗在当时日本的流行程度。

---

① 萩市立图书馆编：《萩市立图书馆所藏和汉古书藏书目录》，萩市立图书馆，1994 年，第 70 页。

第四节　和刻本的编校者

探讨和刻本《题画诗类》的刊刻和传播，首先要关注的是参与和刻本若干个刊本成书过程中的编者。

一　编校者

和刻本的肇始是日本文化十年刻本，编者西岛兰溪（1780～1852年）是江户时代的儒学家。本姓下条，名长孙，字符龄，号兰溪，别号坤斋、孜孜斋，通称良佐。幼年时跟随知名儒学者林述斋（1768～1841年）和西岛柳谷求学，因被西岛氏收为养子而改姓。后继承养父的职业在江户的西久保开办私塾，授课内容以朱子学为主，但不拘泥于此，亦强调博览群书，尤其教授校勘、考据之学问，又长于诗学。兰溪交游颇广，生活惬意，著述颇丰，有《读孟丛钞》《慎夏漫笔》《坤斋日记》等。其中《坤斋日记》是日记随笔，旁征博引。

西岛兰溪在文化十年本序言中清楚叙述了自己编纂和刻《题画诗类绝句抄》的起因："余向得洛人某《题画诗选》，私美其举，而憾其卷册仅仅具体而微。后得宋孙绍远《声画集》，喜其裒辑颇博，而又憾金元以降不可得见矣。既而得清陈邦彦《题画诗类》，无论唐宋，虽金元明苟涉题画者，搜罗无遗……因欲板行而惠同志，卷帙浩大，不易下手矣。"可见，仅西岛兰溪本人，就曾寓目三种题画诗集：得自京都某私编别集、孙绍远《声画集》、陈邦彦《御定历代题画诗类》。第一种体量较小，"具体而微"，后两种则"裒辑颇博""卷帙浩大"。后两种书皆属清刻本渡日之列。前文提到，昌平坂学问所使用的底本，是清康熙时期曹寅的楝亭十二种本。在大约一个世纪的时间内，《声画集》这一海内外难寻的宋代题画诗集，经清人手再版，又通过贸易传至日本，迅速出版了和刻本，可见书籍出版和书籍贸易对文化保存和传播事业的功绩。

日本文化十年本跋文里提到的"云烟家"，以及"云烟家藏"印记，指的是江户后期的书画商人、鉴定家安西云烟（1807～1852年），名于菟，字山君，通称虎吉，别号舟雪。4 岁时成为安西家的养子，12 岁开始在和泉屋金右卫门的书肆玉严堂当伙计。后跟从堤它山学习儒学，从铁翁祖门处学习绘画。从古书入手，发展到古书画鉴定，又在江户两国药研堀经营书画店铺。著有《近世名家书画谈》《书画展观略记》《鉴禅画适》等书。在他死后，藏书大半归入鹿岛清兵卫之手。鹿岛氏仍沿用安西氏的藏书印"云烟家"，导致有云烟藏书印的书籍究竟是安西氏的收藏抑或鹿岛氏的收藏，情况比较复杂。

文化十年本书前御制序的抄写者为市河米庵（1779～1858 年），名三亥，字孔阳，号米庵、百笔斋、小山林堂、金羽山人等，通称小左卫门。江户后期书法家、汉诗人，汉诗人市河宽斋的长子，出生于江户日本桥桶町。幼年跟随父亲宽斋及林述斋、柴野栗山学习儒学，并师从造访长崎游学的中国人胡兆新学习书法，擅长隶书、楷书，仰慕米芾、颜真卿的书法，自号米庵也是得自米芾。20 岁时开办了书塾，门人一度达五千人，曾执导过尾张藩德川氏、德山藩毛利氏等大名。还擅长篆刻，并收藏中国书画、文玩。和刻本《题画诗类》邀请市河氏撰写序言，与其书法的流行有很大的关系。

文化十四年本的序言撰写者葛西因是（1764～1823 年），名质，字休文，通称健藏，号因是道人，江户中后期儒学家、汉诗人。生于大阪，长于江户。初受业于平泽旭山，后入林述斋之门，与西岛兰溪实同出一门。一度担任昌平坂讲员，后自立门户，对老庄之学颇为推崇。而且在当时日本朱子学者诗学上普遍崇宋的风气之下，独树一帜地褒扬唐诗格调，著有《通俗唐诗解》等书①。从其序言中"写其景物而只管其景物者有之，写其景物而寄托自己者有之，写其景物而讥讽时世者亦有之"之语，可见他对题画诗亦有造诣。

天保九年本的编者卷菱湖（1777～1843 年）是江户时代著名书法家，与市河米庵、贯名海屋并称书法"幕末三笔"。出生于越后国的卷地（现为新潟市西蒲区），本姓小山，后袭名"卷"，名大任，字致远，又字起岩，号菱湖，别号弘斋。卷菱湖出身低微，19 岁母亲过世后，来到江户跟随书法家、儒学者龟田鹏斋学习书法和作诗，可自作汉诗。29 岁时参与大洼诗佛辑《佩文韵府两韵便览》，学习了韵书方面的知识。天保九年本《康熙御定题画诗类》为他晚年时所参与出版，但对他晚年行迹

① 葛西因是的生平以及他的诗学理念参见池泽一郎《葛西因是の唐诗推重——〈通俗唐诗解序〉と〈柏山人集序〉》，《早稻田大学大学院文学研究科纪要》第 3 分册，2012 年，第 3～19 页。

记载甚少。其"菱湖流"书风对幕府末期至明治时期的书风影响巨大，在明治时期为日本政府和宫内厅指定成为官方字体。

　　以上这些和刻本《题画诗类》的参与者，都是日本文化、天保年间的儒学家和汉诗人，有着较好的汉文化修养，他们属于一个文化圈层，相互之间有着密切的交往互动。现存大英博物馆的一本册页（文物号 AN31334001001）上就有市河宽斋、市河米庵、龟田鹏斋、葛西因是、卷菱湖的书迹。可以说这些日本儒学者和汉诗人对中国文学艺术兴趣上的趋同以及他们之间的互动，是各版和刻本《题画诗类》诞生的一个直接原因。此外，在 18 世纪末期，日本江户时代的文人学者已经接受了中国"诗书画三绝"观念，市河宽斋的得意门生柏木如亭就以同时擅长这三门技艺闻名①。市河米庵手书序文，并与涉足儒学诗艺的西岛兰溪、书画商人安西云烟展开合作，让和刻本《题画诗类》颇具"三绝"之色彩。

第五节　和刻本的读者群体

　　江户时期的日本，教育的发展让读书人口大增，使汉文和汉籍所能接触的人群扩大化。在当时，知识阶层普遍可以阅读汉文，像伊藤仁斋这样造诣深厚的儒者，甚至用汉文写作自己的著作。随着商业的繁荣，书籍流通性增强。日本本土出版业将舶来的汉籍重新编纂刊刻，即所谓和刻本，实现了汉籍本土化，价格也变得更为低廉，让更多人能够购买得起。

　　那么又是什么人在消费、收藏和刻本《题画诗类》呢？要追溯和刻本《题画诗类》的流传、收藏情况，一个入手途径与第九章对《题画诗类》在中国流布情况的方法相同，即搜集各存世本上所钤的藏书印情况。比如关西大学藏天保九年本上所钤"馆氏石香斋珍藏图书记"藏书印，印主为馆柳湾（1762～1844 年），江户时代汉诗人，越后人士，本姓小山，名机，字枢卿，号古锥子，别号石香斋，通称雄次郎（一说雄二郎），柳湾之名得自家乡信浓川入江口有柳树。值得一提的是，馆柳湾

---

① 　柏木如亭与赖山阳是好友。关于柏木的生平，参见新谷雅树《〈诗本草〉与柏木如亭》，《艺文研究》1989 年第 54 期。

与天保九年校者卷菱湖有亲戚关系（二人皆旧姓小山），菱湖称柳湾为"吾兄""堂兄"。则柳湾之藏本或许得自菱湖本人。

御茶水女子大学图书馆藏文化十年本上有"赖"字印，此印或来自江户末年著名的思想家和文人赖山阳（1781～1832 年）。赖山阳的父亲，广岛藩儒、朱子学学者赖春水擅长诗文和书法。山阳自幼聪敏，跟随父亲学习历史和诗文，后进入广岛藩学问所担任助教。1811 年，他出走京都，开设私塾，1826 年完成自己的代表作《日本外史》。

早稻田大学所藏两个文化十年本，一本属早稻田大学首任图书馆馆长市岛春城（1860～1944 年）旧藏。春城，名谦吉，出生于越后北蒲原郡水源（今新潟县阿贺野市），1878 年进入东京大学文学部，与坪内逍遥（1859～1935 年）同级，奠定与坪内交往之始。1902 年，东京专门学校改组为私立大学，市岛春城就任早稻田大学首任图书馆长，为图书馆扩充藏书积极奔走。

早稻田大学所藏另一文化十年本属会津文库，文库藏书来自会津八一（1881～1956 年），日本诗人、书法家、美术史家，号浑斋。出生于新潟县新潟市，1900 年进入早稻田大学的前身东京专门学校，曾经选修坪内逍遥的授课。1910 年经坪内逍遥招入早稻田中学，担任英语教员，1931 年成为早稻田大学文学部教授。

早稻田大学藏天保九年本，一部上所钤"中山氏藏书之记"印，印主中山久四郎（1874～1961 年），为东洋史学者。长野县北佐久郡出身，东京帝国大学文科史学科毕业，留学德国，后担任广岛高等师范学校、东京高等师范学校、东京文理科大学、明治大学教授。

除藏书印外，存世本所隶属的藏书文库，也是追踪和刻本《题画诗类》源流的一个途径。这是日本相对便利的一个情况，即藏书家常常将藏书整批捐赠图书馆，馆方则设立相关文库，此举可以完整保留藏书家的藏书信息。比如山口大学栖息堂文库，为德山毛利家自毛利元次（1667～1719 年）至明治初期代代收集、传承的古籍。毛利元次为支藩德山藩的三代藩主，雅好文艺，是著名的"大名诗人"，与当时的儒者宇都宫逊庵、伊藤仁斋、伊藤东涯等有密切的交往①。伊藤仁斋在日本宝永二

---

① 渡边宪司：《毛利元次文艺圈考》，收录于《近世大名文艺圈研究》，东京：八木书店，1998 年，第 292～320 页。

年（1705 年）还曾写诗《题画菊应德山毛利侯（元次）之恳》寄予元次，可见当时日本地方大名亦有题画之行为。爱书成癖的元次购买大量汉籍和朝鲜版珍本图书以扩充自己的收藏，他燕居读书的读书室名为"栖息堂"。这种图书收藏的传统为毛利氏后人所继承。和刻本《题画诗类》出版时，正值第八代藩主毛利广镇（1777 ~ 1866 年）之时。广镇亦雅好诗文，著有诗文集《类题玉函集》，或为购入《题画诗类》之人。明治二十九年（1896 年），毛利氏将藏书一部分捐赠宫内厅，其余书册后来又归入山口大学藏书，这就是如今栖息堂文库二种和刻本《题画诗类》的由来。

与毛利氏以家族藏书的形态购入、收藏和刻本《题画诗类》相似的，还有金泽市立玉川苍龙馆文库，它来自富山县高冈市的佐渡家族。佐渡氏原为武士，16 世纪后半期开始成为医生世家，并定居高岗市。这一家族以高水平的汉文化修养著称，行医又累积起大量财富，可用于购置书籍。八代佐渡养顺设立文库，藏书包含和、汉、兰学书籍和地方乡土资料。日本昭和四十三年（1968 年）出版的《苍龙馆藏书目录》著录有《历代题画诗类绝句抄》两部，一部为 2 卷本，江户堀野屋仪助文化十年（1813 年）刊，另一部为江户山城屋佐兵卫文政七年（1824 年）刊，与今天的情况完全一致①。收入二书者，可能是九代养顺佐渡在邦（1818 ~ 1878 年）。在邦 23 岁时曾前往江户的昌平坂学问所修学七个月②，有一定可能曾在此寓目过作为教科书的《声画集》。

可从家族藏书溯源的例子还有很多。比如内山真龙琴诗亭文库的和刻本《题画诗类》，来自内山真龙（1740 ~ 1821 年）藏书。内山真龙出生于远江国丰田郡大谷村，21 岁即代替父亲成为大谷村村长（名主）。1762 年，内山真龙入日本国学大师贺茂真渊门下，就学于贺茂真渊的弟子渡边蒙庵和本居宣长的弟子田中道麿，此后一生致力于日本国学研究和教育弟子。刈谷市立中央图书馆村上文库的形成，得自以刈谷藩医村上忠顺（1812 ~ 1884 年）为中心的村上家族，不断购入、抄写而形成的村上净忠氏文库，文库共有图书约 25000 册。日本福祉大学附属图书馆草鹿家文库，来自 1989 年草鹿直太郎和草鹿外吉兄弟向日本福祉大学所赠送的草鹿家代代收藏的藏书。

---

① 金泽市立图书馆编：《苍龙馆文库目录》，金泽市立图书馆，1968 年，第 75 页。

② 高冈市立博物馆：《佐渡家、及びその资料について》，http：//www. e - tmm. info/smo. pdf，2019 年 4 月 17 日获取。

草鹿家是加贺国大圣寺藩（现在的石川县加贺市）藩主前田氏的御用医生，他们的家族藏书达 705 种（3350 册），藏书品种以江户时代出版的和刻书、汉籍及写本为主。

以上所介绍的都是由家族藏书纳入公立图书馆的和刻本《题画诗类》，此外也有江户时期公共藏书机构收藏《题画诗类》的例子。例如竹田市立图书馆藏写本《历代诗类绝句抄》，应来自江户时代冈藩的藩校"由学馆"藏书，这批藏书包括汉籍 7100 卷，和书 2352 卷。所谓"冈藩"，指的是江户的丰后国，位于今天日本大分县内，也称竹田藩。五代藩主中川久通（1663～1710 年）于享保十一年（1726 年）在竹田村设立了学舍辅仁堂，八代藩主久贞（1724～1790 年）在安永五年（1776 年）扩大学舍，并改名为由学馆。学舍内放置了孔子像以示尊崇，由儒臣夏目壮右卫门出任讲师①。十一代藩主久教（1800～1840 年）启用儒者角田九华（1748～1856 年），《历代诗类绝句抄》应在这前后进入由学馆藏书，它与昌平坂学问所翻刻《声画集》，均显示江户晚期将题画诗纳入幕府教育体系的尝试。

有些和选刻《题画诗类》可追溯的来源则较晚，如内藤纪念医学博物馆大同药室文库藏 1810 年刊《历代题画诗类绝句抄》乃日本明治时代汉医中野康章（1874～1947 年）旧藏 5053 卷文学部书籍之一种②。石川县立图书馆川口文库藏 1810 年刊《历代题画诗类绝句抄》，来自于以研究日本平安时代汉文学史著称的川口久雄博士（1910～1993 年）的旧藏书。人间文化鹈饲文库所藏天保九年序本，来自佐渡国加茂郡原黑村鹈饲家藏。鹈饲氏是当地的名主，藏书始于鹈饲郁次郎（1855～1901 年），其人幼年时曾向卷菱湖学习书法，在日本明治时代逐步建立起成规模的个人藏书③。而石川县立历史博物馆大锯文库所藏 1845 年刊本来自于乡土史家大锯彦太郎氏（1898～1980 年）死后捐赠的两万余册图书资料，大锯平生研究庶民文化，注重收集保存这

---

① 大分县教育厅编：《大分县教育 100 年史》第 1 卷，大分县教育委员会，1976 年，第 138 页。

② 关于该文库的情况参见内藤纪念医学博物馆《大同药室文库藏书目录：附馆藏和汉古典籍目录》，川岛：内藤纪念医学博物馆，2001 年；野尻佳与子、青木充夫《中野康章と大同药室文库 现在の利用状况と今后のテシタルアーカイフ化について》，《日本医史学杂志》2004 年第 50 卷，第 132～133 页。

③ 参见《〈鹈饲文库〉资料の寄赠——鹈饲重行氏闻·资料绍介》，《国文研ニューズ》2012 年第 26 期；人间文化研究机构国文学研究资料馆调查收集事业部编集：《佐渡国加茂郡原黑村鹈饲家文书目录》，东京：人间文化研究机构国文学研究资料馆，2017 年。

方面的文献。

上述和刻本《题画诗类》曾经的收藏者，有德山藩毛利氏这样的地方大名，此外多以学者、医生、儒生为主，这些职业一方面经济情况相对宽裕，另一方面多对汉文化有深入的修养，所以才会收藏和刻本汉诗。这些群体也是 18、19 世纪日本阅读和消费《题画诗类》及其和刻本的主力人群。江户时代汉文教育逐步普及，汉文学创作主题也在不断扩大，从上层达官权贵蔓延到中下层的文人学者。此外，中国文人画在画上加以题写的行为也东传日本，受到日本儒学者的效仿，诸如林罗山、赖山阳等人，皆有题画诗创作。则《题画诗类》这样的题画诗集受到欢迎，多次在本土翻刻，正是基于这样的文化土壤之上了。

第六节　小结

本章勾勒了在清代流入朝鲜和日本的《题画诗类》原书的路径，日本和刻本的版本、出版和收藏、阅读情况，以期烛照本书在海外流传过程中的部分生命史。围绕在《题画诗类》周围存在信息的获得，概念的理解，书籍阅读和品评活动，经典的构建等一系列问题。比如在日本，和刻本《题画诗类》一度进入藩学藏书，这一历史事实是否曾对"题画诗"这个概念在日本的接受、传播，以及部分题画诗作的经典化产生过影响？同时应看到，包括《题画诗类》在内的一系列清宫内府刻书，在外传后，也就相应失去了"钦定""御制"色彩，即使输入国进行加工改动也不会遇到礼制上的问题[1]。另外，渡日内府刻书也对我们重新看待清代官方印刷对整个书籍市场的种类数量供应，提出了新的角度：内府刻书不需考虑稿源方面的成本，且凭借商业网络获得传播，成为商业出版有力的补充[2]。

当然，囿于篇幅和研究开始期限所限，本文未涉及《题画诗类》在日本的仿作，域外读者对《题画诗类》的阅读、反响、评论，《题画诗类》外流之余，和刻本

---

[1]　参见朱赛虹对《康熙字典》输日的研究，《和刻本中的"殿板血统"及其对中日双方的影响——以康熙字典为例》，《宫廷典籍与东亚文化交流国际学术研讨会论文集》（上），2013 年，第 415～436 页。

[2]　参见周启荣：《书籍市场与国家出版业：殿版书在日本的流通》，第 39～58 页。

"回流"中国的途径和影响等议题①，而仅梳理了《题画诗类》的流传和翻印等几个比较基本的事实性问题。无论如何可以看出，《题画诗类》的海外流传，形成了本土题画诗阅读之外另一个重要阵地，它是知识的承载体，更将题画实践的审美价值和文学价值外播，甚至还充当了日本藩学的阅读教材。在书籍流动的背后，显示出一个初具规模的东亚社会文化世界：由贸易所推动，经学、文学、政治与艺术在其中相互交织。

---

① 关于和刻本汉籍回流，有学者提出，与清末中国商人、驻日使节、留学生等赴日带回有很大关系。参见衣若兰：《才女史评越扶桑——和刻本李晚芳〈读史管见〉的出版与流传》，《台湾大学历史学报》2015 年 6 月。

结　论

　　本书以《御定历代题画诗类》为研究对象，参考诗文集、史志、年谱、档案等文献资料，在广泛搜寻利用存世《题画诗类》原书的基础上，经过细致的文献爬梳和文本分析，旨在全面梳理有关这部书的几个主要的研究面向，把握其历史意义，并评价其价值。

　　《题画诗类》是中国历史上第一部，也是唯一一部贴上"官修""御制"标签的题画诗集，它的出现有其文化和历史背景。一方面，题画诗的创作从不晚于唐代开始，经过历代文人墨客上千年的实践，已积累了丰硕的成果。尤其是明代中期之后，题画之风经苏州文人的鼓吹大兴，题画诗已渐渐摆脱娱乐之作的地位，开始获得严肃性与文学性。而另一方面，与题画诗创作的繁盛不匹配的是大型题画诗集编纂的稀少，尽管自南宋已出现辑唐至南宋初年题画诗的《声画集》，但金元明皆未再有编纂总集方面的尝试，仅明代有数部幅帙短小的题画别集，某种程度上，时代需要一部带有阶段总结性的题画诗集。《题画诗类》的编纂就是在这个文化背景下产生的。另外，从更大的历史背景来说，《题画诗类》出现的康熙朝中晚期，社会从战乱中恢复，文化事业有所起色。这部书的刊刻与康熙皇帝热衷于阅读、收藏书籍，尤其是集部的诗集，且鼓励书籍文化事业有很大的关联。《题画诗类》编纂刊刻工作的承担者，都具有康熙内廷侍从的背景。与此同时，他们也都来自于江南地区，经过科举进入北京的宫廷。这就将康熙宫廷刻书事业与江南地区的文化资源紧密联系在一起。

　　本书的第一、二章为研究问题的提出和前人研究综述。第三、四章，从版本学和目录学的角度，调查了《题画诗类》的版本和著录情况，并对各版本的存世地点、数量加以梳理。本书通过比对各图书馆存世本指出，《题画诗类》有刻本和写本两个体系。刻本只有一种，即清康熙四十六年本，后又有嘉庆后印本，也就是说实际只有一套书版，先后被印刷了多次。写本即《四库全书》本，随书成入藏各地的四库藏书阁。对《题画诗类》的解题，以《四库全书总目》为优。写本与刻本之间存在一些文字上的差异，除抄写错误外，还有对人名翻译的有意改动，以及对"胡虏"等敏感词汇的删改。

本书的第五、六章，围绕《题画诗类》的编纂、刊刻和当时的社会背景、语境等方面进行了探讨与还原，指出大量著录中"陈邦彦辑《题画诗类》"的说法，与《题画诗类》原书上"臣陈邦彦奉旨校刊"字样存在龃龉。本书认为编纂甚至刊刻这部书的很可能是查慎行和陈邦彦的伯父陈元龙。这三人皆出身海宁，且都具有比较高的文学艺术修养，他们将康熙皇帝的图书事业与远在江南地区的藏书家和文人勾连了起来。

本书的第七、八章，则回到《题画诗类》一书本身，分析其作为文本的载体，内容和分类体系的情况。经过对全书所收唐宋金元明五朝 8971 首诗的统计分析，本书认为其选诗标准并不在题画者的画名，而在于诗名，且呈现出唐宋兼收、重元抑明的特点，这些都与当时的诗坛风气密不可分。结合 CBDB 等数据库和软件，本书尝试对部分明代题画诗作者进行了数据分析，显示他们分布特点。本书还梳理了《题画诗类》30 个门类的分类逻辑与脉络，认为《题画诗类》较之《声画集》，分类有很大的进步。而《题画诗类》所收诗作来源，并非直接来自画作，而来自前代总集、别集，这也标志着由唐至明历代文人别集中保存的大量题画诗第一次进入官方的视野，是题画诗经典化的一次尝试。

本书第九、十章从物质文化史和社会文化史的角度，探讨了《题画诗类》作为书籍，在书成后如何被陈设、典藏、存储、装帧、修缮，又如何通过赏赐、传抄、出借等多种途径，获得传播。此外，《题画诗类》还远播外国，到达朝鲜、日本，其中流传朝鲜主要靠朝鲜官员访燕带回，流传日本则凭借中国商人渡日的贸易路线。在日本《题画诗类》受到欢迎，产生了多个和刻本，本书深入分析了和刻本的纂刻者与读者群体的面貌。

《题画诗类》规模之大使得它成为中国古代题画诗集的集大成之作。在书籍领域，它虽为官员承刻本，但通过康熙皇帝的认可，进入了内府刻书的序列，代表了从私修书籍到成为内府修书的一种"升格"路径，但反过来，它体现出清廷在自身书籍生产力量不足时，所采取的吸纳民间力量及其成果的灵活策略。《题画诗类》在各个方面都产生了深远的影响。书前《御制序》对题画诗"通于治"的阐发，为这种通常被视作娱乐之作的创作，增添了新的政治意味。而在文学领域，它以其"官修"的身份扮演了经典塑造者的角色，它的分类系统吸收了此前多种成果的部分做法，又有若干变通和发明，为后世题画诗集所借鉴。而在《题画诗类》后，清代的题画诗创作与诗文集编选走向进一步繁荣，在创作和出版数量上都走向中国古代社会的最高峰。

参考文献

古籍、档案

北京图书馆出版社古籍影印室编:《明清以来公藏书目汇刊》,北京图书馆出版社,2008 年。

曹寅:《楝亭书目》,《辽海丛书》1934 年本。

陈邦彦:《匏庐公日记》,周德明、黄显功主编《上海图书馆藏稿钞本日记丛刊》第 1～2 册,北京:国家图书馆出版社,2017 年。

陈赓笙:《海宁渤海陈氏宗谱》,民国二至七年刊本。

陈红彦主编:《国家图书馆藏稀见书目书志丛刊》二十八册,北京:国家图书馆出版社,2018 年。

陈敬璋:《查他山先生年谱》,北京:中华书局,1992 年。

陈康祺:《郎潜纪闻初笔》,清光绪刻本。

陈其元:《庸闲斋笔记》,北京:中华书局,1997 年。

陈元龙:《爱日堂诗集》,乾隆元年(1736 年)刻本。

陈元龙纂:《御定历代赋汇》,康熙四十五年(1706 年)刻本。

陈元龙纂:《格致镜原》,文渊阁四库全书本。

鄂尔泰、张廷玉等纂修:《世宗宪皇帝实录》,《清实录》,北京:中华书局,1985 年。

法式善:《存素堂文续集》,《清代诗文集汇编》第 435 册,影印嘉庆十二年程氏扬州刊行本补配钞本,上海古籍出版社,2010 年。

故宫博物院、中国第一历史档案馆编:《清宫武英殿修书处档案》24 册,北京:故宫出版社,2014 年。

金鉴等纂修:《海宁县志》,据乾隆三十年(1765 年)刊本影印,台北:成文出版社,1983 年。

马齐、朱轼等纂修:《圣祖仁皇帝实录》,《清实录》,北京:中华书局,1985 年。

孙绍远辑:《声画集》,文渊阁四库全书本。

阮元辑:《两浙𬨎轩录》,《续修四库全书》集部第 1683 册影印嘉庆本,上海古籍出版社,1995 年。

陶湘:《清代殿板书目》,《书目丛刊》(上),沈阳:辽宁教育出版社,2000 年。

王太岳等:《钦定四库全书考证》,清内府写本。

吴骞原编、上海博古斋增编:《拜经楼丛书》三十一种,上海博古斋民国壬戌年影印本。

吴虞:《吴虞日记》,成都:四川人民出版社,1986 年。

杨丰陌、赵焕林、佟悦主编:《盛京皇宫和关外三陵档案》,沈阳:辽宁民族出版社,2003 年。

永瑢:《四库全书简明目录》,上海科学技术文献出版社,2016 年。

查慎行:《查慎行集》,杭州:浙江古籍出版社,2014 年。

查慎行:《南斋日记》,周德明、黄显功主编《上海图书馆藏稿钞本日记丛刊》第 1 册,北京:国家图书馆出版社,2017 年。

战效曾、高瀛洲纂修:《乾隆海宁州志》,乾隆四十一年刊本。

中国第一历史档案馆编译:《康熙朝满文朱批奏折全译》,北京:中国社会科学出版社,1996 年。

中国第一历史档案馆编:《纂修四库全书档案》,上海古籍出版社,1997 年。

周亮工:《读画录》,《清代传记丛刊·艺林类》,台北:明文书局,1985 年。

朱彭寿:《旧典备征安乐康平室随笔》,北京:中华书局,1982 年。

朱象贤:《闻见偶录》,《昭代丛书》本。

论著

Brokaw, Cynthia, Kai – wing Chow. eds., *Printing and Book Culture in Late Imperial China.* Berkeley:University of California, 2005.

Brokaw and Cynthia, *Commerce in Culture:The Sibao Book Trade in the Qing and Republican Periods.* Cambridge, Mass.:Harvard University Asian Center, 2007.

Brokaw, Cynthia, Christopher A. Reed eds., *From Woodcut to Internet:Chinese Publishing and Print Culture in Transition*, *circa* 1800 *to* 2008. Leiden:Brill, 2010.

陈履生选注:《明清花鸟画题画诗选注》,成都:四川美术出版社,1988 年。

陈正宏:《诗画合璧史丛考》,北京:中国美术学院出版社,2019 年。

大庭修:《〈舶载书目〉关西大学东西学术研究所资料集刊》第 7 集,大阪:关西大学出版部,1972 年。

大庭修:《江户时代における中国文化受容の研究》,京都:同朋舍,1984 年。

大庭修:《汉籍输入の文化史——圣德太子から吉宗へ》,东京:研文出版,1997 年。

大庭修著,戚印平、王勇等译:《江户时代中国典籍流播日本之研究》,杭州大学出版社,1998 年。

傅怡静:《宋代题画诗集与画谱研究》,北京师范大学博士论文,2007 年。

Guy., R. Kent., *The Emperor's Four Treasuries:Scholars and the State in the Late Ch'ien – lung Era.* Cambric, Mass.:Harvard University, 1987.

黄爱平:《〈四库全书〉纂修研究》,北京:人民大学出版社,1989 年。

黄颂尧:《清人题画诗选》,上海:大华书局,1935 年。

黄仪冠:《晚明至盛清女性题画诗研究——以阅读社群及其自我呈现为主》,台北:花木兰出版社,

2009 年。

洪丕谟编：《历代题画诗选注》，上海书画出版社，1983 年。

井上进：《中国出版文化史》，名古屋大学出版会，2002 年。

井上隆明：《近世书林板元总览》，东京：青裳堂书店，1998 年。

孔寿山编：《中国题画诗大观》，兰州：敦煌文艺出版社，1997 年。

赖惠敏：《清代的皇权与世家》，北京大学出版社，2010 年。

李德壎编：《历代题画诗类编》，济南：山东教育出版社，1987 年。

李栖：《题画诗散论》，台北：华正书局，1993 年。

李栖：《两宋题画诗论》，台北：学生书局，1994 年。

Liao Ping‐hui, *Words and Pictures*：*On Lyric Inscriptions in Chinese Painting*，*East‐West Comparative Literature*：*Cross‐Cultural Discourse*. Hong Kong：Dept. of Comp. Lit.，Univ. of Hong Kong，1993.

刘继才：《中国题画诗发展史》，沈阳：辽宁人民出版社，2010 年。

陆坚、王勇主编：《中国典籍在日本的流传与影响》，杭州大学出版社，1990 年。

Murck，Alfreda，Wen Fong，eds.，*Words and Images*：*Chinese Poetry*，*Calligraphy*，*and Painting*. New York：The Metropolitan Museum of Art，1991.

McDermott and Joseph P. *A*，*Social History of the Chinese Book*：*Books and Literati Culture in Late Imperial China*. Hong Kong University Press，2006.

周绍明（Joseph P. McDermott）著，何朝晖译：《书籍的中国社会史：中华帝国晚期的书籍与士人文化》，北京大学出版社，2009 年。

毛文芳：《图成行乐——明清文人画像题咏析论》，台北：学生书局，2008 年。

阮璞：《画学续证》，香港：天马出版社，2003 年。

司马朝军：《〈四库全书总目〉研究》，北京：社会科学文献出版社，2004 年。

石理俊、蔡若虹、俞宗元、苗英编：《中国古今题画诗词全璧》，石家庄：河北教育出版社，1994 年。

铁源、李国荣：《清宫瓷器档案》，北京：中国画报出版社，2008 年。

谢巍：《中国画学著作考录》，上海美术出版社，1998 年。

万依、刘潞：《清代宫廷史》，天津：百花文艺出版社，2004 年。

王汎森：《权力的毛细血管作用：清代的学术、思想与心态》，北京大学出版社，2015 年。

项旋：《皇权与教化：清代武英殿修书处研究》，北京：社会科学出版社，2020 年。

于风选著：《古代题画诗分类选编》，广州：岭南美术出版社，1991 年。

衣若芬：《观看、叙述、审美——唐宋题画文学论集》，台北：研究院文哲所，2005 年。

张晨编：《中国题画诗分类鉴赏辞典》，沈阳：辽宁美术出版社，1992 年。

赵苏娜编注：《故宫博物院藏历代绘画题诗存》，太原：山西教育出版社，1998 年。

郑文惠：《诗情画意——明代题画诗的诗画对应内涵》，台北：东大图书公司，1995 年。

中山步：《和刻本清人著述研究》，复旦大学博士论文，2008 年。

周积寅、史金城编：《中国历代题画诗选注》，杭州：西泠印社，1985 年。

Chow Kai – Wing, *Publishing, Culture, and Power in Early Modern China.* Stanford：Stanford University Press，2004.

朱赛虹、曹凤翔、刘兰萧：《中国出版通史（清代卷上）》，北京：中国书籍出版社，2008 年。

论文

Brook and Timothy，"Censorship in Eighteenth Century China：A View from the Book Trade. "，*Canadian Journal of History*，No. 23（1988）.

曹红军：《清康雍乾时期臣工刊书进呈内府现象研究》，《求索》2005 年第 12 期。

曹红军：《康熙〈皇舆表〉的编纂及其在苏州的刊刻过程考》，《新世纪图书馆》2007 年第 3 期。

陈昌强：《论康熙帝的词学活动及其影响》，《文学遗产》2015 年第 4 期。

戴建国：《〈渊鉴类函〉康熙间刻本考》，《图书馆杂志》2012 年第 12 期。

Egan and Ronald C.，"Poems on Paintings：Su Shih and Huang T'ing – chien. "，*Harvard Journal of Asiatic Studies*，Vol. 43 No. 2（1983）.

傅怡静：《论中国首部题画诗集〈声画集〉的画史价值》，《南京艺术学院学报》2009 年第 3 期。

高文、齐文榜：《现存最早的一首题画诗》，《文学遗产》1992 年第 2 期。

谷曙光、傅怡静：《中国古代第一部题画诗别集——〈题画集〉作者及成书考略》，《中国文化研究》2009 年第 2 期。

胡莹：《谈文字与图像结合进程中宫廷艺术的作用——以南宋宁宗皇后杨妹子的题画诗为例》，《南京艺术学院学报》2009 年第 1 期。

黄爱平：《〈四库全书总目〉与阁书提要异同初探》，《图书馆学刊》1991 年第 1 期。

孔寿山：《论中国的题画诗》，《文艺理论与批评》1994 年第 6 期。

孔寿山：《简论题画诗》，《文艺研究》1995 年第 4 期。

李从芹：《论题画诗研究中存在的误区》，《国画家》2002 年第 3 期。

刘迪、黄国飞：《乾隆帝书画鉴赏题识研究》，《地方文化研究》2013 年第 3 期。

刘继才：《论元代的题画诗》，《辽宁师院学报》1982 年第 3 期。

刘继才：《中国古代题画诗论略》，《社会科学辑刊》1986 年第 5 期。

梅尔清（Tobie Meyer – Fong）撰，刘宗灵、鞠北平译，马钊校：《印刷的世界：书籍、出版文化和中华帝国晚期的社会》，《史林》2008 年第 4 期。

Meyer – Fong and Tobie，"The Printed World Books，Publishing Culture，and Society in Late Imperial China. "，*The Journal of Asian Studies*，Vol. 66，No. 3（2007）.

苗贵松：《明清题画文学文献要籍叙录——兼论现代题画文学研究始自中国学者》，《成都师范学院学报》2014 年第 1 期。

青木正儿：《题画文学的发展》。

青木正儿著，马导源译：《题画文学之发展》，《大陆杂志》1951 年第 3 卷。

青木正儿著，魏仲佑译：《题画文学及其发展》，《中国文化月刊》1970 年 7 月。

任山：《〈声画集〉研究略述》，《美与时代》2016 年第 7 期。

Sargent and Stuart H., "Colophons in Countermotion：Poems by Su Shih and Huang Ting – chien on Paintings.", *Harvard Journal of Asiatic Studies*, Vol. 52 No. 1（1992）.

孙雨晨、罗时进：《四壬子图与清代诗人图像题咏现象》，《苏州大学学报》（哲学社会科学版）2014 年第 4 期。

涂丰恩：《明清书籍史的研究回顾》，《新史学》2009 年第 20 卷第 1 期。

王文欣：《御定历代题画诗类编纂刊刻过程探析》，《故宫博物院院刊》2019 年第 6 期。

王一樵：《近二十年明清书籍、印刷与出版文化相关研究成果述评》，《明代研究》2016 年第 26 期。

王振忠：《朝鲜燕行使者所见十八世纪之盛清社会——以李德懋的〈入燕记〉为例》（下），《韩国研究论丛》2012 年第 1 期。

魏伯河：《〈列女传颂〉：中国现存最早的题画诗》，《福建江夏学院学报》2015 年 8 月。

徐邦达：《诗文题跋》，《中国书画》2011 年第 6 期。

徐邦达：《书画作品的标题和引首》，《中国书画》2011 年第 7 期。

杨学是：《〈御定历代题画诗〉匡谬》，《乐山师范学院学报》2002 年第 3 期。

衣若芬：《题画文学研究概述》，《文史哲研究通讯》2000 年第 10 卷第 1 期。

衣若兰：《才女史评越扶桑——和刻本李晚芳〈读史管见〉的出版与流传》，《台湾大学历史学报》2015 年 6 月。

余丽：《一段寒江鱼网水，空帘看到日斜时——浅论曹寅的咏物诗和题画诗》，《黑龙江教育学院学报》2011 年 6 月。

张伯伟：《域外汉籍与中国文学研究》，《文学遗产》2003 年第 3 期。

张佳生：《康熙帝与清初词坛》，《民族文学研究》2014 年第 2 期。

张建业：《关于我国最早的题画诗》，《美术史论》1987 年第 1 期。

张菊玲：《清初宗室诗人岳端的题画诗》，《民族文学研究》1992 年 6 月。

张蕊：《弘历〈三余逸兴图〉及其题画诗跋》，《中国书画》2013 年 3 月。

张晏菁：《题画文学知见续录（2000～2010）》，《中正大学中文学术年刊》，2010 年。

张志勇：《先唐的赞与画赞》，《中国书画》2014 年 5 月。

郑永晓：《〈佩文韵府〉的编纂与康熙后期的诗坛取向》，《文学遗产》2017 年第 3 期。

周启荣：《书籍市场与国家出版业：殿版书在日本的流通》，《宫廷典籍与东亚文化交流国际学术研讨会论文集》（上），2013 年。

周振鹤：《持渡书在中日书籍史上的意义——以〈戌番外船持渡书大意书〉为说》，《复旦大学学报》2007 年第 3 期。

朱赛虹：《清代皇家苑囿藏书寻踪：清漪园》，《中国典籍与文化》1999 年第 4 期。

朱赛虹：《清代皇家苑囿藏书寻踪：静明园》，《中国典籍与文化》2000 年第 1 期。

朱赛虹：《清代皇家苑囿藏书寻踪：静宜园》，《中国典籍与文化》2000 年第 2 期。

朱赛虹：《清代皇家苑囿藏书寻踪：热河行宫》，《中国典籍与文化》2000 年第 4 期。

朱赛虹：《全面依赖与掌控——清宫书籍事业视域内朝廷与地方的互动》，《法国汉学第 17 辑：权力与占卜》，北京：中华书局，2016 年。